L'Abandon de Stone

Héros à louer, tome 2

Dale Mayer

L'Abandon de Stone, Héros à louer, tome 2
Beverly Dale Mayer
Valley Publishing Ltd.

Copyright © 2017

Traduit de l'anglais par Maya Douadi et Valentin Translation

ISBN-13 : 978-1-773369-82-2
Format Print

Résumé

Découvrez *L'Abandon de Stone*, le deuxième tome de la série *Héros à louer* que les fans attendaient avec impatience. Dale Mayer, auteure de best-sellers au classement de USA Today, vous propose de retrouver les hommes inoubliables de la série *Légion d'honneur* dans une nouvelle collection de romances pleines d'action, de suspense et de rebondissements.

Stone a enfin repris sa vie en main après une longue et lente convalescence. Travaillant désormais dans la nouvelle société de Levi, Legendary Securities, il accepte sa première véritable mission, en ne s'attendant pas à ce que le sauvetage de la fille d'un sénateur enlevée au Moyen-Orient implique autant d'action.

Lissa est prête à tout pour contrecarrer les plans infâmes de son père à son égard. La dernière chose à laquelle elle s'attendait était d'être kidnappée. Elle est secourue par Stone et leur rencontre la bouleverse à tel point qu'elle tombe amoureuse de lui. Même lorsqu'il la ramène saine et sauve aux États-Unis, il semble qu'elle n'ait droit à aucun répit, car le cauchemar la suit jusque chez elle en la prenant au piège de la pire des manières.

Cette bataille exigera tout ce que Stone et Lissa ont à offrir. Même s'ils travaillent ensemble pour blanchir son nom et qu'il est prêt à tout pour la garder en sécurité, un funeste présage se profile à l'horizon…

Inscrivez-vous ici pour être informés de toutes les nouveautés de Dale !

de Dale !

https://geni.us/DaleNews

Chapitre 1

— BON SANG, ces deux tirs étaient sacrément proches !

Stone Tollard grimaça et se redressa sur le siège conducteur du véhicule qu'il conduisait, tandis que Levi jurait haut et fort dans son oreillette.

L'explosion qui suivit secoua leur camionnette. Stone tourna la tête pour jeter un coup d'œil à Ice, assise à côté de lui.

— Stone, quand pensez-vous arriver ?

La voix dure de Levi attira l'attention de Stone. Levi et le reste de leur unité étaient arrivés un peu plus tôt à bord d'un autre véhicule et se trouvaient déjà en ville afin de repérer les lieux et examiner la situation.

De nouveau, Stone fit une embardée pour éviter un objet sur la route, qui était probablement encore une mine terrestre. Il vérifia l'écran de l'ordinateur portable installé devant lui. La tâche principale d'Ice était de surveiller cet écran, même si elle aurait préféré piloter un hélicoptère. Elle lui fit signe de continuer dans la même direction.

Normalement, cela aurait dû être une opération militaire. Mais cette mission leur avait été confiée plutôt qu'à l'armée. Personne ne devait savoir que Levi et son unité étaient en Afghanistan pour sauver la fille d'un sénateur, qui avait été kidnappée par des rebelles désireux de financer leur armée pendant encore quelques années. Ce n'était pas que le sénateur n'avait pas l'argent pour payer, car il l'avait. Mais comme tout le monde le savait, payer une rançon ne garantissait rien. Ils ne pouvaient être sûrs que ces terroristes laisseraient la fille du sénateur rentrer chez elle saine et sauve. D'autant plus que de l'avis même du sénateur, Lissa était un peu trop têtue pour écouter qui que ce soit, y compris les rebelles qui la détenaient.

Le sénateur savait ce dont Levi et son équipe étaient capables, et leur faisait également confiance pour garder cette affaire aussi discrète que possible. C'était dans ces conditions que Levi avait accepté ce travail.

Les coéquipiers de Levi étaient tous d'anciens soldats et excellaient dans le domaine militaire, mais il était question que des membres des forces de l'ordre intègrent leur société de sécurité privée dans les prochaines semaines. L'un des vieux amis de Levi, Mike, souhaitait se joindre à eux. Stone n'avait aucun problème avec ça, car Mike était un ranger du Texas et les avait déjà aidés auparavant. Il possédait des compétences inestimables et avait accès à certaines informations qu'ils n'auraient pas eues autrement. Et puis, Stone était tout à fait favorable à ce que leur entreprise se développe à l'international.

Même si le nom officiel de la société créée par Levi était Legendary Security, en privé, l'équipe plaisantait souvent en disant qu'ils devraient plutôt l'appeler Héros à louer. C'était un nom vraiment ringard, et ils râleraient tous si Levi décidait réellement de rebaptiser sa société ainsi. Mais tout ce qui pouvait les faire sourire et transformer des situations difficiles en quelque chose de plus facile en valait la peine.

— Maintenant ! s'exclama brusquement Ice d'une voix plus aiguë en pointant un doigt dans la direction où elle voulait que Stone aille.

Celui-ci resserra sa prise sur le volant, prit un virage serré à gauche et continua à rouler. Tant qu'elle ne lui donnerait pas d'autres instructions, il poursuivrait dans cette nouvelle direction. Stone et Levi avaient appris à écouter Ice il y a bien longtemps.

— Tu peux redresser la camionnette, annonça-t-elle d'une voix calme. La voie est libre sur une centaine de mètres.

— Bon sang, c'est tout ? S'étonna-t-il.

Ils n'auraient jamais pu aller aussi loin s'ils n'avaient pas eu ce logiciel spécial. Bien que celui-ci soit de type militaire, c'était une première adaptation du programme de Tesla, la partenaire de Mason. Donc, techniquement, il ne s'agissait pas d'une copie illégale. C'était plutôt un prototype, et elle y avait apporté quelques modifications pour améliorer son efficacité et sa précision. Stone lui en était sacrément reconnaissant.

Lui et Ice ne seraient déjà plus vivants depuis longtemps s'ils n'avaient pas eu cette chose avec eux pour leur indiquer où se trouvaient toutes les mines terrestres. Ils ne pouvaient pas être sûrs que chaque marque sur leur écran en était bien une, mais ils préféraient ne prendre aucun risque. Ce programme avait été développé pour les prévenir de la présence possible d'engins explosifs, et il fonctionnait à merveille.

— Stone, quand pensez-vous arriver ? répéta Levi avec impatience. Réponds-moi.

Il regarda Ice.

Elle haussa les épaules.

— Si on pouvait aller en ligne droite, on serait sûrement là dans huit minutes, estima-t-elle en s'adressant aux deux hommes. Mais comme on doit zigzaguer à travers cette foutue campagne pour éviter les mines terrestres, cela double le temps de trajet.

Stone resta concentré sur la route, conscient qu'ils avaient bientôt parcouru les cent mètres qui les séparaient de la prochaine marque affichée sur l'écran. Ice lui donnerait bientôt une autre série d'instructions.

— Rien à signaler pour le moment.

Il hocha la tête. Cela signifiait que dans dix secondes, elle lui dirait d'aller dans une autre direction qu'elle jugerait comme étant sûre. Et il suivrait ses ordres, comme il le faisait depuis des années. En plus, c'était tellement plus facile maintenant qu'elle et Levi avaient réglé leurs différends. Durant toute la période où ils avaient été en froid, cela avait été dur pour tout le monde. Toute l'équipe voyait bien ce qu'il fallait faire pour arranger les choses entre eux, mais personne n'avait osé parler à Levi ou à Ice, car tous deux étaient de véritables têtes de mules en plus d'être des têtes brûlées.

Stone sourit. Bien sûr, lui-même était loin d'être une personne peureuse également, et tout comme eux, il pouvait se montrer extrêmement têtu.

Ice et lui roulèrent en silence pendant encore quelques minutes, et il fut surpris qu'elle ne lui ordonne pas de changer de direction. Ça le rendait aussi très nerveux. C'était la plus longue ligne droite qu'ils avaient connue depuis qu'ils avaient atteint cette section de la route.

— Le programme fonctionne-t-il toujours ?

— Oui, il fonctionne, confirma-t-elle. Et il y en a une qui se trouve à quatre-vingt-dix mètres devant nous, sur la droite. Prends à gauche dans quatre, trois, deux…

Le silence régnait dans l'habitacle, si l'on omettait sa respiration rendue lourde par l'attente de la fin du décompte d'Ice.

— Maintenant, commanda-t-elle d'un ton sec.

Il donna un nouveau coup de volant pour tourner à gauche et attendit qu'elle lui dise de redresser leur véhicule. Cela signifierait que la route était dégagée et qu'il pouvait y retourner. Mais elle ne prononça plus un seul mot. Il lui jeta un rapide coup d'œil, puis reporta son attention sur la route. Leur camionnette à double cabine rebondissait sur les aspérités du sol campagnard. De temps à autre, elle heurtait un rocher, puis rebondissait à nouveau. Il ne pouvait pas y faire grand-chose. Le terrain était très accidenté par ici.

— Ice ?

— Prépare-toi, prévint-elle. À mon signal, prends tout de suite à droite et avance d'une dizaine de mètres.

— Bon sang.

Malgré tout, il suivit ses instructions. Il lui fallut attendre encore cinq minutes avant qu'elle ne l'autorise à revenir sur la route. Et c'est ainsi que se déroulèrent les vingt-cinq kilomètres qui suivirent. À un moment donné, il lui sembla que la route était totalement envahie de mines. Puis un petit village finit par se dresser devant eux. Ce n'était pas leur destination finale, mais l'endroit où ils allaient passer la nuit. Lissa était retenue quelque part non loin d'ici, à seulement quelques kilomètres de leur position.

Il entra très lentement dans le village. La poussière soulevée par leurs pneus créait un véritable nuage de particules autour d'eux.

Soudain, la voix de Levi grésilla dans son oreille :

— Prends la deuxième à gauche.

Stone secoua la tête. Il n'y avait ni de gauche, ni de droite, car il n'y avait tout simplement aucune foutue route. Il ne voyait qu'un fatras de bâtiments de fortune posés au milieu de nulle part. Comment ces gens pouvaient-ils vivre ainsi ?

Ice leva la main et pointa un doigt vers la gauche. Il suivit ses instructions et s'arrêta brusquement à l'intérieur de ce qui semblait être une sorte d'abri. Instantanément, des hommes les entourèrent et recouvrirent la camionnette de toiles de camouflage. Stone sortit et se dirigea vers Rhodes et Merk, debout devant le véhicule. Un cliquetis s'élevait à chaque pas que Stone faisait.

Rhodes secoua la tête en regardant le pied et la jambe de Stone, cachés sous son jean.

— Ça ne marchera pas, commenta-t-il. Tu ne pourras pas te faufiler derrière quelqu'un en faisant un tel boucan.

— Deux vis se sont desserrées. J'ai juste besoin d'une minute pour réparer ça, rétorqua Stone.

— Enlève ce truc. Je vais m'en occuper, proposa Merk en faisant de la place sur la table.

Seulement… Stone était bien décidé à n'en faire qu'à sa tête. Ignorant Merk, il s'approcha de la table, se pencha pour remonter la jambe de son pantalon et enleva sa prothèse. Puis il la posa sur l'endroit dégagé de la table. Instantanément, une lumière s'alluma pour lui offrir la meilleure visibilité possible. Des outils étaient éparpillés un peu partout, et peu d'entre eux appartenaient à son équipe. Mais Stone utiliserait ce qu'il avait sous la main. En examinant rapidement l'articulation fautive, il se rendit compte que l'un des tourillons ne fonctionnait pas correctement.

Il avait toujours un kit de réparation dans sa poche, juste au cas où. Il le sortit, changea rapidement le joint et replaça les vis, en prenant bien soin de tout huiler. Dès qu'il eut terminé, il renfila sa prothèse. Ce modèle possédait un coussinet ultra doux et souple pour ne pas irriter son moignon, ce qui était beaucoup plus commode pour le tissu cicatriciel.

Son ami Swede l'avait aidé à concevoir un autre système de fixation. Dans l'ensemble, chaque nouveau prototype était meilleur que le précédent, et ils s'approchaient de plus en plus du modèle idéal. Aucun ne serait aussi efficace que la jambe en chair et en os qu'il avait perdue, mais dans l'ensemble, il s'en sortait plutôt bien.

Du moins, tant qu'il ne se retrouvait pas tout seul dans le noir. Parfois, il subissait des vagues de dépression qu'il ne pouvait contenir. Mais elles étaient rares, et il ne parlerait jamais de ces moments-là à qui que ce soit. Cela reviendrait à capituler face à la réalité de son handicap, et à admettre sa faiblesse intérieure. Il ne l'avait jamais fait. Du moins, pas encore, et il n'avait pas l'intention de le faire dans un avenir proche.

— Quel est le plan ? s'enquit-il en se tournant vers ses camarades.

— Toi et Ice allez prendre la route jusqu'à l'arrière du camp rebelle, de l'autre côté de ces collines, l'informa Levi. Je veux que vous vous gariez au sommet et que vous fassiez le guet. Harrison vous accompagnera. Les fusils de sniper sont juste là, contre le mur de gauche. Ice et Logan assureront les communications. Ice s'en occupera depuis l'intérieur de la camionnette, et Logan s'en chargera d'ici.

Stone leva les yeux vers Logan qui affichait un air renfrogné et sourit.

— Salut, Logan. Je suis bien content que ce soit toi sur le banc de touche cette fois et pas moi, lui lança-t-il sur un ton taquin.

Le sourire de Stone s'agrandit d'autant plus quand il vit le regard aigre que lui rendit son ami.

Logan s'était fait tirer dessus peu de temps auparavant, et même s'il se remettait bien de sa blessure, ses muscles ne répondaient pas encore aussi bien qu'ils le devraient. Il faisait de la physiothérapie pour retrouver sa force et reconstruire la puissance de ses muscles, mais cela ne signifiait pas qu'il ne pouvait pas tenir un fusil de sniper pendant des heures et tirer quand il le fallait.

Cependant, Logan était aussi un as de la communication, donc cette mission était parfaite pour lui.

Cela expliquait aussi pourquoi Ice resterait dans la camionnette. Elle communiquerait avec Logan et ceux qui seraient déployés sur le terrain, comme Levi.

Ice avait également été blessée. Elle avait pris une balle dans le haut du bras et avait donc guéri plus vite que Logan, qui en avait reçu une dans l'épaule et avait failli en mourir. Cette guérison trop lente à son goût était un autre point noir dans la vie de celui-ci. Mais c'était un type bien, et s'il le fallait, il prendrait son fusil et courrait à travers les marais, le désert ou la forêt pour leur prêter main-forte. Il irait même jusqu'à sauter d'un avion avec eux. Si on lui en donnait la chance, il continuerait de se battre à leur côté jusqu'à la mort. Ils étaient une petite équipe, composée de seulement sept membres pour le moment, et tous avaient finalement emménagé de façon permanente dans le complexe de leur société au Texas. Mais dans l'armée, ils avaient déjà réussi de nombreuses missions avec tout autant d'hommes. Levi n'en attendait pas moins d'eux en ce moment.

En fait, il en attendait beaucoup plus, car ils n'étaient plus contraints par les mêmes règles, même s'ils en avaient d'autres à suivre, notamment les réglementations en vigueur au Texas et dans chaque pays où ils se rendaient. Parfois, c'était une bonne chose. Levi devait maintenir la discipline tout en assurant une gestion rigoureuse de son entreprise, et jusqu'à présent, ils s'entendaient tous très bien.

Levi s'approcha de Stone qui regardait fixement les fusils de sniper.

— Ça va, mon pote ?

Stone savait ce que Levi lui demandait par cette simple question.

— Je vais bien, affirma-t-il. On est prêt à partir.

Il était inutile de préciser que c'était la première fois qu'il retournait véritablement sur le terrain pour une mission depuis qu'il s'était fait amputer. Il était hors de question qu'il soit à nouveau laissé derrière. Une fois qu'on goûtait à l'action, on ne voulait plus jamais que ça s'arrête. Pendant sa convalescence, c'était lui qui était resté avec Alfred, qui avait assuré le bon fonctionnement du complexe et qui avait aidé à la préparation des repas. Mais l'équipe de Stone avait besoin de lui. Ils avaient tellement de travail qu'ils étaient en train de recruter plus d'hommes.

Le monde était dans un triste état si l'activité de leur entreprise explosait de la sorte.

— Écoutez tous. Nous partons dans une heure, déclara Levi. Faites des réserves d'eau parce qu'il va faire très chaud aujourd'hui.

Merde, songea Stone. Il détestait la chaleur. Mais cela n'avait pas d'importance. Il était là dans le cadre de son travail. Et il s'assurerait de faire son boulot correctement, d'une manière ou d'une autre.

LISSA BRAMPTON ÉTAIT accroupie derrière la porte, l'oreille collée contre le bois. Elle pouvait entendre des bribes de conversation, mais ne comprenait pas ce qui se disait. Elle n'était pas ici depuis suffisamment longtemps pour avoir appris cette langue ou être capable de déchiffrer le moindre mot. Bien qu'elle ait appris l'espagnol et le français assez facilement pendant ses études, elle n'avait pas la même expérience avec les langues afghanes.

Mais le ton de leurs ravisseurs ne laissait aucune place au doute. Il se passait quelque chose. Les hommes se criaient dessus et elle entendait des bruits de pas rapides, comme si certains d'entre eux couraient. Heureusement, personne ne vint dans leur direction.

Elle regarda les deux autres otages qui se trouvaient avec elle. Il s'agissait d'un mari et de sa femme, tous deux médecins. Ils avaient tous les trois été enlevés dans le même camp de réfugiés. D'une manière ou d'une autre, ils avaient été délibérément choisis par ces terroristes, probablement parce qu'ils étaient tous américains.

Elle ne savait pas si leurs kidnappeurs savaient qui était son père, mais c'était probable. Elle était au courant que les rebelles avaient demandé beaucoup d'argent en échange de sa libération, mais elle savait aussi que la politique du gouvernement américain était de ne pas payer les rançons réclamées par des terroristes.

En théorie, elle approuvait ce choix de ne pas capituler face à leurs ennemis et de ne pas leur donner d'argent, mais maintenant que sa tête était sur le billot, elle ne voyait plus vraiment les choses comme avant.

Elle baissa les yeux sur ses mains, et ne fut pas surprise de voir ses poings se serrer.

Peu importait qu'elle soit venue dans ce pays de son plein gré. Elle avait défié les souhaits de son père et était partie de chez elle aussi vite qu'elle l'avait pu. Elle avait fait du bénévolat partout dans le monde, mais même à l'autre bout de la planète, elle n'était toujours pas suffisamment loin de sa mère et de son père. Ce n'était pas un homme facile à vivre, et le simple fait d'observer la relation entre ses parents suffirait à faire fuir n'importe qui. Il ne changerait jamais. Et sa mère serait toujours cette femme frêle, collante et agaçante qui lui répétait à tout bout de champ d'écouter son père.

Heureusement, elle avait son propre appartement dans un autre état. Elle avait quitté le foyer familial dès qu'elle avait été en âge de le faire.

Peu importait qu'elle possède un cerveau capable de fonctionner tout seul dans sa boîte crânienne. Cela ne changeait rien au fait que son père voulait un fils, et qu'à la place, il avait eu Lissa. En tout cas, elle essayait de ne pas se préoccuper de ce qu'il pensait, d'autant plus que son attitude envers les femmes était loin d'être inspirante. Comme elle était sa fille, tous s'étaient probablement attendus à ce qu'elle devienne un clone de sa mère. Sauf qu'elles ne se ressemblaient pas du tout. Lissa avait plus de courage que toutes les femmes qu'elle connaissait. Mais ce n'était pas vraiment un avantage. Au contraire, son caractère bien trempé ne faisait que lui attirer des ennuis, encore et encore.

Elle leva la main et tâta sa blessure à la tempe, refermée par quelques points de suture. Ça faisait toujours aussi mal. Se faire poser des points de suture sans anesthésie n'était pas quelque chose qu'elle recommandait. Mais elle se sentait reconnaissante envers Kevin de l'avoir soignée. Lorsqu'ils avaient été kidnappés, Kevin était en train de préparer plusieurs trousses de secours, et celles-ci, ainsi que certains de leurs sacs, avaient été emportées avec eux. Il avait réussi à garder le sac de Susan avec eux au départ, et heureusement, il contenait une petite trousse de secours.

Lissa se tourna et considéra avec attention Susan et Kevin. Ils avaient entre cinquante-cinq et soixante ans. Après avoir élevé leurs enfants, ils avaient voulu en faire plus et avaient décidé de mettre leurs compétences médicales au service des plus démunis. Ils avaient donc pris la route et voyagé pendant les quatre dernières années en aidant de leur mieux tous ceux et celles qui en avaient besoin, partout où ils le pouvaient.

Puis, d'une manière ou d'une autre, ils avaient atterri ici, avec elle. Et maintenant, Susan semblait épuisée et abattue.

Lissa avait mal à la tête. Elle avait désespérément besoin de boire. Mais depuis qu'ils avaient été jetés dans cette pièce, on ne leur avait donné que très peu d'eau, juste assez pour qu'ils restent en vie. Un seau, qu'ils avaient tactiquement accepté d'utiliser pour faire leurs besoins, se trouvait dans le coin le plus éloigné, et à part ça, leur geôle ne contenait pas grand-chose.

Elle n'était pas du genre à se plaindre, mais leur situation n'avait pas évolué depuis plusieurs jours.

Elle se dirigea vers la petite fenêtre. Celle-ci était située à environ deux mètres cinquante du sol et était trop haute pour qu'elle puisse l'atteindre seule. Avec un peu d'aide, elle pourrait probablement s'échapper par là, mais il était hors de question qu'elle laisse Kevin et Susan derrière elle. Cet endroit était un piège mortel, et elle n'était pas comme son père.

Un rayon de soleil éclairait son visage là où elle se tenait. La température était suffisamment élevée pour qu'elle ne ressente pas le besoin de se réchauffer, mais la caresse du soleil sur sa peau avait quelque chose d'apaisant.

Même si ce n'était qu'un minuscule fragment du monde qui s'étendait à l'extérieur de leur prison, elle avait vraiment besoin de ce petit bout d'espoir.

Derrière elle, Susan chuchota :

— Vous croyez qu'on sortira un jour d'ici ?

Susan avait désespérément besoin de cette lueur d'espoir que Lissa avait trouvée pour elle-même. Alors, avec toute la conviction dont elle était capable, Lissa murmura :

— Oui. Nous allons sortir d'ici. Mais en attendant, tu dois te reposer et reprendre des forces. Nous aurons besoin de toute l'énergie dont nous disposons pour nous échapper.

Puis elle se retourna pour laisser le soleil éclairer à nouveau son visage. Si elle se tenait selon un certain angle, elle pouvait voir une colline au loin. Mais les détails des environs restaient flous.

Elle remarqua alors que quelque chose avait changé. Les sourcils froncés, elle étudia l'horizon. Elle n'avait rien d'autre à regarder ces derniers jours, alors elle avait mémorisé la forme du paysage. Et maintenant, une ombre semblait se déplacer vers la gauche. Puis elle aperçut un flash sur le flanc de la colline. Était-ce les hommes du chef des rebelles qui se trouvaient là-haut ? Ou quelqu'un était-il à leur recherche en ce moment même ? Peut-être y avait-il un avantage à être la fille d'un sénateur.

Alors qu'elle était sur le point de s'asseoir pour faire une sieste, elle entendit des pas précipités se diriger vers eux. Elle n'eut pas le temps de décider si elle devait se cacher derrière la porte et attaquer leurs ravisseurs, ou simplement s'écrouler sur le sol et prétendre s'être évanouie à cause du manque d'eau et de nourriture. Tout à coup, deux personnes firent irruption dans la pièce et se mirent à leur crier dessus.

Chapitre 2

LES TROIS OTAGES furent saisis et poussés hors de la pièce pour descendre plusieurs marches de l'escalier. Ils furent jetés dans une autre pièce, et la porte avait claqué derrière eux. On ne leur avait pas dit un mot ; on ne leur avait rien demandé.

Cette pièce-là était plus grande, avec une porte au fond ; Lissa s'était approchée et l'avait ouverte. Elle sourit. Elle se tourna vers les deux autres.

— C'est une salle de bains.

C'était aussi un sacré soulagement car l'eau coulait du robinet du lavabo. Elle retourna au centre de la pièce pour trouver Kevin debout à la table, puis les deux femmes le rejoignirent rapidement.

— Ils nous ont apporté de l'eau et de la nourriture, dit-il en guise d'explication. Pas beaucoup, mais assez pour nous maintenir en vie.

Ils voulaient que Susan mange en premier car elle était la plus faible. Mais Susan ne voulait pas en entendre parler. Elle s'assura que tout le monde recevait une quantité égale de chaque : de l'eau et un plat de riz avec un peu de viande et de légumes.

En fait, il y avait juste assez de nourriture pour un seul. Mais, comme Kevin l'avait dit, cela les maintiendrait en vie, ce qui était tout ce dont ils avaient besoin à ce stade. Après avoir mangé, Lissa explora les lieux. La pièce semblait identique à celle qu'ils avaient à l'étage, mais plus vaste.

Toujours pas de meubles à part la table, ni de couvertures ou quoi que ce soit pour s'asseoir. Juste une fenêtre, légèrement plus grande que la précédente.

Elle regarda de plus près. Ils semblaient être au deuxième étage, mais toujours du même côté du bâtiment. Et cette fois, il y avait des barreaux aux fenêtres. Bien. Pas d'évasion possible par là. Mais elle ne put pas s'empêcher de tendre le bras et de secouer les barreaux, juste pour être sûre.

Ils étaient solides. Et les murs étaient en pierre et en adobe, matériaux de construction traditionnels des autochtones. Il faudrait une grenade ou un tremblement de terre pour que ces murs s'écroulent. Et vu qu'il y avait plusieurs étages au-dessus d'eux, ce serait le pire scénario, car ils seraient écrasés à l'intérieur.

Mécontente de ce constat, elle se retourna pour étudier le reste, mais il n'y avait plus rien à voir. Susan était allée s'allonger sur le côté gauche de la pièce, et Kevin la tenait dans ses bras. Lissa se tourna vers la table, mais elle ne fournissait pas non plus beaucoup d'armes potentielles. Simple mais vieille, branlante.

Si Lissa devait frapper quelqu'un avec un morceau, cela ne ferait rien de plus que l'énerver, et elle serait en plus mauvaise posture qu'avant.

Elle se dirigea vers la porte – une grande et vieille planche – et en étudia les charnières. Elle était surprise que cette pièce, comme l'autre, ait une porte, car la plupart du temps, de simples tentures cachaient les ouvertures. Mais c'était une sorte de maison de maître, et il semblait s'attendre à détenir des prisonniers ici. Elle tendit le bras et saisit la poignée de la porte par laquelle ils avaient été poussés et la tira.

Surprise, surprise… La porte s'ouvrit. Les servantes ne l'avaient-elles pas fermée à clé en sortant ? Ou les portes ne se verrouillaient-elles pas ?

Instantanément, deux hommes apparurent devant elle, armes dégainées et pointées sur elle. Elle leva les mains en signe d'excuse et montra les assiettes vides sur la table. Elle s'approcha, prit les plats, les tendit et dit :

— S'il vous plaît, pouvons-nous avoir plus de nourriture ?

Les deux hommes la regardèrent avec dégoût et partirent en fermant soigneusement la porte derrière eux. Et elle savait que, même si l'un d'eux était parti, l'autre monterait toujours la garde.

Les serrures n'étaient donc guère nécessaires.

Eh bien, elle avait essayé, au moins. Au moment où elle décidait de s'allonger elle aussi, la porte s'ouvrit à nouveau. Cette fois, une jeune fille entra, portant un plateau avec plus de nourriture. Avec un sourire de remerciement, Lissa s'approcha de la table et étudia le riz et les légumes frais. Plus qu'ils n'en avaient eu la première fois. C'était bien. Peut-être qu'ils ne mourraient pas tout de suite de faim.

Elle se tourna vers Kevin et Susan pour voir s'ils voulaient encore manger. Kevin mit un doigt sur ses lèvres pour que Lissa se taise. Elle réalisa que Susan s'était endormie. Tant mieux.

Lissa servit une assiette avec un tiers de la nourriture pour Kevin. Puis elle en prit une autre pour elle. Quand Susan se réveillerait, il lui en resterait. Lissa s'assit contre le mur en face d'eux et commença à se remplir le ventre. Étonnamment bon. Mais, évidemment, la faim rend tout bon.

Quand elle eut terminé, elle posa son assiette sur la table et retourna à sa place sur le sol. Il ferait froid la nuit venue. Mais elle ne pensait pas que des couvertures leur seraient offertes. Elle avait déjà eu froid, et c'était mieux que d'avoir faim.

Se sentant beaucoup mieux, elle se mit en boule comme Susan et s'endormit.

STONE ÉTUDIA LA disposition de l'enceinte en dessous de lui. Il était surpris lorsqu'ils trouvaient des endroits comme celui-ci, une véritable oasis par rapport au reste du village de l'autre côté.

Un homme riche avait décidé de se construire tout un petit monde ici. C'était assez grand pour contenir confortablement un village entier – personne ne devait avoir à s'entasser, d'après ce que Stone pouvait voir. Plusieurs camions de bonne taille circulaient également, déplaçant des cargaisons d'un côté à l'autre du complexe. Stone pensait qu'il s'agissait d'armes, vu qu'ils avaient besoin de camions pour les transporter.

Avec sa lunette, Stone estima la distance jusqu'au mur extérieur à quatre cents mètres. Dix de plus pour le mur intérieur du bâtiment actuel. Il évalua lentement toutes les faiblesses. Son regard se posa sur la fenêtre du deuxième étage, inquiet pour la jeune femme qu'il avait vue auparavant. Elle avait été là à peine un instant, puis avait disparu. Maintenant, il se demandait qui elle était. Mais, comme elle était la seule blonde qu'il ait vue depuis leur arrivée dans ce foutu pays, il y avait fort à parier que c'était Lissa Brampton. Les renseignements avaient indiqué qu'elle était ici. Il était enclin à le croire maintenant.

Il avait participé à suffisamment de missions où les infos étaient erronées pour ne jamais les croire avant de pouvoir les confirmer de ses propres yeux. Ce qu'il n'aimait pas, c'était le vent qui se levait. Cela rendait les tirs difficiles. Pas impossibles, mais ça ajoutait à la complexité.

Il y avait beaucoup de monde dans l'enceinte. Son équipe devait créer une diversion, puis se faufiler pour récupérer les otages, et se barrer d'ici. La diversion, c'était le travail de Levi de l'autre côté. Les sept membres de l'équipe étaient là, mais avec seulement quatre personnes au sol, cela ne permettait pas de couvrir beaucoup de terrain. À l'intérieur du véhicule, Ice contrôlait ce qui leur donnait un sacré avantage : les nouveaux drones de Bullard.

Ces engins-là changeaient la donne. Les militaires s'en servaient pour éliminer les terroristes connus dans le monde entier. Ils étaient d'une précision mortelle. Stone rampa vers le camion où se tenait Ice. Elle avait deux drones installés. Qu'elle soit une pilote d'hélicoptère d'enfer ou qu'elle ait simplement une aptitude naturelle à manœuvrer ces drones comme une cheffe, en tout cas, elle maîtrisait. Aucun des autres ne les contrôlait avec la même précision qu'elle.

— Tu es prête ?

Elle acquiesça.

— Bullard a envoyé des instructions pour étouffer un tant soit peu le bruit.

Elle se baissa et régla quelque chose à l'arrière de la petite machine.

— Je viens de finir de le bricoler, poursuivit-elle en jetant un coup d'œil à Stone. Des nouvelles de Levi ?

Il secoua la tête.

— Pas encore.

Ce qui changea deux minutes plus tard.

Ice envoya les deux drones dans le ciel, les dirigeant vers l'arrière, là où Levi installait des charges de l'autre côté du mur, dans l'espoir que l'explosion attirerait tout le monde, donnant à Rhodes et Merk une chance d'agir pendant que Stone et Harrison couvriraient leurs arrières.

Ice se tendit à côté de Stone, surveillant les écrans et contrôlant les deux drones à la fois. Elle visa soigneusement les hommes à l'extérieur, loin de l'action.

Stone la regarda avec respect.

— Déjà deux ? demanda-t-il.

Elle ne quitta pas les écrans des yeux.

— Oui.

Puis les charges de Levi explosèrent. L'enceinte s'enflamma.

Les drones étaient d'un noir mat et, comme deux chauves-souris dans la nuit, ils étaient très difficiles à voir tant qu'ils ne bougeaient pas. De plus, ils planaient à une vitesse régulière, ce qui les rendait difficiles à repérer dans le ciel nocturne.

— Cinq, dit-elle d'un ton froid.

Stone sourit. Peut-être qu'il n'avait pas besoin d'un fusil de sniper, après tout. Il était prêt et avait sa ligne de mire, mais ne voyait aucune cible. Puis il se raidit.

Rhodes et Merk apparurent soudainement. Avec tous les tirs et les explosions de l'autre côté, tous les deux s'étaient précipités sur le côté. Comment savaient-ils où était la fille ? Mais ils se dirigèrent bel et bien vers la blonde qu'il avait vue plus tôt. Très vite, ils lancèrent des cordes, qui s'accrochèrent aux barreaux, et ils escaladèrent le mur. Bon sang, ils étaient bons ! Quelque chose qu'il n'était pas sûr de pouvoir faire avec sa jambe, maintenant. Enfin, peut-être qu'il pourrait, mais pas aussi vite.

Il regarda à travers sa lunette. Harrison explorait la zone inférieure. Soudain, les barreaux de la fenêtre sautèrent, et les deux hommes entrèrent. Stone les encourageait en pensée : *Allez, allez, allez !*

Les deux hommes disparurent dans la pièce derrière eux, puis ils ressortirent avec la blonde et une deuxième femme.

Mince, ils ne s'attendaient pas à un deuxième otage. Lorsque Rhodes et Merk répétèrent l'ascension et sortirent avec un homme entre eux, Stone sut que la mission serait beaucoup plus difficile qu'il ne l'avait d'abord pensé. C'était une chose pour deux hommes de prendre et de porter une seule femme, mais c'en était une autre de gérer trois personnes.

Au moment où Rhodes et Merk descendaient le rescapé jusqu'au sol, un ennemi arriva au coin de la rue. Sa tête explosa alors que Stone préparait son tir. Mince ! Harrison l'avait eu.

Là. Stone appuya sur la détente, et le deuxième homme tomba. Après ça, viser et tirer, viser et tirer.

Il suivait les progrès de Merk, Rhodes et des otages, mais de justesse. Il pouvait entendre Ice jurer derrière lui et savait qu'elle était toujours au travail. Un drôle de *pouf* dans le ciel partit sur la gauche. Il vit l'un des drones qui explosait. Derrière lui, Ice lâcha :

— Nom de Dieu !

Bon sang, il ne savait pas à quoi elle s'attendait. Ce satané engin avait tué deux fois plus de gens que lui, et elle était sacrément bonne.

Son oreillette crépita.

— Retraite !

Facile à dire pour Levi. Ils avaient maintenant un total de dix personnes à extraire de ce cauchemar. Laissant les autres couvrir Harrison, Stone et Ice montèrent dans le même camion. Il fit démarrer le moteur pour pouvoir bientôt rassembler les otages. Dans l'obscurité, il descendit la colline en faisant tout son possible pour éviter les rochers et les arbres qu'il avait repérés plus tôt.

Presque en bas, Merk arriva pour rejoindre le camion à double cabine. Stone prit un fusil à lunette et effectua plusieurs tirs de couverture pendant que les otages étaient chargés à l'intérieur de la cabine arrière. Ils étaient coincés selon un angle pourri, et ils avaient encore Levi à trouver et Harrison à chercher. Logan conduirait le camion de tête, prendrait Merk et Rhodes, et les retrouverait bientôt.

— Roule, Stone ! dit Ice. Je vais les faire tomber.

Il lui transféra le fusil. Elle s'assit sur le bord de la fenêtre ouverte, tirant par-dessus le capot du camion. Il fit reculer le véhicule et le fit tourner sur la route, puis il fila en vitesse.

En criant, il demanda :

— Où est Harrison ?

— Il arrive, vingt mètres devant nous.

Ice regarda autour d'elle et ajouta :

— Mais où est Levi, bon sang ?

Stone n'en avait aucune idée.

Cela arrivait quand on faisait des plans.

Ils partaient en vrille. Toujours.

Il appuya sur l'accélérateur et roula aussi vite que possible pour aller chercher Harrison. Stone connaissait Levi. Il réapparaîtrait quand ils s'y attendraient le moins.

Harrison sauta sur le marchepied derrière Ice pendant que Stone faisait feu. Il pouvait sentir la tension de tout le monde dans le véhicule. Personne à l'arrière ne disait un mot. Ice restait tout aussi muette, mais il savait très bien ce qu'elle avait en tête. Levi devait être ici quelque part.

Ils contournèrent la montagne qu'ils avaient escaladée et se dirigèrent vers le village. Il n'y avait plus d'endroit sûr pour eux. En fait, à en juger par la poussière qui s'accumulait sur le flanc de la colline derrière eux, ils étaient sur le point d'avoir des visiteurs indésirables.

Ice ouvrit l'ordinateur portable pour lancer le logiciel du champ de mines.

— Je vais naviguer. Tu conduis.

Son oreillette crépita.

— Stone, avancez encore un peu ! Je suis à dix mètres sur la droite. Arrête-toi et je grimpe.

Stone avait à peine freiné qu'il sentit Levi bondir dans le pick-up.

Harrison le rejoignit, en criant à Stone :

— Y a des bâtards à nos trousses. Bouge de là !

Stone appuya sur l'accélérateur, pestant à l'idée de trouver son chemin à toute vitesse dans le noir.

— Ne t'inquiète pas pour ça ! Je m'en occupe, lança Ice qui se mit à aboyer des ordres qu'il avait à peine le temps d'enregistrer pour les envoyer à droite, puis à gauche, et à droite, encore à gauche et tout droit pour finir.

Lorsqu'ils arrivèrent enfin de l'autre côté, le taux d'adrénaline de Stone avait explosé. Un point de ramassage était devant eux, et un changement de véhicule devait se faire très vite. Stone n'avait pas été capable de se débarrasser des rebelles. En fait, on aurait dit qu'ils l'avaient suivi jusqu'ici.

— On a un autre champ de mines devant nous, dit Ice. Si on fait ça correctement, on peut les éliminer en même temps. Prends à gauche, maintenant !

Instantanément, il donna un coup de volant, entendant quelqu'un qui retenait brusquement son souffle derrière lui. Il l'ignora.

— Et à droite… *maintenant.*

Il donna de nouveau un coup de volant et une mine explosa juste derrière lui. Il jeta un coup d'œil à Ice.

— C'était trop près.

Elle haussa les épaules et lui sourit dans l'obscurité.

— C'était nécessaire.

Il fronça les sourcils mais continua de conduire jusqu'à ce qu'il entende un énorme *boum*. Jetant un coup d'œil dans son rétroviseur, il vit le camion qui les suivait heurter de plein fouet une mine. Le véhicule fut projeté en l'air et fit un tonneau avant d'exploser.

À côté de lui, Ice ferma l'ordinateur portable et dit :

— Bon travail !

Stone rit.

— Tu veux dire, *sacré* bon travail.

— Vous êtes tous fous ou quoi ?!

La douce voix féminine derrière lui appartenait à la première des otages à parler. Stone n'avait pas vraiment été conscient de leur présence. Qu'avaient-ils dû penser de cette dernière heure de chaos ? Il secoua la tête. Peut-être était-il fou, mais ils avaient été assez intelligents pour lui faire confiance et rester silencieux. Il appréciait.

Il se tourna et jeta un rapide coup d'œil derrière lui.

— Vous allez bien ?

Il ramena son regard sur la route et posa une seconde question.

— Quelqu'un a-t-il besoin d'aide médicale ?

— Non. Kevin et Susan sont eux-mêmes des médecins, répondit la blonde. Ils sont juste fatigués. Je vais bien aussi.

Ice se retourna pour l'étudier.

— Melissa Brampton ?

La jeune femme hocha la tête.

— Oui. On m'appelle Lissa.

— Bien. Ton père t'attend à la maison.

— Il a vraiment payé la rançon ?

La surprise dans sa voix incita Stone à jeter un autre regard rapide dans le rétroviseur. Elle avait l'air étourdie. Était-elle sous le choc des récents événements ou surprise que son père puisse être assez inquiet pour payer ? Il n'était pas sûr.

Il décida d'éliminer un de ces doutes.

— Oui, il était tout à fait prêt à payer la rançon. Cependant, la décision a été prise qu'on viendrait vous sauver, car payer ne garantissait pas que vous seriez épargnée.

Elle hocha la tête en silence.

— C'est ce que je pensais. Mais je n'aurais jamais cru qu'il paierait.

Ses mots avaient un léger ton d'amertume qui lui fit échanger un regard avec Ice.

Puis la blonde ajouta :

— Il n'est pas du genre à miser sur un cheval perdant.

Stone ne savait pas ce que cela signifiait, mais il était évident que la relation entre le père et la fille était tendue. Bien que des événements comme celui-ci aient tendance à améliorer les pires relations. Il n'était pas si sûr que ce serait le cas cette fois-ci.

Dans le rétroviseur, il la regarda longuement pour la première fois et fut surpris par ce qu'il vit. Pour une femme qui avait défié son père afin de partir en mission humanitaire dans un pays du bout du monde, un pays déchiré par la guerre de surcroît, il s'attendait à une personne forte, robuste même. Au lieu de cela, la femme assise derrière lui était grande et maigre. Peut-être y avait-il une force en elle, mais il ne vit que de la fragilité à la place.

Sous toute cette crasse, des cheveux blonds probable-

_ment très clairs étaient attachés en une tresse. Son visage était couvert de saleté, ses vêtements déchirés, et on aurait dit qu'elle venait de survivre à une épreuve épuisante. Ce qui était tout à fait le cas. Pourtant, il pouvait deviner la force dans son visage et son regard, mais physiquement, elle était l'exact opposé de ce qu'il avait imaginé.

Il ne s'attendait pas non plus à recevoir un coup de poing dans le ventre. Mais encore une fois, il n'était pas du genre à se donner en spectacle. Il aimait les femmes avec du cran, et elle semblait en avoir, à la pelle.

La main d'Ice lui donna un coup sur le bras, ce qui lui fit réaliser que son esprit s'était à nouveau égaré. Il reporta son regard vers l'avant et fixa son attention sur la route. La dernière chose dont il avait besoin était d'être mis sur la touche par une femme, qu'elle soit pleine de cran ou non.

— Eh bien, il l'a pourtant fait, dit Ice en réponse aux deux derniers commentaires de Lissa. Bien qu'il n'y ait aucun risque que notre équipe soit considérée comme un cheval perçant.

Chapitre 3

LISSA NE CONNAISSAIT pas la femme assise à l'avant du véhicule. Mais elle était manifestement responsable et compétente. Une partie de Lissa sentait qu'elle devait se rebeller contre cette autorité ; une autre partie lui disait de se taire, de s'asseoir et de se détendre. Elle n'avait pas besoin d'avoir le contrôle tout le temps. Et elle devait apprendre à se laisser aller plus souvent. On aurait pu dire qu'elle avait été sur le sentier de la guerre toute sa vie, depuis qu'elle était assez âgée pour comprendre qu'elle ne voulait pas faire tout ce qu'on lui demandait.

De plus, ces gens-là étaient venus pour la sauver. Et ils avaient accompli un travail admirable jusqu'à présent. Elle se doutait qu'ils étaient probablement très bien payés pour ce travail, mais elle appréciait quand même. Leurs vies étaient tout autant en danger que la sienne à ce stade.

Elle ferma les yeux et s'enfonça dans son siège, cédant. D'une voix calme, elle dit :

— Je ne voulais pas offenser votre équipe, simplement dire que mon père me considère moi comme un cheval perdant. Mais ma relation avec lui n'est pas le sujet ici.

Le conducteur, un homme super baraqué, prit la parole à voix basse.

— Ice est juste très protectrice envers nous. C'est comme ça qu'on fonctionne.

— Et vous avez merveilleusement réussi. Je vous remercie de m'avoir sauvée, dit-elle sans ouvrir les yeux. Je suis juste trop fatiguée pour penser correctement.

Kevin s'avança sur la banquette arrière et tapota l'épaule de Lissa.

— Nous sommes tous très reconnaissants pour ce que vous avez fait. Pour être honnête, je ne savais pas combien de temps ma femme tiendrait encore, admit-il. Ces deux années ont été difficiles, mais cette dernière semaine a été de loin la pire. Bien sûr, l'enlèvement a été le point culminant.

Ice se retourna pour les fixer depuis le siège avant.

— Semaine ?

Il acquiesça.

— Les perturbations au camp de réfugiés semblaient s'aggraver de jour en jour. En fait, nous aurions dû savoir que quelque chose de ce genre allait arriver. Pas qu'il y ait eu des signes, mais… il y *en avait*. Vous voyez ce que je veux dire ?

— Les hommes qui regardent, les armes de guerre supplémentaires qui apparaissent, le niveau de peur et de tension qui augmente autour de l'endroit, débita Stone.

Lissa hocha la tête et acquiesça à cent pour cent.

— Si nous avions été plus malins, nous aurions compris ce qui se passait et nous serions partis il y a une semaine. Même quelques jours avant, ça aurait été bien.

Ses lèvres se tordirent en un sourire à moitié triste.

— Au lieu de cela, nous avons été entraînés dans ce chaos. J'aurais pu m'en passer.

— Nous aurions tous les trois pu manquer cette *chance*, dit Kevin avec un sourire. D'un autre côté, grâce à vous, les gars, nous avons survécu.

Il jeta un coup d'œil par les fenêtres du camion et demanda :

— Nous sommes bien hors de danger maintenant, n'est-ce pas ?

— Nous ne sommes jamais complètement sortis d'affaire, répondit Ice. Mais à chaque kilomètre que nous mettons entre eux et nous, nous sommes mieux lotis.

— Nous sommes à environ une heure du transfert du véhicule, alors asseyez-vous et détendez-vous ! déclara Stone. Nous allons monter la garde.

Lissa se retourna et regarda à travers les vitres derrière eux.

— Et les deux hommes dans le camion ? Est-ce qu'ils vont bien ?

— Ça ira pour eux. Nous rencontrons un autre camion plus loin devant. On va mélanger les hommes à ce moment-là.

Et, environ une heure plus tard, Lissa vit leur véhicule ralentir et s'arrêter à côté d'un vieux pick-up contre lequel s'appuyait un homme, comme s'il les attendait. Une fois le camion arrêté, la porte s'ouvrit. L'homme jeta un coup d'œil à la banquette arrière et haussa les sourcils.

— Trois otages ? Est-ce qu'ils vont bien ?

Ice hocha la tête.

— Comment Merk et Rhodes tiennent-ils le coup ?

Lissa regarda autour d'elle et se rendit compte que les deux hommes qui l'avaient tirée de cette pièce n'étaient pas dans le camion où elle se trouvait. Elle réussit cependant à les voir alors dans l'autre véhicule. Oh, merci, mon Dieu ! Pendant qu'ils observaient et attendaient, l'un des hommes à l'arrière de son pick-up sortit. Elle n'écouta qu'à moitié les plans qui avaient été établis.

Le dernier homme de la camionnette vint à l'avant. Elle

ne savait pas où ces tous étaient nés et avaient été élevés, mais ils étaient vraiment des durs à cuire. Et quelque chose dans tout ça la mettait à l'aise. C'était agréable de penser qu'elle était en sécurité, pour une fois. Il lui semblait qu'elle ne s'était pas sentie ainsi depuis longtemps, voire jamais dans sa vie.

Pendant qu'elle cherchait un point de comparaison, le grand type s'installa sur le siège avant avec Ice et le conducteur, que quelqu'un avait appelé Stone, lui semblait-il. D'une certaine façon, ça collait. Il devait peser facilement plus d'une centaine de kilos. Si ce n'était une vingtaine de plus.

Elle s'était sentie comme un chihuahua tentant de gifler des dobermans, les rebelles, de leur dire de s'éloigner. Mais comparés à eux, ces hommes étaient de sacrés terre-neuve, plus lourds et plus forts qu'eux. Elle espérait seulement qu'ils étaient plus méchants que leurs homologues canins.

Le fait d'avoir été élevée par son père, dont la mentalité de doberman n'avait cessé d'entamer sa confiance en elle, l'avait rendue très méfiante vis-à-vis des hommes.

Stone se tourna pour la regarder.

— Lissa, comment ça va ?

Juste assez d'intérêt réel dans sa voix et son regard pour qu'elle réalise que, même si ce n'était qu'un job, il se sentait sincèrement concerné.

Elle lui sourit, son premier vrai sourire depuis longtemps, et répondit :

— Je vais bien, merci. Je suis juste si heureuse d'être en sécurité !

Il hocha la tête en signe de compréhension.

— Vous n'êtes pas encore totalement en sécurité, l'avertit-il. Pas avant qu'on vous ramène sur le sol américain.

— Compris.

Elle vit son regard se diriger vers les deux autres anciens otages, son froncement de sourcils s'accentuant alors qu'il étudiait Susan. Il se retourna franchement sur son siège pour regarder le mari de Susan.

Kevin dit avec un sourire :

— Elle est juste épuisée. Nous sommes tous les deux médecins, et nous avons dépassé notre seuil de résistance pendant longtemps.

Seulement, le grand type n'avait pas l'air d'être rassuré.

— Je sais qui est Lissa, mais j'ai besoin de connaître vos noms. Et votre nationalité.

— Kevin et Susan Salinger, tous deux Américains, nés au Kansas. Après avoir quitté la maison, nous avons décidé de trouver un nouveau but dans la vie.

Avec un sourire en coin, il ajouta :

— Il est peut-être temps de rentrer à la maison.

— Voici Levi et Ice, et je suis votre chauffeur, Stone. Je vous dirais bien les noms des quatre autres hommes dans le deuxième camion, mais vous oublierez et n'aurez pas de visage à mettre sur ces noms, alors nous ferons les présentations plus tard. Nous avons été engagés par le père de Lissa pour la ramener chez elle, et il se trouve que vous étiez au bon endroit au bon moment.

Kevin éclata de rire.

— Même si c'est un sacré cliché, c'est mieux que d'être au mauvais endroit au mauvais moment, ce que nous avons ressenti. Nous avons été kidnappés avec Lissa.

Il leva la main pour serrer celle de Levi et continua :

— Merci d'avoir été assez gentil pour prendre deux personnes supplémentaires dans le besoin.

— Aucun problème et aucune charge. Nous sommes tous des anciens de l'US Navy, et c'est ce que nous avons toujours fait. Maintenant, nous le faisons juste dans le privé.

Il se détourna de la banquette arrière pour faire face à l'avant, et ajouta :

— Il y a un autre arrêt dans environ quarante-cinq minutes. Nous allons manger un morceau, faire une pause pipi, et changer de véhicule. Attendez-vous à partir sur un vol dans six heures, si tout se passe comme prévu.

Lissa aurait vraiment souhaité qu'il ne dise pas la dernière phrase, mais elle comprenait son besoin de clarifier. Elle savait que le voyage serait très long, ils devaient juste être patients. Elle était plutôt impatiente de rentrer chez elle maintenant, mais le temps que cela prendrait pour y arriver n'avait pas vraiment d'importance – du moment qu'ils échappaient à cet enfer.

STONE CONDUISAIT GRAVEMENT dans l'obscurité. Même si leur mission était un succès jusqu'à présent, ce n'était pas le moment de baisser sa garde. Trop de missions avaient déraillé parce que les gens pensaient être en sécurité. Lui et son équipe n'en étaient pas encore là.

D'après ses calculs, ils étaient à environ cinq minutes du point de rendez-vous. Il s'engagea dans la rue secondaire devant le grand entrepôt et se gara, éteignant les phares. Un silence absolu régnait à l'intérieur du véhicule.

L'autre moitié de l'équipe était passée devant l'entrepôt et entrée par le côté opposé. Une des règles était de ne jamais être au même endroit au même moment. Trop facile pour être tous éliminés. Mais ils devaient être assez proches pour se soutenir mutuellement au cas où quelque chose tournerait mal.

Il jeta un coup d'œil à Levi et prit l'air interrogatif.

Même dans la pénombre, il pouvait voir le froncement de sourcils de Levi.

Ils attendirent. Deux nouveaux véhicules étaient censés les attendre. Stone vérifia sa montre et réalisa qu'ils avaient en fait deux minutes d'avance.

L'écouteur crépita dans son oreille.

— Aucune activité sur le site.

— Silence par ici.

Et ils attendirent.

Et attendirent. Cinq minutes après l'heure prévue, Levi ouvrit la porte et descendit du véhicule. Ice le suivit. Stone sortit son pistolet de son étui et le posa sur le siège à côté de lui. Une fois ces deux-là partis tout vérifier, il restait seul avec les trois otages. Risqué.

Il relaya rapidement le changement de statut au reste de l'équipe. Mieux vaut prévenir que guérir.

Il pouvait sentir les otages derrière lui s'agiter, regarder autour d'eux, la tension augmentant dans le camion. D'une voix aussi calme que possible, il dit :

— Personne ne s'est présenté au rendez-vous. Levi et Ice sont allés vérifier.

— Et tu t'attends à des ennuis, je présume, continua Lissa.

— Je m'attends toujours à des ennuis.

Kevin murmura :

— Ça doit être une façon difficile de vivre.

Stone haussa les épaules.

— J'ai passé beaucoup d'années dans l'armée, au sein d'une équipe d'élite, à effectuer des missions dans le monde entier. Sur le qui-vive, prêts à entrer en action à tout moment. Dès que nous étions appelés, c'était comme ça chaque minute jusqu'à ce que nous soyons rentrés sains et saufs.

Son regard ne cessait de se promener, vérifiant la zone à l'extérieur du véhicule. Il avait envie d'entrer dans l'entrepôt et de chercher, mais pas question de laisser ces gens ici. Pourtant, cette situation ne lui inspirait pas confiance. Quand les choses allaient mal, elles allaient vraiment mal, dans son monde. À voix basse, il ordonna :

— Couchez-vous !

Il se cacha rapidement sous le tableau de bord.

Et ils attendirent. Son oreillette crépita à nouveau.

— Un étranger sur la gauche. Nous sommes sur votre droite, contre le côté du camion.

— Compris.

Il resta où il était et attendit. Quand des coups de feu retentirent, il lança à l'arrière :

— Restez couchés !

Il se déplaça du côté qu'avait occupé Levi dans le camion. Harrison était derrière lui, sur le hayon. Stone se glissa devant pour regarder autour de lui.

Une deuxième salve fut tirée. Et puis cette immobilité comme en suspens qui suivit. Y avait-il un autre tireur ? Et qui avait réellement tiré ? Merk ou quelqu'un d'autre ? Son oreillette grésilla.

— La voie est libre. Une personne à terre.

Bien.

À une nuance près. Les ennemis ne venaient jamais seuls, ils étaient toujours avec des amis à eux.

Et ce n'était pas différent cette fois-ci.

Chapitre 4

L ISSA PLAQUA LES mains sur ses oreilles et pinça les lèvres pour empêcher son cri de peur de sortir. Après tout ce qu'ils avaient traversé, elle avait espéré être libérée de ce tourment. Au lieu de cela, ils étaient apparemment pris dans de nouveaux affrontements. La guerre en Afghanistan avait des tentacules très étendus. Elle n'avait aucune idée de qui était après qui. Elle s'enorgueillissait de rester à l'écart de la politique. Tout ce qui allait dans ce sens lui rappelait son père. Elle n'était pas une enfant des années soixante et n'avait pas le goût du *flower power*, mais elle croyait certainement à un salaire équitable pour tous et voulait promouvoir la paix, pas la guerre. Elle avait du mal à accepter la plupart des positions politiques prises dans son propre pays à ce moment.

Avec l'élection présidentielle, tout était sens dessus dessous. Elle voulait simplement que les gens sortent la tête du sable et réalisent qu'il fallait agir pour défendre la famille, maintenir la paix et s'entraider. Qu'était-il arrivé à l'honnêteté, à l'éthique et à la morale ? Il semblait que tout cela avait disparu.

Même les bonnes manières, un élément si fondamental de la société, avaient disparu. C'est en partie que sa désillusion avait été si radicale et qu'elle avait laissé les derniers mots de son père l'envoyer au loin. Elle n'avait plus foi en l'humanité. Et ce n'était pas juste, car il y avait beaucoup de gens bien. Elle en avait rencontré beaucoup en faisant du bénévolat. Mais il y avait quelque chose de particulier dans la vieille maison étouffante de son père, avec les fenêtres fermées et les femmes de chambre qui ne disaient jamais un mot, toujours silencieuses, toujours en train d'épier. Elle se demandait si elles se moquaient d'elle. Elle ne savait même pas si elles parlaient anglais. Son père parlait couramment l'espagnol, et elle n'était pas sûre qu'il leur versait un salaire correct. Elle avait du mal à accepter tout cela. Mais en même temps, elle savait que les femmes de chambre avaient besoin de cet argent pour rentrer chez elles.

Selon Lissa, c'était une situation du type perdant-perdant plutôt que gagnant-gagnant. Mais il n'y avait pas vraiment de solution miracle. Frustrée, se sentant incapable de changer quoi que ce soit, elle était partie vers les zones qu'elle comprenait.

Des gens qui étaient encore concentrés sur l'essentiel. Qui travaillaient dans les champs toute la journée et partageaient joyeusement le pain en famille le soir. Dont le seul divertissement était de raconter des histoires, de fabriquer de leurs mains des objets simples, de chanter et de danser. C'était une expérience joyeuse.

Elle ferma les yeux et essaya de se détendre pendant que les hommes recherchaient le reste de leur équipe. Elle pouvait seulement espérer que personne d'autre ne serait blessé à cause de ses actes. Son père avait raison à ce sujet. Si elle n'avait pas couru à la rescousse d'un camp de réfugiés, personne n'aurait eu à venir la chercher, mettant leur propre vie en danger. Peu importe qu'ils soient payés ou qu'ils fassent ça régulièrement. Si l'un d'entre eux mourait, elle se sentirait mal.

Il était bien trop tard pour les regrets maintenant. Elle savait que quelqu'un s'était fait tirer dessus, elle espérait juste que ce n'était pas un membre de l'équipe de sauvetage.

D'un autre côté, si c'était un ennemi, combien y en avait-il d'autres ?

La voix fatiguée de Susan résonnant dans le camion silencieux la fit sursauter.

— Qu'est-ce qui se passe ? Où sommes-nous ?

Elle pouvait entendre le faible murmure de Kevin qui tentait de réconforter sa femme. Son explication était énoncée sur un ton doux, comme si cela importait.

La dureté du scénario donna à Lissa l'envie de s'enfuir du camion et de faire quelque chose. Être confinée la tuait, et faisait remonter sa peur. Elle avait l'habitude d'avoir des crises de panique tout le temps, enfant. Mais elle pouvait en attribuer la responsabilité à son père. Elles avaient commencé quand il s'était mis à l'enfermer dans le placard quand elle n'était pas « sage ». Elle pensait avoir surmonté sa claustrophobie lorsqu'elle avait enfin pris les ascenseurs au lieu des escalators. Il lui avait fallu beaucoup de temps, de larmes et de nuits blanches pour arriver au point où elle pouvait maintenant les prendre sans problème. Mais ça ne voulait pas dire qu'elle les aimait.

Et maintenant, elle était dans ce camion. Et même si ce n'était pas un confinement dans le même sens du terme, il lui semblait restrictif et, si elle s'en sortait, elle n'avait nulle part où aller. Elle essaya de contrôler sa respiration, mais la panique s'installa. Elle ferma les yeux, serra les poings et prit de grandes inspirations, mais cela ne suffit pas.

Finalement, elle n'en put plus. Elle se redressa et passa sur le siège avant pour pousser la porte du passager, se penchant à l'extérieur, prenant une grande bouffée d'air frais.

Derrière elle, elle entendit l'exclamation de surprise de Kevin. Mais elle ne pouvait pas s'en inquiéter. Elle était trop occupée à aspirer de l'oxygène.

Alors qu'elle tenait la porte, elle vit dans la nuit les tremblements qui parcouraient son bras, le faisaient frissonner. Une main forte se tendit pour saisir son bras. Elle ne savait pas si c'était pour la maintenir en place afin d'arrêter les tremblements ou pour lui faire lâcher la porte. Elle ne pouvait pas. Au lieu de cela, elle s'y accrocha comme à une bouée de sauvetage.

Elle n'eut pas le temps de réagir lorsqu'un visage surgit de l'obscurité. Au lieu d'être effrayée, elle fut soulagée d'identifier Stone, leur chauffeur.

Il l'étudia avec inquiétude.

— Tu vas bien ?

Elle hocha à peine la tête.

— J'avais juste… j'avais juste besoin d'air frais.

Mais elle put voir à l'intensité de son regard qu'il devinait qu'il y avait plus. Maintenant qu'elle n'était plus seule, et que de l'air frais entrait dans ses poumons, elle commença à se détendre. Elle prit plusieurs autres inspirations profondes, disant à son corps de se calmer, que tout irait bien.

Quand Stone souleva sa main du cadre de la porte, elle le laissa faire. Mais quand il glissa la sienne pour la tenir, elle se figea.

Doucement, il serra ses doigts ensemble, un pouce rugueux caressant de haut en bas le dos de ses doigts.

— Tout va bien. Avoir peur est une réaction normale. Tu as déjà traversé beaucoup de choses.

Si seulement il savait ! Elle lui adressa un sourire timide et ajouta :

— J'aurais pu gérer tout ça. Mais quand vous m'avez

laissée enfermée dans le camion…

Elle secoua la tête :

— Je pensais que j'allais beaucoup mieux ces derniers temps, mais parfois, le fait d'être confinée m'atteint.

Il sourit et lui tapota la main.

— Je peux laisser la porte entrouverte si ça arrange les choses, mais je ne peux pas rester ici.

Elle se crispa à l'idée qu'il allait partir.

Instantanément, il lui serra les doigts et lui dit :

— Ne t'inquiète pas ! Je reste à côté du véhicule. Je ne vous laisse pas. C'est mon travail de monter la garde ici.

— Mon héros, dit-elle avec un léger gémissement.

Mais, bien sûr, c'était son travail. Pourtant, cela n'avait pas d'importance ; elle était tellement mal en point en ce moment qu'elle était reconnaissante du soutien de n'importe qui. Elle posa la tête sur son autre bras et se détendit sur le siège avant. Sa main était toujours dans la sienne tandis qu'il la rassurait doucement en lui disant que tout irait bien.

Elle pensa qu'elle était à l'abri du pire danger et pouvait se détendre. Puis elle entendit un cri au loin. Levant la tête, elle étudia Stone.

— Qu'est-ce que c'est ?

Il souleva sa main jusqu'à ses lèvres et déposa un doux baiser sur le dos de sa main et répondit :

— Ne t'inquiète pas ! C'est un de mes hommes, pas l'ennemi.

Au loin, elle entendit :

— Stone !

Il se redressa instantanément. Il se baissa pour la regarder et lui dit :

— Reste ici ! Je serai de retour dans deux minutes.

Elle renifla. Comme si elle risquait de partir où que ce

soit. Pas du tout. Elle était au chaud, en sécurité et au sec. Et bientôt, ce véhicule l'emmènerait loin d'ici. Mais rien de tout cela ne l'aidait à se sentir mieux en ce moment.

Elle rentra la main et la plaça contre sa poitrine, s'étonnant de ce doux baiser. Pour un homme si grand, ce geste gracieux de réconfort semblait déplacé, mais il ne l'était pas. Ses actions avaient été douces, naturelles. Et cela faisait toute la différence.

Les bras serrés, elle se blottit à l'avant, guettant le retour des hommes. Seulement, ils ne revinrent pas de sitôt.

Et son retour à la maison allait être retardé une fois de plus. Elle roula sur le dos et fixa le plafond. Un frisson la saisit. Probablement le choc.

— Kevin, tu vas bien ?

— Susan s'est à nouveau endormie. Nous allons bien tous les deux.

Mais elle pouvait entendre l'inquiétude sous-jacente dans sa voix. Ils allaient tous bien. Mais pour combien de temps ?

STONE SE PRÉCIPITA vers les autres hommes, se demandant ce qui avait bien pu lui arriver. Depuis quand embrassait-il la main d'une femme comme si elle était de la famille royale ? Ce n'était pas du tout lui, ça. Mais sur le moment, ça semblait être la meilleure chose à faire.

Il avait compris l'attaque de panique. Bon sang, les signes étaient pratiquement impossibles à manquer. Elle avait aspiré l'air comme si elle était en train de mourir. Tout ce qui pouvait l'aider à rester calme et à l'intérieur était une bonne chose. Il considéra sa réaction comme un geste désinvolte pour qu'elle se sente mieux. Pourtant, il savait que ça devait être un peu plus que ça.

Il n'était pas sûr de ce qui l'attirait, mais le fait de la voir se battre pour se dominer ajoutait à l'admiration qu'il ressentait déjà. Elle n'avait pas déguerpi. Elle avait juste ouvert la porte du camion pour laisser entrer l'air frais. Elle aurait pu ouvrir la fenêtre.

Puis il y réfléchit et s'arrêta, se disant : « Non, elle n'a pas pu. Ce sont des vitres électriques, et je n'ai pas laissé les clés sur le contact. Donc elle a fait ce qu'elle pouvait. »

Intelligent ! Il aimait ça. Mais pas son commentaire sur le héros. Il l'avait quand même pris comme une blague, car il n'avait pas l'intention de se faire traiter de héros. Il avait été étiqueté comme tel une fois de trop – des relations où les gens l'admiraient, le voyaient comme quelqu'un qu'il n'était pas, pour découvrir ensuite qu'il était un homme comme les autres.

De plus, il n'était plus celui qu'il avait été. Il n'était pas idiot, et c'était un fait. Avoir une jambe en moins était très difficile à ignorer. Il ne savait pas si Lissa l'avait remarqué, et il ne voulait pas voir la tête qu'elle ferait quand elle s'en rendrait compte. Il avait déjà vu l'expression de quelques femmes. La plupart étaient délicates à ce sujet, mais certaines grimaçaient de dégoût. Cela avait été plus que suffisant pour lui.

Il s'approcha du corps sur le sol et se pencha pour prendre son pouls. Rien. Il jeta un coup d'œil à Harrison.

— Tu lui as tiré dessus ?

Harrison hocha la tête et montra une autre arme dans sa main.

— Il est arrivé derrière moi en me pointant l'arme dans le dos.

— Exact. Stone regarda le rebelle sur le sol. Nous devons déplacer son corps. Tout le monde peut le voir ici.

Il jeta un coup d'œil autour de lui.

— Y en a-t-il d'autres ?

Harrison secoua sa tête.

— Nous avons fait un balayage complet. Levi est en train de parler avec Logan. Nous sommes à la traîne.

Au moment où Harrison finit de parler, Levi accourut vers eux.

— Nous devons le déplacer.

Stone fit un geste vers le corps sur le sol.

— Qu'est-ce qu'on fait de lui ?

Levi n'hésita pas, disant :

— Laissez-le là ! Si on le déplace, ça aura l'air plus suspect. À ce stade, je dois dire que ce n'est pas notre problème.

Stone fut ravi de retrouver Lissa assise sur la banquette arrière, regardant par la fenêtre. Il capta son regard et lui sourit d'un air encourageant tandis qu'il faisait démarrer le moteur et opérait un demi-tour.

— Pas d'échange de véhicules ? demanda-t-elle tranquillement.

Levi répondit :

— Non. Changement de plan.

— Mais on arrivera quand même à l'aéroport ?

— On va y arriver. Mais je ne sais pas si on sera à l'heure pour votre vol.

Stone la regarda se glisser dans le coin arrière. Dans le rétroviseur, il avait un angle parfait pour la voir s'installer. Avec ses bras enroulés autour de sa poitrine et sa tête appuyée contre la porte, on aurait dit qu'elle essayait de faire une sieste. Il approuva fortement. Elle avait tourné à vide pendant un long moment. Son visage était émacié – il avait senti les os à l'intérieur de ses doigts ; la peau qui les recouvrait était fine et transparente. Sauf pour les quelques callosités qui prouvaient qu'elle avait manifestement travaillé dur ces derniers temps. Dans l'ensemble, rien qui ôte le fait qu'elle était très bien faite.

Mais il ferait mieux de rester concentré sur le job à faire, pas sur les courbes qu'il pouvait à peine voir – mais qu'il n'avait aucun mal à imaginer.

Les routes étaient vides. Il conduisit comme un fou pour arriver à l'aéroport à l'heure. Lorsqu'il y entra, un petit avion les attendait, le pilote trépignant d'impatience devant les marches. Conrad, un autre ami de Levi, avait effectué des vols pour eux en Europe à des heures bizarres. Ce jour-là, il devait les emmener à Londres.

— Te voilà ! Enfin, lança-t-il. Je ne veux pas avoir à déposer un autre changement de plan de vol, alors allons-y ! J'ai les papiers à bord.

Il ouvrit la porte du camion et leur fit signe de sortir :

— Allons-y ! On y va. *On y va* !

Stone sauta du côté conducteur et ouvrit la porte du passager derrière lui. Son mari aida Susan, à peine réveillée, à se lever. Mais ses mouvements étaient lents. Et son mari aussi. Avant que Stone ne puisse faire le moindre commentaire, Levi arriva à l'avant du camion et évalua la situation. Il s'avança rapidement, prenant Susan dans ses bras.

Levi dit à Kevin :

— Viens ! Allons-y !

Stone alla voir comment allait Lissa. Elle marchait à côté d'eux, vaillante mais fatiguée.

Le deuxième camion s'arrêta à côté d'eux, les hommes en sortirent et effectuèrent un balayage rapide. Tout le monde monta dans l'avion, sauf deux agents qui s'approchaient du petit hangar.

Rhodes alla à la rencontre des hommes désormais chargés de ramener les véhicules au point de rendez-vous.

Les choses allaient tout le temps de travers. Ils devaient s'adapter au fur et à mesure. Les plans changeaient selon les besoins. Ils y étaient habitués. Dans l'avion, Stone s'assit en face de Lissa. C'était vraiment un vol sans fioritures. Mais ils seraient à Londres dans quelques heures. Elle avait juste besoin de s'accrocher encore un peu.

Levi installa Susan sur un siège côté fenêtre, et Kevin s'assit à côté d'elle. Ils avaient à peine eu le temps de boucler leur ceinture que Rhodes se précipitait pour s'asseoir.

Et l'avion commença à rouler.

Bien. Le plus tôt serait le mieux. Stone regarda les deux véhicules qu'ils avaient conduits s'éloigner, reprenant le chemin qu'ils avaient emprunté. Maintenant, il n'y avait plus qu'eux.

Il regarda par la fenêtre. Il faisait nuit noire autour d'eux. Le hangar n'avait pas de lumière et la piste non plus. Il secoua la tête. Typique.

Mais il connaissait aussi Conrad. Cet homme pouvait faire voler n'importe quoi n'importe où. Tout comme Ice et son hélicoptère. Conrad venait de rire à une boutade d'Ice avait dite. Ces deux-là étaient les meilleurs amis du monde. Et à ce stade, ils avaient besoin du meilleur qu'ils puissent avoir. Ils n'étaient toujours pas hors de danger.

Quelques heures de plus seraient les bienvenues. Stone regarda l'intérieur de l'avion et réalisa que Susan était à nouveau endormie. Il étudia la couleur de son visage et s'aperçut que sa peau lisse avait un aspect peu naturel. Quelque chose n'allait vraiment pas chez elle. Il fallait qu'elle reçoive des soins médicaux, et vite. Il fronça les sourcils.

Pourquoi son mari n'avait-il rien dit ? Ne savait-il pas qu'il y avait un problème ? Était-il si stressé qu'il avait cru qu'elle était simplement épuisée ? Ou savait-il que quelque chose de plus grave se passait, mais était-il conscient aussi que personne ne pouvait rien y faire maintenant ?

Chapitre 5

LONDRES ? ELLE allait enfin se rendre dans un endroit où elle avait toujours voulu aller, mais qu'elle ne connaissait pas encore. Bien sûr, c'était encore à cause de son père. Elle avait vraiment voulu aller à l'école ici, mais il avait mis son veto, l'envoyant dans une école privée dans l'État où il vivait. Il avait plus de contrôle sur elle là-bas. Ses dons faisaient la différence et assuraient aussi que quelqu'un la surveillait de près. Elle l'avait détesté pour ça.

Les autres filles de l'école pensaient que c'était hilarant. Elles lui attiraient régulièrement des ennuis. Pourtant, on lui avait laissé une certaine liberté, et son père l'avait laissée tranquille pendant sa scolarité là-bas. Mais cette présence de chien de garde avait plané sur son avenir jusqu'à ce qu'elle puisse s'en échapper.

Londres lui rappelait la bataille constante entre elle et son père. Ce n'est qu'à l'âge adulte qu'elle s'était enfin libérée. Lorsqu'elle avait déménagé seule, elle avait cru qu'il ferait une crise cardiaque. Dans son esprit, elle devait rester à la maison jusqu'à ce qu'il trouve le bon mari pour elle.

Il lui présentait des hommes depuis longtemps. Mais c'était tous des copains à lui, des hommes plus âgés qui cherchaient des femmes trophées. Elle avait entendu son père parler d'elle comme d'une potentielle jeune épouse. Ça lui avait donné envie de vomir. Elle était tout sauf une femme soumise. Comme son père l'avait souvent dit, « *Elle est jolie, mais elle a du mordant. Tu devras la contrôler d'une main ferme.* »

Y avait-il pire déclaration pour faire fuir cette prétendue femme trophée dans la direction opposée ? Une main ferme ? Oui, ce n'était pas ce dont elle avait envie.

Elle regarda l'immense ville en dessous. Les lumières brillantes étaient une aubaine. Elles étaient synonymes de sécurité pour elle. Ils atterrirent, débarquèrent et passèrent la douane à Heathrow avec une relative facilité. Levi avait de grosses liasses de documents, et les étuis avec leurs armes étaient même autorisés. Elle se demandait combien de personnes parvenaient à faire passer des armes dans des lieux de haute sécurité comme celui-ci. Ces hommes avaient les moyens d'accomplir des prouesses qu'elle n'avait jamais vues.

Elle marchait à côté de Stone. Depuis qu'il était monté dans l'avion, il n'avait pas dit un mot. Comme un roc, il était resté assis là, rigide et inflexible. De temps en temps, elle le regardait masser sa jambe gauche. Et elle se demandait si c'était une vieille blessure. C'était un homme grand. Ce corps-là devait prendre un sacré coup avec ce genre de missions. Elle était désolée si elle avait ajouté du stress ou de la douleur à sa vie.

Elle était grande et appréciait les hommes grands. Ce type était bâti comme un tank tout en angles. Elle était assez mince, et ce gars faisait facilement deux fois sa taille. Pourtant, il y avait quelque chose de très attirant dans ce type fort et silencieux. Quand bien même elle aurait apprécié qu'il esquisse un sourire de temps en temps.

Il ressemblait tout à fait à un bouledogue protecteur à ses côtés. Ils attiraient l'attention lorsqu'ils marchaient en groupe. La plupart des gens s'écartaient de leur chemin pour les éviter. Ice et Levi en tant que couple étaient très frappants, mais habillés comme ils l'étaient, ils n'affichaient pas vraiment un look d'amoureux. Tous les hommes de cette équipe étaient grands, en forme, et semblaient prêts à affronter n'importe quel type de problème.

L'aéroport très fréquenté fut soudain libre et dégagé pour qu'ils puissent le traverser. Elle gloussa à cette idée. Ces mecs pourraient vraiment lui être utiles quand elle faisait du shopping dans les centres commerciaux.

Stone regarda dans sa direction, et à voix basse, il demanda :

— Qu'est-ce qui est si drôle ?

Elle lui sourit.

— Je me disais justement que vous me seriez utiles si vous faisiez du shopping avec moi dans les centres commerciaux. Les allées se vident comme par magie quand vous êtes là.

Il plissa les yeux tout en étudiant l'aéroport, puis ses lèvres se pincèrent.

— Tout le monde n'est pas stupide. Ils peuvent voir le danger quand il vient vers eux.

À ces mots, elle rit à gorge déployée.

— Bon sang, la peur est un facteur de motivation important pour tout le monde.

Il haussa les épaules.

— Ils n'ont rien à craindre de moi.

Elle lui lança un regard rempli d'incrédulité.

— Tu n'es sûrement pas inconscient de ton apparence. La plupart des gens s'enfuiraient en hurlant s'ils te rencontraient par hasard dans le noir.

Il fronça les sourcils et dit brièvement :

— Balivernes !

Il écarta ses énormes gants et ajouta :

— Je suis un type sympa. Personne n'a besoin d'avoir peur de moi.

À ce moment-là, elle éclata de rire. Les autres se retournèrent pour regarder ce dont ils parlaient tous les deux. Elle aperçut Stone qui haussait ses énormes épaules comme s'il voulait dire : « Elle a juste une crise, alors ignorez-la. » Elle ne pouvait pas s'arrêter de rire.

Elle passa son bras sous le sien et murmura avec un air de conspiratrice :

— Tu es effrayant.

Il lui lança un regard en biais et lui répondit :

— Tu n'as pas l'air d'avoir peur de moi, toi.

Elle tapota son avant-bras et ricana.

— En effet. Tu es juste un gentil géant.

Harrison, qui marchait de l'autre côté d'elle, ricana.

— Oh, c'est bien ça ! On va juste changer ton nom de Stone en Gentil Géant. Pas de problème, ajouta-t-il. Je suis tout à fait d'accord.

— Tu vois ? Même les gars sont de mon côté sur ce coup-là.

Et elle rit encore.

Elle était consciente que Stone ne savait pas quoi faire d'elle. Si peu d'hommes costauds comprennent vraiment l'impression qu'ils donnent aux autres. Dans son cas, il pensait probablement qu'il était inoffensif. Sauf s'il était en action. Alors cet homme-là représentait le diable. De toute façon, il était de son côté, alors elle n'avait pas à se plaindre. Il avait fait un boulot formidable pour la protéger jusqu'à présent.

Ils se dirigèrent vers les portes de sortie. Un grand groupe d'écolières s'approcha et gloussa en passant. Plusieurs flirtaient avec lui. Elle se pencha plus près et dit :

— Tu vois ? Elles veulent toutes un gentil géant pour se blottir contre lui.

Harrison ricana de nouveau, et elle fut surprise de voir un soupçon de rose dans le cou et sur les joues de Stone. Il était embarrassé. C'est absolument adorable. Elle tapota son avant-bras, son bras toujours enlacé au sien et dit :

— Ne t'inquiète pas ! Je vais te protéger.

De sa voix basse, il répliqua :

— Ça t'amuse beaucoup trop.

Il marcha plus vite, avec Lissa qui sautillait presque à côté de lui.

Elle se sentait elle-même comme une écolière alors qu'elle faisait la course pour suivre le rythme.

— Ma vie a été un peu au creux de la vague pendant un certain temps. C'est juste un soupçon d'humour léger pour mettre les choses en perspective.

Il secoua la tête.

— Tu as une étrange vision de la vie.

Elle rit.

— Je sais que tu n'apprécies pas ma suspicion envers mon père, mais il faut vraiment que tu rencontres cet homme.

— Qu'est-ce qu'il a fait pour te mettre dans cet état ?

— Eh bien, il m'enfermait dans le placard chaque fois qu'il était en colère contre moi, alors maintenant je déteste les espaces confinés. Bien sûr, tu es déjà au courant. Et qu'en est-il du fait qu'il cherchait des prétendants pour la future femme trophée qui aurait besoin d'une main ferme parce qu'elle n'adoptait pas encore la bonne attitude ?

Elle ne put pas réprimer l'amertume de sa voix.

Il se redressa et la fixa d'un air choqué.

— Tu es sérieuse, là ?

Elle acquiesça.

— Chaque fois que je rentrais de l'université, il en tenait toujours un nouveau de prêt. Et l'été avant que je déménage, il en a fait venir un par jour pendant une semaine. La même introduction chaque fois. Je ne savais pas si le prix était la mariée elle-même ou si une dot devait être obtenue en échange. Mon père aime l'argent, alors peut-être que c'était une dot.

Elle étudia le visage de Stone, en notant le muscle qui frémissait au coin de sa mâchoire.

— Tu vois ? Comme je l'ai dit, ce n'est pas vraiment un ange.

— C'est un sénateur, dit Stone prudemment.

— Oui, il l'est. Depuis dix-huit ans maintenant. J'espère qu'il fait quelque chose de bien pour sa circonscription, parce que sa famille a certainement souffert.

Puis elle haussa les épaules.

— Cela n'a pas d'importance. C'était il y a longtemps. Je me suis éloignée et je suis restée à l'écart. Je communique avec lui et je parle avec ma mère de temps en temps. Mais je n'ai pas grand-chose à voir avec l'un ou l'autre, continua-t-elle avant de soupirer. Bien que je lui doive mes remerciements pour vous avoir envoyés à ma rescousse.

— C'est quand la dernière fois que tu es rentrée chez toi ?

— Il y a quatre ans, pour Noël. J'étais censée y rester quatre jours, dit-elle calmement. Je suis partie le jour même.

— D'autres prétendants ?

— Plus de prétendants, et même plus âgés.

— Et de quel âge parle-t-on ? demanda-t-il d'une voix dangereusement calme.

— Les deux derniers avaient une soixantaine d'années. Mon père pensait en fait que je devrais être reconnaissante, car je serais veuve en peu de temps. Avec de l'argent et la liberté de faire ce que je voulais.

— Ça a l'air d'être un vrai cadeau.

— Oui. Je suppose que certaines personnes appelleraient ça comme ça.

Ils sortirent à l'air frais. La pluie tombait goutte à goutte, imprégnant leurs vêtements jusqu'à la peau. Bien sûr. Ils étaient à Londres.

— Où allons-nous maintenant ? demanda-t-elle à Stone.

Levi se retourna pour la regarder et répondit :

— Dans une maison pour la nuit, et nous prendrons l'avion pour les États-Unis demain matin.

Elle hocha la tête. Le soulagement l'envahit. Elle n'était pas contre le fait de rentrer chez elle, mais elle *était* sacrément fatiguée. Maintenant qu'ils avaient fait tout ce chemin, la pression était retombée.

— Ça me paraît un bon plan, surtout si cette maison a de l'eau chaude pour se doucher, dit-elle avec un petit sourire.

— Il y a des douches pour tout le monde.

Ils se rassemblèrent dans un grand taxi, et quittèrent la ville en quelques minutes. Le taxi était à peine assez grand pour la moitié d'entre eux, car tous les hommes étaient de la taille de Stone – bon, peut-être pas aussi grands, mais ils étaient certainement des hommes bien costauds. Pourtant, ils se serrèrent, et ça fit l'affaire.

Elle essaya de s'installer sur le siège, mais elle était coincée entre Harrison et Stone – une grosse cuisse des deux côtés.

— Mon Dieu, on dirait des tanks !

Stone essaya de bouger, mais il n'avait pas de place.

Elle haussa les épaules et dit :

— Ne t'en fais pas ! Je vais m'en remettre.

Le trajet jusqu'à la maison prit vingt minutes. Le temps qu'ils arrivent, elle ressentit l'effet de tous ces voyages. Il était même difficile de regarder autour d'elle et d'être excitée par l'endroit où elle se trouvait. Il y avait une atmosphère surréaliste dans tout ça.

Bien qu'elle ait eu envie de se rappeler qu'elle était en sécurité, elle semblait plus concentrée sur Stone qu'autre chose. Il était fascinant. Irritant. Et pourtant très réconfortant. Elle s'était en quelque sorte accrochée à lui plutôt qu'aux autres. Elle ne savait pas pourquoi, peut-être parce qu'il était le plus grand. Peut-être qu'elle avait pensé qu'il lui offrirait la meilleure protection.

Bien sûr, c'était stupide. Elle avait besoin de protection, mais avec autant d'hommes, elle doutait que quiconque puisse l'atteindre. Levi les conduisit jusqu'à une maison en grès brun à la porte de laquelle il frappa plusieurs coups. La porte s'ouvrit presque instantanément. L'homme qui se tenait là était du même acabit. Elle reconnut une allure militaire, mais il était plus âgé. Elle estima qu'il devait avoir la soixantaine.

Ils furent tous introduits à l'intérieur où les vestes et les chaussures furent enlevées, et ils furent conduits dans le salon. Elle n'avait jamais été dans une de ces maisons de ville. Elle regarda autour d'elle avec curiosité. C'était clairsemé mais accueillant. Avec un tel nombre de personnes, ils remplirent tous les sièges disponibles. L'homme plus âgé fit d'abord signe à Kevin et Susan.

— Suivez-moi ! Je vais vous conduire à votre chambre, et vous pourrez vous installer pour la nuit.

Kevin se leva.

— Merci beaucoup, dit-il en se tournant vers Susan. Viens, ma chérie ! On va te mettre au lit.

Elle lui adressa un maigre sourire et le laissa l'aider à se relever une fois de plus. Elle gravit même quelques marches de l'escalier. Lissa grimaça. Chaque pas semblait être si douloureux ! Elle faillit demander à l'un des hommes d'aider Susan mais n'était pas sûre que ce soit approprié.

Kevin était légèrement plus âgé et souffrait également du contrecoup de leur enlèvement, Levi s'approcha et dit quelque chose à Kevin.

Avec un signe de tête, Kevin se recula et laissa Levi aider Susan. Il la souleva facilement, ignorant ses faibles protestations, et monta rapidement les escaliers, suivant leur hôte.

Alors qu'ils disparaissaient, Lissa se retourna pour voir les autres la fixer.

— Quoi ?

— Y a-t-il un problème sérieux avec Susan que nous ignorons ? demanda Ice.

— Je ne suis pas sûre, répondit Lissa. Elle a toujours semblé forte et valide jusqu'à l'enlèvement. Je ne sais pas si son état s'est soudainement dégradé ou si c'est juste l'épuisement et le choc.

— Ça pourrait ne rien être de plus, dit Ice. Elle a traversé beaucoup d'épreuves.

Cela sembla tranquilliser tout le monde, du moins pour un moment. Leur hôte revint et jeta son regard dans la pièce, souriant aux différents hommes. Et s'arrêta, son regard se posant sur elle. Il s'avança et dit :

— Salut, je suis Charles. Et vous êtes ?

Soudainement nerveuse, elle se leva et lui serra la main.

— Mon nom est Lissa Brampton.

— Enchanté de vous rencontrer, dit-il. J'ai cru comprendre que vous avez été kidnappée et que Levi et ses hommes vous ont sauvée.

— Tant que vous incluez Ice dans cette catégorie, alors, oui.

Ice sourit pour lui montrer qu'elle n'était pas vraiment offensée.

Il inclina la tête vers elle en signe de reconnaissance, puis reprit sa conversation avec Lissa.

— En tout cas, comme vous l'avez deviné, ils sont tous venus ici de nombreuses fois et ont des chambres assignées. Je vais vous conduire à la vôtre. Si vous voulez bien me suivre, s'il vous plaît.

Elle sourit. Stone s'appuya contre l'entrée ouverte du salon. En passant devant lui, elle dit :

— Je prends la douche avant toi.

— Mieux vaut économiser de l'eau, répliqua-t-il. Les tanks comme moi mettent beaucoup de temps à se nettoyer.

— Il faut que je me dépêche, alors, dit-elle. Je ne suis même pas sûre de me souvenir de l'effet de l'eau chaude.

Elle suivit Charles à l'étage, et au lieu d'aller à gauche, il prit à droite. Il ouvrit la porte d'une chambre qui donnait sur l'arrière-cour. C'était une belle pièce au style très victorien avec un lit à baldaquin. Elle s'arrêta et regarda le lit.

— Qu'est-ce qui cloche chez moi ? C'est absolument magnifique.

— C'est très américain, ça. Pourquoi faudrait-il que quelque chose cloche chez vous pour que vous puissiez profiter de ce que nos ancêtres savaient très bien construire et apprécier eux-mêmes ?

Le ton de Charles était rieur, mais curieux. Elle se retourna et lui sourit.

— C'est tellement vrai. Il manque une robe de princesse, et une partie de moi semble penser que tout serait parfait en ce moment. Et pourtant, l'autre partie de moi dit : je devrais être adulte et renoncer à tout ça. C'est comme un rêve d'enfant, et je suis censée être adulte.

Il lui tapota l'épaule et lui dit :

— Non, ma chère. C'est pour les personnes perspicaces qui apprécient les bonnes choses de la vie et qui veulent le meilleur sommeil possible. La salle de bains est par là, dit-il en désignant la petite porte de l'autre côté qu'elle n'avait pas vue jusqu'à présent. Je crois que vous n'avez pas de vêtements, nous devrons donc prendre des dispositions à ce sujet. Cependant, en attendant, j'espère que quelque chose dans ces tiroirs vous ira, au moins temporairement. N'hésitez pas à regarder !

Se dirigeant vers la porte de la chambre, il ajouta :

— Les serviettes sont dans la salle de bains. Faites comme chez vous !

Avec un sourire, il sortit de la chambre et ferma la porte derrière lui.

Elle fit un tour, puis ajouta un petit saut et une danse. Elle était tellement heureuse d'être ici !

Cette chambre était fantastique. Elle ne pouvait pas s'imaginer avoir une telle pièce pour elle tout le temps. Mais pour l'instant, la petite fille à l'intérieur bondissait de joie. Son père froncerait les sourcils et appellerait ça de la frivolité et de l'argent gaspillé.

Elle ne pouvait pas être plus d'accord. Et elle aimait chaque centime dépensé pour ça.

Avec un immense sourire, elle se dirigea vers la salle de bains et l'eau chaude qui l'attendait. Elle pouvait enfin enlever le sang séché sur ses cheveux et nettoyer la blessure sur son front. Heureusement, c'était mineur. Elle ne savait pas comment ce que valait le système d'eau chaude ici, mais elle savait une chose. Stone avait raison. Il faudrait beaucoup d'eau pour nettoyer son corps. Elle voulait d'abord prendre sa douche.

Bien sûr, si elle voulait être rapide et économiser de l'argent pour son hôte, elle aurait pu inviter Stone à partager la douche avec elle.

Cela aurait été amusant.

Le plus drôle serait la tête qu'il ferait. Son sourire s'élargit. Rien que la pensée de tous ces muscles épais suffisait à réchauffer son corps. Il était mortel.

Depuis quand elle préférait le type fort et silencieux ?

Depuis qu'elle avait rencontré Stone.

— Une femme intéressante, dit Harrison aux côtés de Stone.

— En effet.

Stone se retourna et fit face au reste de l'équipe.

— On attend quelque chose ou on peut aller dans nos chambres prendre une douche ? Bien sûr, des vêtements de rechange seraient les bienvenus.

— Nos sacs ne seront pas là avant quelques heures, répliqua Levi. Avec un peu de chance, ils arriveront au moment où nous nous réveillerons demain matin. Charles sait qu'ils sont en route.

Il se leva et tendit la main à Ice.

Stone étudia la pâleur de son visage et réalisa qu'ils ressentaient tous le décalage horaire.

— Nous allons nous coucher, dit Levi sans hésiter. On se voit demain matin.

Stone regarda ses deux meilleurs amis monter les escaliers. Il était heureux pour eux. Ils avaient finalement réussi à arranger les choses. Ils avaient toujours été assortis. Mais heureusement pour eux, ils étaient devenus plus forts que jamais.

Quelle joie d'être avec eux désormais ! Ce n'était pas si mal auparavant, mais cela faisait mal de les voir à la croisée des chemins. L'équipe voulait les aider mais ne pouvait rien faire d'autre que de les soutenir en silence et espérer qu'ils règlent leurs problèmes.

Stone voulait enlever sa prothèse et soulager sa jambe. Avec un signe de la main vers le reste des gars, il grimpa les marches. Ils le suivraient tous assez vite. Il se dirigea vers la même chambre que la dernière fois.

Charles était un vieux militaire. Il avait hérité cette villa de ses parents. Il n'avait pas fallu longtemps pour que tous ses vieux copains apprennent que les lieux étaient à la disposition de qui en avait besoin. Sans poser de questions.

Encore mieux, Charles collectait de nombreuses informations pour eux. Il avait beaucoup de relations à Londres. Ils devaient souvent faire appel à lui pour obtenir des renseignements. Une sorte d'arrangement avait été conclu entre Levi et Charles ; Stone ne savait pas exactement lequel, mais il ne semblait jamais y avoir de difficultés, donc manifestement l'accord fonctionnait pour les deux.

Stone et Levi avaient été proches dans l'armée ; les hommes d'une unité sont unis comme personne d'autre. Stone se considérait chanceux d'avoir été sous le commandement de Levi et ne l'avait jamais blâmé pour la pagaille dans laquelle ils s'étaient retrouvés. Pas sa faute.

Il arrivait que certains trahissent. En rassemblant cette compagnie, Levi avait insufflé une nouvelle vie à son unité. Il avait même amené Stone, croyant qu'il se remettrait sur pied et serait toujours un membre viable de l'équipe.

Il aurait fait n'importe quoi pour Levi et les autres. Mais ça avait été un combat sacrément dur de revenir ici. À l'extérieur, il semblait être Monsieur Invincible. À l'intérieur, il savait qu'il était dans un sale état. Il entra dans sa chambre, soulagé que personne d'autre ne la partage avec lui cette fois-ci.

Un peu d'intimité ne serait pas du luxe. Il se déshabilla rapidement et s'assit sur le lit. Il retira sa prothèse et frissonna de soulagement. Peu importe combien de temps il la portait, c'était toujours un soulagement de l'enlever.

Dans son équipement, il y avait une pommade pour le moignon, mais il s'en passerait pour la nuit. Il avait d'abord besoin d'une douche. Se levant, il sautilla légèrement jusqu'à la salle de bains et y entra.

L'eau chaude coulant sur son dos, il laissa son stress se dissiper et se détendit lentement. Ce ne fut qu'après, debout devant le miroir et en train de se raser, qu'il crut entendre frapper à sa porte.

— Accroche-toi ! entendit-il.

Il enfila rapidement sa prothèse et se dirigea vers la porte, une serviette autour de la taille. Il l'ouvrit pour trouver Lissa, portant une sorte de robe de chambre.

— Oh, salut ! dit-elle avec un air d'excuse. Je suis de l'autre côté du couloir. Je pensais que c'était ta chambre mais je n'étais pas sûre.

— Tu devrais être profondément endormie.

Il resta silencieux à l'étudier.

Elle grimaça.

— Je sais, et je déteste te déranger, mais y a-t-il un endroit où trouver de la nourriture par ici ?

Elle se pencha vers lui et dit à voix basse :

— Je dois manger souvent, sinon ma glycémie chute et je m'évanouis.

— Oh, c'est pas bien ça ! C'est grave à quel point, là maintenant ?

— Assez grave, dit-elle en baissant les yeux vers l'escalier. J'espérais un peu que peut-être, si tu connais le coin, tu connaissais un endroit où aller pour manger quelque chose. L'autre problème, c'est que, honnêtement, je n'ai pas d'argent.

Cette fois, le ton de sa voix était franchement plein d'excuses, presque honteux.

Il tendit la main et lui frotta l'épaule.

— Pas de problème. Je suis sûr que nous pouvons trouver de la nourriture en bas.

Il fit un petit pas en arrière.

— Donne-moi une minute pour me changer !

— Si ça ne te dérange pas, j'apprécierais, dit-elle d'une petite voix, en regardant autour d'elle. Je demanderais bien à Charles, mais je n'ai pas la moindre idée de l'endroit où le trouver.

— Ne t'inquiète pas ! Donne-moi juste une minute !

Il ne voulait pas lui fermer la porte au nez, mais il n'était pas assez habillé pour la laisser entrer dans la pièce.

Elle resta debout, les bras croisés sur la poitrine, mais elle finit par hocher la tête.

— Vas-y ! Ça va aller.

— Je n'en suis pas si sûr, répliqua-t-il, mais je ne serai pas long.

Il ferma la porte et se dirigea vers l'endroit où ses vêtements gisaient sur le sol. Il n'avait pas de vêtements de rechange, mais il secoua les siens, enfila son jean, mit son T-shirt et ses chaussettes, et se dirigea vers la porte. Il ouvrit la porte et sortit.

Le couloir était vide.

Il fronça les sourcils, détestant le soupçon instantané. Où était-elle ? Pourquoi n'était-elle pas là ? Lui était-il arrivé quelque chose ?

Quelle était sa chambre ? Il fronça les sourcils en étudiant les pièces, essayant de se souvenir de celle qui était la moins utilisée. Elle avait dit qu'elle était en face de lui dans le couloir.

Il s'y rendit et frappa à la porte. Pas de réponse.

Bon sang, où était-elle ?

Soudain, la porte devant lui s'ouvrit.

Et elle était là. Un sourire éclatant sur le visage.

Chapitre 6

L ISSA SOURIT À Stone.

— Merci, dit-elle. Je me sentais stupide de rester seule dans le couloir, alors je suis allée attendre dans ma chambre.

— Pas de problème. J'étais juste inquiet que quelque chose te soit arrivé.

Il fit signe vers l'escalier.

— On y va ?

Elle descendit les marches devant lui. En bas, elle attendit qu'il la rejoigne.

— Où allons-nous ?

Il fit signe vers une porte sur la gauche.

— Nous allons passer par là. La cuisine est de l'autre côté.

— Tu es sûr que ça va si on cherche de quoi manger ?

Elle regarda autour d'elle.

— J'ai l'impression de me faufiler dans la maison d'un étranger, et ça me met très mal à l'aise. Ne serait-il pas préférable de sortir et de prendre un repas dehors ?

Il rit.

— C'est bon. Je suis sûr que Charles nous entend, déjà maintenant. Il doit être dans la cuisine, en train de nous attendre.

— Oh, mon Dieu ! Je me sentirais encore pire,

s'exclama-t-elle doucement. Je ne veux pas déranger le pauvre homme. Nous l'avons déjà réveillé au milieu de la nuit lorsque nous sommes arrivés.

— Ne t'inquiète pas !

Charles apparut soudainement devant eux. Vêtu d'une veste de smoking et d'un pantalon de pyjama avec de grosses pantoufles, il avait l'air distingué et… adorable.

— Je suis désolée si nous vous avons réveillé, chuchota-t-elle.

Ce n'est pas du tout ce qu'elle voulait faire. C'était passé d'embarrassant à égoïste.

— On aurait dû sortir et trouver un endroit pour manger.

— Ça n'aurait pas marché. La sécurité est très stricte dans cet endroit, dit Charles avec un petit sourire. Je la change régulièrement, donc vous auriez déclenché les alarmes et m'auriez réveillé de toute façon. Il y a cependant des tourtes à la viande et de multiples autres plats là-dedans, enchaîna-t-il avec un geste devant lui.

Quand ils entrèrent dans la cuisine, il continua :

— Vous n'étiez pas les seuls à avoir faim.

Il se dirigea vers le réfrigérateur.

— Certains des hommes avaient aussi envie de manger avant d'aller se coucher. En fait, je m'excuse. J'aurais dû vous offrir quelque chose dès votre arrivée. Je suis désolé pour cet oubli.

Elle s'assit et le regarda sortir de la nourriture de certains placards et du réfrigérateur. Et il y en avait beaucoup.

— Tu crois qu'on devrait demander aux autres aussi ? murmura-t-elle à Stone. Je me sentirai mal si les autres se couchent avec la faim.

Son sourire fut lent à venir, mais quand il brilla enfin, il était d'une grande beauté.

Elle oublia de mâcher tellement elle était enchantée. Quand elle s'en souvint enfin, elle avala de travers et dit :

— Tu devrais prévenir.

Il arrêta de mâcher et la regarda fixement.

Elle rit.

— Je suppose que cela t'aurait surpris.

Elle hocha la tête pour remercier Charles qui lui apportait un verre de lait. Elle sourit en voyant ce plaisir de l'enfance.

— Tu es sûr que tu ne veux pas te joindre à nous, Charles ?

— Non, ma chère, j'ai mangé il y a des heures.

Éventuellement. Il avait mangé à une heure normale, avant que leur compagnie ne gâche sa soirée. Elle prit une autre bouchée de tourte à la viande.

— C'est délicieux.

— Je suis content que vous l'appréciiez. Fraîchement préparée du jour. Un peu fort sur la noix de muscade, vous ne pensez pas ?

— C'est parfait ! murmura-t-elle alors qu'elle prenait une autre bouchée de viande et d'épices enveloppée de pâte. Parfait !

Il sourit doucement et lui coupa un deuxième morceau qu'il plaça dans son assiette sans rien demander.

Si concentrée sur sa nourriture, elle ne réalisa pas quand Charles partit.

Finalement, elle posa sa fourchette et s'adossa, satisfaite.

— C'était si bon !

Stone était toujours en train de manger son troisième morceau de tourte à la viande. Elle observa le géant alors qu'il prenait bouchée après bouchée. Il était prudent et méthodique mais savourait aussi chaque morceau.

C'était un homme fascinant. Elle prit son verre de lait et en but une gorgée, puis ramassa rapidement les plats qu'elle avait utilisés et les porta à l'évier. Elle se doutait qu'il y avait un lave-vaisselle ici, mais elle préférait les laver à la main. Elle nettoya sa vaisselle, puis retourna chercher les quelques plats que Stone avait utilisés.

— Tu as fini ? demanda-t-elle en étudiant l'assiette vide devant lui.

— Blindé.

Il souleva son assiette et se servit de la table pour se lever.

Intéressant. Il avait fait plusieurs autres mouvements qu'elle avait vus mais n'avait pas vraiment remarqué comme différents. Les petites incidences s'accumulaient – dans le bon sens. Puis elle se souvint l'avoir vu boiter de temps en temps.

Elle s'assit soudain.

— Tu es blessé ?

Il fronça les sourcils. Puis il secoua la tête.

— Je vais bien. Pourquoi demandes-tu ça ?

Quand elle regarda sa chemise ensanglantée, il sourit et dit :

— Ne t'inquiète pas ! Comme toi, je n'ai pas de vêtements propres pour me changer.

— Exact. Mais quelque chose ne va pas. Je l'ai remarqué plus tôt, mais je n'étais pas sûre de ce que je voyais.

— Je ne suis pas sûr de ce que tu vois maintenant, répondit-il en fronçant les sourcils. Je vais bien.

Elle se mordit la lèvre inférieure et hocha la tête. S'il ne voulait pas parler, elle n'allait pas le pousser. Il avait droit à ses secrets. Elle-même en avait quelques-uns qu'elle ne voulait pas faire sortir du placard non plus.

Il se redressa et dit :

— Tu es prête à dormir maintenant ?

— Je pense que oui.

Il lui tendit la main.

Elle y plaça la sienne et le laissa la guider vers l'escalier.

— Je ne suis pas sûre que j'aurais trouvé la cuisine toute seule.

— Bien sûr que si. Tu as voyagé à l'autre bout du monde pour aider les autres. Cela n'aurait pas été un problème.

— Peut-être, mais ça semble être à l'autre bout du monde maintenant. Quelque chose dans le fait d'avoir été kidnappée me fait sentir moins confiante et moins sûre de mes propres capacités.

Elle s'arrêta en haut des marches et ajouta :

— Je n'aime pas ça.

QUELQUE CHOSE DANS le ton de sa voix le poussa à la regarder deux fois.

— Ça ira pour ce soir ?

Elle tendit la main vers la poignée de la porte de sa chambre et déclara :

— Je serais sacrément triste si je me trouvais dans une maison avec autant d'hommes et que je ne me considérais pas en sécurité. Je suis à l'abri, en sécurité et entourée de gardes du corps.

Elle lui lança un sourire trop éclatant et entra dans sa chambre.

— Passe une bonne nuit ! On se voit demain matin.

Elle lui ferma doucement la porte au nez. Fronçant les sourcils, il se dirigea vers sa chambre et ouvrit la porte. Alors qu'il allait la fermer, il se retrouva à étudier la sienne.

Quelque chose le dérangeait, mais il n'arrivait pas à savoir quoi ni pourquoi. Contre son instinct, il entra dans sa chambre, ferma la porte derrière lui et se dirigea vers son lit. Tout habillé, il s'allongea sur les couvertures, croisant ses mains sous la tête, et fixa le plafond. Elle n'avait pas agi plus bizarrement qu'elle ne l'avait déjà fait, et elle n'était pas si bizarre que ça. Elle était juste unique.

Il aimait ce qui était unique. Mais il y avait autre chose à part ça. Et si elle avait peur, ce soir ? Elle devrait s'en sortir. Comme elle l'avait dit, la maison était pleine de gardes du corps. Et il n'y avait aucune raison de penser que quiconque en avait après elle de toute façon.

Il finit par s'endormir, mais il ne dormit que d'un œil. Il se retourna à temps pour voir la poignée de sa porte tourner. Instantanément, il fut réveillé et debout. Debout derrière la porte, caché de celui qui allait entrer, il attendit.

On fit jouer la poignée juste assez pour se déverrouiller. Mais la porte bougea d'avant en arrière, comme si quelqu'un se tenait de l'autre côté, hésitant à l'ouvrir. Puis il comprit.

D'une voix calme, il dit :

— Lissa ?

Instantanément, la porte s'ouvrit en grand, et elle y passa la tête.

— Tu es réveillé ?

Le soulagement dans sa voix lui fit mal au cœur. Il sortit de derrière la porte, la faisant sursauter. Elle fit quelques pas en arrière dans le couloir, mais il l'entraîna rapidement dans sa chambre et referma la porte derrière elle. La dernière chose qu'il voulait était que le reste de la maison se réveille.

— Qu'est-ce qui ne va pas ?

Les yeux baissés, elle haussa les épaules. Il fit un pas sur le côté, et la lumière de la lune par la fenêtre accrocha son visage, et il put voir l'éclat de sa peau. Il leva une main et caressa les mèches humides de ses cheveux.

— Tu as fait un cauchemar, n'est-ce pas ?

Elle leva son regard vers lui, la lèvre inférieure tremblante, et hocha la tête.

— Ça semble tellement irréel, commença-t-elle. Je n'arrivais pas à croire que tout cela était arrivé. Je devais m'assurer que je ne rêvais pas et que tu étais bien là. Que *quelqu'un* était là.

Et il réalisa qu'ils avaient fait une erreur tactique. Ils auraient dû lui faire partager la chambre d'Ice.

Elle n'aurait pas été seule alors. D'un autre côté, peut-être que de cette façon-là, il en profiterait aussi.

Il n'était pas opposé à l'idée de partager son lit pour la nuit. Surtout si cela signifiait qu'ils pourraient tous les deux avoir un sommeil décent. Il savait que c'était la raison pour laquelle il ne s'était pas encore reposé. Et il en avait besoin, qui savait ce que demain apporterait. Il passa doucement le bras autour de ses épaules et l'attira vers le lit.

— Tu peux rester dans mon lit ce soir.

Elle s'arrêta et le regarda avec espoir.

— Tu es sûr ? Ça ne te dérange pas ?

Moitié exaspéré, moitié avec humour, il répondit :

— Non, ça ne me dérange pas. Oui, j'en suis sûr. Je l'ai proposé. Et, oui, nous allons juste dormir, même si tu n'as pas demandé.

Il la poussa vers le lit et, avec un grand sourire, elle se précipita du côté où il ne dormait pas, se glissant rapidement sous les couvertures.

Elle regarda son côté du lit encore fait et demanda :

— Tu ne dormais pas ?

Il s'approcha et s'assit. Pour la première fois, il se sentait un peu incertain. Il haussa les épaules et dit :

— J'essayais.

Elle lui tapota l'épaule.

— C'est bon. Je vais assurer ta sécurité.

Il éclata de rire et s'allongea sur les couvertures à côté d'elle.

— J'aimerais bien voir ça.

Elle se mit en boule à côté de lui et murmura :

— Tu peux te mettre sous les couvertures, tu sais. Tu dormirais mieux si tu enlevais ton T-shirt.

Il croisa les bras sur son ventre et dit :

— Ça va. Couche-toi !

— Tu vas mieux que bien, mais tu dormirais beaucoup mieux si tu enlevais aussi ta prothèse.

Elle poussa un grand bâillement avant de rouler sur le flanc pour faire face à l'autre côté de la pièce.

— Je suis crevée.

Il s'allongea sans bouger alors qu'il répétait le murmure de ses mots dans sa tête. Bien sûr, elle s'était rendu compte qu'il lui manquait une jambe. Pourquoi cela l'avait-il surpris ? Peu de gens le mentionnaient, voilà pourquoi ! En fait, personne en dehors de l'équipe et de Jackson ne l'avait jamais fait. Mais là encore, tous ceux qu'il fréquentait connaissaient les détails. Ce n'était pas comme si c'était un secret au camp. Pourtant, il était soulagé qu'elle le sache et que ça ne lui pose pas de problème.

Alors qu'il était allongé là, il réalisa qu'il était un imbécile. Ce satané truc irritait son moignon, et il avait vraiment envie de l'enlever. Il attendit encore quelques minutes pour s'assurer qu'elle dormait, puis il se redressa, enleva son T-shirt, fit glisser son jean – restant en caleçon – et détacha la prothèse, laissant tomber le tout sur le sol. D'un geste rapide, il releva les couvertures, puis il s'étendit sous les couvertures.

Beaucoup mieux. Avec un sourire sur le visage, il s'endormit d'un sommeil léger.

Chapitre 7

ELLE SE RÉVEILLA seule, mais avec un sentiment de sécurité qu'elle n'avait pas ressenti depuis longtemps. Elle se tourna sur le dos dans le grand lit, sa main tombant sur l'endroit chaud où Stone s'était allongé. Elle se demanda s'il avait été assez à l'aise pour enlever sa prothèse.

Elle se leva, fit son côté du lit et se glissa jusqu'au seuil de la porte. Comme elle avait passé la nuit dans sa chambre, il ne fallait pas qu'il se fasse taquiner par les autres ou que quelqu'un se fasse des idées fausses, elle voulait donc retourner dans sa chambre sans que personne ne la vît.

Écoutant de l'intérieur de sa chambre, elle n'entendait encore personne. Elle ouvrit la porte, vit que le couloir était vide, et se dirigea vite vers sa chambre. Elle alla directement vers les tiroirs où Charles avait dit qu'il y aurait des vêtements pour elle. Elle avait vraiment besoin de quelque chose de propre à porter.

Elle trouva des jeans, une sorte de pantalon de yoga, des T-shirts à manches longues… En fait, toute une collection de vêtements était là. Mais rien comme sous-vêtements. Enfin, c'était probablement mieux ainsi. Elle n'était pas sûre de ce qu'elle ressentait à l'idée de porter les sous-vêtements de quelqu'un d'autre. Elle choisit un pantalon et un T-shirt qui devaient lui aller et s'habilla rapidement. Puisqu'elle était à Londres et que, d'après la fenêtre, il pleuvait, elle trouva un cardigan qu'elle enfila rapidement par-dessus son T-shirt. Elle était encore en train de s'adapter aux températures.

Bien qu'elle ait finalement dormi, elle savait qu'elle aurait besoin de beaucoup plus de repos. Elle ignorait ce que la journée lui réservait, et elle voulait être prête.

Elle descendit dans la cuisine. Le groupe d'hommes était déjà assis, prenant le petit déjeuner, y compris Stone. Il tapota le siège à côté de lui et, avec un sourire, elle s'assit.

— Je n'étais pas sûre que nous devions nous revoir ici. On dirait que ça ne fait que quelques heures.

Plusieurs personnes s'arrêtèrent et levèrent les yeux vers elle. Elle grimaça.

— Je n'étais peut-être pas censée dire quoi que ce soit, mais Charles a eu la gentillesse de me nourrir hier soir.

— Tant mieux pour Charles ! lança Levi. Je sais que la plupart des hommes ont mangé quelque chose avant de dormir.

Il désigna la table pleine de nourriture :

— Sers-toi ! Charles est aux fourneaux. Je crois que le bacon et les œufs vont arriver, si tu en veux.

Oh, comme elle en avait envie ! Ça ne faisait peut-être que quelques heures, mais elle était de nouveau affamée. Comment était-ce possible ?

À la fin du petit déjeuner, elle se sentait à nouveau à l'aise avec le groupe.

— Qu'est-ce qui est prévu pour aujourd'hui ?

— Attendre les bagages. Et ensuite, prendre l'avion pour rentrer à la maison.

— Youpi ! dit-elle avec un sourire.

Le téléphone de Levi sonna, il répondit tout de suite.

— Quoi ?

Son regard se dirigea immédiatement vers Lissa.

— Bien. Nous la ferons venir dans les prochaines heures. Et pour les autres bagages ?

Elle regarda brièvement autour de la table et réalisa que Kevin et Susan n'étaient pas là. Elle se tourna vers Stone et demanda à voix basse :

— Susan et Kevin vont bien ?

Il secoua la tête.

— Susan a été emmenée à l'hôpital ce matin. Kevin est avec elle.

Elle était stupéfaite de ce qu'elle avait déjà manqué. Elle attrapa le poignet de Stone, le tourna pour voir l'heure. Il était neuf heures.

— Seigneur, c'était quand ?

— Ils sont partis à 6 heures 30 ce matin, répondit-il calmement. Tu ne pouvais rien faire. Elle reçoit les meilleurs soins possibles. Et, oui, tu pourras les voir plus tard si l'hôpital le permet.

Levi raccrocha le téléphone juste à ce moment-là et se tourna vers Lissa.

— Qu'est-ce qu'il y avait dans ton bagage ?

Surprise par la dureté de sa voix, elle ouvrit la bouche.

— Juste l'essentiel. Quelques pantalons et chemises, et un sweat à capuche.

Elle leva les mains dans un mouvement de « je ne sais pas », ajoutant :

— Des produits de toilette, du shampoing, un peu de maquillage, du déodorant et un livre. J'avais un iPod mais mon téléphone portable est ici avec moi, dit-elle en le sortant de sa poche et elle le posa sur la table. Je ne sais même pas pourquoi je le garde. Il ne fonctionne pas.

Stone le ramassa immédiatement et retira la batterie pour la vérifier. Il la remit en place et appuya sur les boutons.

— Il s'allume mais n'envoie ni ne reçoit, et je ne peux pas appeler. Je devrais récupérer mes contacts dessus avant de ne plus pouvoir les avoir. J'ai juste besoin d'un stylo et de papier.

Elle l'observa un moment, puis haussa les épaules, tournant son regard vers Levi.

— Qu'est-ce qui ne va pas ?

— Nous devons retourner à la douane. Quelque chose de suspect a été trouvé dans vos bagages. Ils veulent aussi voir tout ce que vous aviez sur vous lors de votre passage.

Elle leva les yeux et se figea.

— Eh bien, mes vêtements sales sont encore en haut.

Ice parla calmement.

— Je suis sûre que ce n'est rien. On va descendre, mettre les choses au clair, et continuer. Nous avons tous besoin de nos bagages, mais les vôtres sont arrivés séparément du camp de réfugiés. Ou bien aviez-vous un sac dans le complexe rebelle où vous étiez retenus ?

Elle haussa les épaules.

— Deux sacs ont été emportés avec nous. Celui de Susan et aussi un autre avec des kits de premiers soins. Mais j'ai perdu la trace des deux presque immédiatement. Tout était très confus. Je ne voyais jamais deux fois la même personne, quel que soit le bagage.

— J'ai une question à poser avant d'aller plus loin, continua Levi d'une voix dure. Tu dois me dire tout de suite si tu portais quelque chose que tu n'aurais pas dû porter.

Elle le dévisagea avec surprise et demanda prudemment :

— Comme quoi ?

— Eh bien, de la drogue pour commencer.

Elle recula sur sa chaise, stupéfaite.

— Je ne me drogue pas.

— Autre chose ? De l'argent, des armes ?

— Non ! dit-elle sous le choc. Rien de tout cela. J'étais là pour apporter une aide humanitaire, pas pour faire du trafic de drogue.

Elle secoua la tête :

— Ce n'est pas comme s'il y avait eu de la drogue, de toute façon. On ne peut pas vraiment s'en procurer, là-bas. Je n'ai jamais rien vu dans les cliniques où je travaillais.

Ice demanda :

— Je sais que ce n'est pas facile à envisager, mais qu'en est-il de Kevin et Susan ?

Instantanément, Lissa secoua la tête.

— Oh, non ! Je ne les ai jamais vus faire quelque chose de ce genre.

Levi se redressa de la table et dit :

— Nous devons nous occuper de cela. Mais pas tous. Lissa, Stone et toi venez avec nous, et nous emmènerons aussi Harrison. Ice va rester ici et attendre l'arrivée des autres bagages ainsi que garder les lignes de communication ouvertes.

Pour Lissa, tout cela semblait normal. Mais le regard dur que Levi lança à Ice et l'expression vide sur son visage disaient autre chose.

C'ÉTAIT QUOI CE bazar ?! Il se passait quelque chose. S'il arrivait à avoir les autres seuls, il pourrait toutefois peut-être le découvrir. Mais tant qu'elle était à ses côtés, ils ne disaient rien. Il ne pouvait pas leur en vouloir si leurs soupçons se portaient sur elle en ce moment. Ils s'étaient mis en quatre pour la sauver, mais si elle faisait quelque chose d'illégal, ils risquaient tous d'avoir de gros problèmes.

Il ne pouvait pas l'imaginer. Mais il s'était déjà trompé auparavant.

Ils allèrent vers le véhicule stationné devant la villa. Ce n'était pas un taxi, mais le chauffeur les attendait manifestement. Sur la banquette arrière, Stone regarda Lissa se tordre nerveusement les mains.

À voix basse, elle lui dit :

— Je jure que je n'ai rien fait de mal.

Il étudia l'expression de son visage et le ton de sa voix pour ce qu'il en connaissait. Les mots peuvent mentir, mais pas le langage corporel. Il fallait être un professionnel accompli pour y parvenir. Et il la croyait. Il s'approcha et tapota doucement son genou.

— Nous irons au fond des choses. Ne t'inquiète pas !

Elle émit un rire étranglé.

— Comment pourrais-je ne pas m'inquiéter ? Ils ont trouvé quelque chose dans mon sac. Genre, c'est quoi ces embrouilles, Stone ? N'importe qui aurait pu mettre quelque chose dans mon sac. Il n'était même pas en ma possession depuis si longtemps que ça.

— Et c'est exactement ce que nous allons leur dire, intervint Levi.

Au moins, il n'était plus l'étranger froid qu'elle avait vu plus tôt. Maintenant, il semblait prêt à l'écouter.

— Est-ce qu'ils me croiront ? demanda-t-elle d'une petite voix.

— Nous pouvons nous porter garants pour le temps que tu as passé avec nous, dit Levi avec assurance. Et comme tu l'as dit, ton sac n'était pas avec toi pendant plusieurs jours. Donc ça veut dire que quelqu'un d'autre est impliqué.

— Une chance que mon passeport s'y trouve ?

— Non, mais nous nous en sommes occupés. Dès que

nous avons su où tu étais, des dispositions ont été prises pour te ramener chez toi en toute sécurité. Ce serait plus facile si tu l'avais maintenant, mais ce n'est pas la fin du monde si tu ne l'as pas.

Stone s'installa plus confortablement. La circulation était difficile dehors. Il était content de ne pas conduire. Tant qu'à être obligé de naviguer dans ces rues encombrées, il aurait préféré être à bord d'un Hummer. Au moins, tout le monde se serait écarté de leur chemin. Au lieu de cela, les voitures coupaient la route à leur conducteur de façon régulière.

Alors qu'il regardait par la fenêtre, se demandant ce que les douanes avaient bien pu trouver dans ses sacs, une petite main se fraya un chemin sous sa paume. Il jeta un coup d'œil à Lissa. Elle regardait par la fenêtre en se mordant la lèvre inférieure. Instantanément, il enveloppa sa main dans la sienne et caressa doucement le dessus avec son pouce, remarquant à quel point sa peau était lisse, très féminine. Sa main était plutôt du genre mastoc. Il pourrait écraser les os de ses doigts sans même y penser.

— Ça va aller.

Quand il serra ses doigts, elle fit de même, sans dire un mot. Elle semblait se détendre un peu.

Une fois arrivés, ils se dirigèrent vers le bureau des douanes. Ils furent accueillis par quelqu'un que Levi connaissait. Et Stone réalisa que Charles, qu'il n'avait pas vu quitter la maison, était là aussi. Stone fronça les sourcils et demanda à Levi :

— Comment Charles est-il arrivé ici ?

— Il est parti avant nous, en direction de l'hôpital. Je l'ai appelé dès qu'on a su qu'il y avait un problème. Il travaillait pour le MI6.

— Eh bien, tant mieux ! Je suppose.

Ils restèrent debout et attendirent qu'on les conduise dans une autre pièce. Tous les quatre s'assirent sur des chaises et attendirent encore un peu. Seule Lissa s'agitait, et Stone ne pouvait pas la blâmer.

Finalement, la porte s'ouvrit, et un homme entra avec un dossier. Il s'assit à la table en face d'eux, ouvrit le dossier et étala des photos. Il s'agissait de photos de vêtements, d'effets personnels et d'un sac. Lissa se pencha en avant et dit :

— C'est mon sac.

Et la volée de questions commença. Quand avait-elle vu son sac pour la dernière fois ? Où l'avait-elle vu ? Savait-elle qui y avait eu accès ? Les questions n'en finissaient pas.

Finalement, elle leva ses mains et dit :

— Je ne sais pas ce que je peux vous dire d'autre. J'ai vu les deux sacs juste après avoir été kidnappée. Je pensais que l'un était celui de Susan, mais je ne peux pas en être sûre. Je ne l'ai jamais revu. Quant aux miens, ils étaient dans mes quartiers dans le camp de réfugiés, pour autant que je sache. Encore une fois, j'ai été kidnappée et je n'ai aucune idée de ce qui est arrivé à ce qui nous accompagnait ou de ce qui a été laissé derrière nous.

Elle haussa les épaules et ajouta :

— Honnêtement, je pensais ne jamais revoir aucune de mes affaires. Tout était remplaçable.

S'ensuivit une série de questions sur son père, sa vie familiale, ses intérêts commerciaux, ses tendances politiques et même sa religion. À chaque question, elle devenait de moins en moins bavarde.

Stone compatissait, mais il était inutile de le montrer pour l'instant. Ils étaient entrés dans un pays étranger et l'en avaient exfiltrée, c'était de leur responsabilité. Cela devait être éclairci maintenant.

On frappa à la porte, qui s'ouvrit, sans attendre l'autorisation d'entrer pour laisser passer Charles. Il entra et tendit à Levi une pile de documents.

— Voici son passeport et ses visas – tous ses documents.

Il jeta un coup d'œil à Lissa, semblant noter la pâleur de son visage.

— Lissa, je crains bien que tout ce qui est dans ton sac soit maintenant confisqué.

— Je m'en fiche, dit-elle d'un ton las. Je ne sais pas ce que vous avez trouvé dans mes affaires, mais je peux vous garantir que je n'y ai mis rien d'illégal.

Soudain, l'homme de l'autre côté de la table qui avait posé tant de questions se leva et dit :

— Vous êtes tous libres de partir.

Stone faillit rire en voyant l'affaissement soudain de ses épaules lorsqu'elle comprit qu'elle n'était plus retenue. Il se leva et lui fit signe de l'imiter. Ils sortirent de la pièce.

Charles, maintenant avec eux, dit :

— Je suggère que nous l'emmenions quelque part pour qu'elle puisse prendre quelques vêtements et voir si nous pouvons vous mettre tous sur le même vol cet après-midi.

— Je ne me soucie pas vraiment d'avoir de nouveaux vêtements. S'il vous plaît, puis-je rentrer chez moi ?

Stone se leva et lui frotta l'épaule.

— Bientôt. Très bientôt.

Mais il doutait que ce soit assez tôt pour lui convenir.

Chapitre 8

POUR UNE RAISON quelconque, elle ne s'attendait pas à ce qu'ils prennent un vol commercial, bien qu'elle ne soit pas sûre des autres options possibles. Le grand groupe se répartit le long des rangées de sièges. Elle avait craint d'être coincée à côté de l'un des autres hommes, mais elle sentit que la chance était de son côté puisqu'elle était assise à côté de Stone. En regardant son visage neutre, elle se dit que cela n'avait peut-être rien à voir.

Alors que l'avion roulait sur la piste, elle se pencha et lui dit :

— Merci.

— De rien.

D'après la lueur qu'elle lut dans ses yeux, elle sut qu'il avait compris ce pour quoi elle le remerciait.

C'était vraiment un homme bien. Elle savait aussi qu'elle ne serait pas complètement détendue tant qu'ils n'auraient pas passé la douane aux États-Unis, et qu'elle serait libre et innocentée.

Ils avaient choisi de ne pas faire de shopping à Londres, et elle portait donc toujours les vêtements que Charles lui avait généreusement donnés. Elle se dit qu'elle allait lui envoyer quelque chose de gentil en guise de remerciements quand elle rentrerait chez elle.

Pas exactement ce qu'elle avait imaginé pour son premier

voyage à Londres. Mais après cette visite à la douane, elle était beaucoup moins encline à y retourner.

Elle s'appuya sur son siège et ferma les yeux. Le vol de retour allait être long.

Bien que ce soit le cas, ce ne fut pas aussi pénible qu'elle avait pensé. Elle avait copié sa liste de contacts de son téléphone sur une serviette. Ainsi, ce n'était pas grave si elle ne pouvait plus utiliser ce téléphone ; elle pourrait toujours contacter ses amis lorsqu'elle en aurait un autre. Avec les hôtesses de l'air qui allaient et venaient dans l'allée avec du café, des boissons et des snacks, et Stone qui était à ses côtés pendant tout le trajet, le voyage fut assez rapide. Ils atterrirent à New York, et passèrent la douane sans encombre.

Quand elle se trouva enfin de l'autre côté de la douane, elle rayonnait de joie.

— Waouh, ça s'est bien mieux passé que je ne le pensais.

— La vie n'est pas toujours pleine d'embûches, dit Ice. Parfois, les choses se passent en douceur.

Lissa n'avait pas pensé à demander ce qu'ils allaient faire après l'avoir amenée ici. Elle se tourna vers Stone et sentit son cœur s'emballer.

— Est-ce que je vous dis au revoir ici, les gars ?

— Trois types de l'unité vont rentrer à la base, répliqua Levi. Quatre d'entre nous te ramènent à la maison.

— Et ce serait la maison de qui ? La mienne ou celle de mes parents ?

Tout le monde s'arrêta. Levi dit sur le ton de la conversation, mais avec une nuance interrogative :

— Ton père a dit que tu vivais chez lui. Dans le Colorado ?

— Évidemment. Mais en fait, je possède une maison dans la banlieue de Houston, au Texas.

Le silence se fit.

— Dans ce cas, continua lentement Levi, j'espère que nous pourrons obtenir ta coopération pour rendre visite à tes parents afin que nous puissions terminer ceci, et ensuite nous verrons comment te faire arriver au Texas.

— Les billets sont déjà réservés pour le Colorado ?

— Oui. Comme je l'ai dit, pour nous quatre. Le reste de l'équipe rentre à la maison.

— Et où est la maison pour les autres ? demanda-t-elle avec curiosité.

Et elle eut beau essayer de ne pas le faire, son regard dériva vers Stone. Ses lèvres se plissèrent.

— Au Texas.

Elle rayonna.

— Parfait. Je peux rentrer à la maison avec vous, s'il vous plaît ? demanda-t-elle d'un ton suppliant. Je ne veux pas rester chez mes parents plus longtemps qu'il ne le faut. Je peux vous rembourser le prix du billet.

À ces mots, Levi hocha la tête.

— Nous pouvons changer le tien pour que tu voyages avec nous jusqu'à la fin. Il sourit. Ton père paie pour ces vols cependant.

— Alors ne lui dis pas que l'un d'eux est pour moi ! Il l'annulera avant même que nous sortions de la maison s'il le sait.

Ils atterrirent à Denver et se trouvaient encore à l'aéroport plusieurs heures plus tard.

Elle se demandait si elle arriverait un jour chez elle. Chaque étape de ce voyage l'épuisait davantage. Elle avait l'impression que bientôt il ne resterait plus rien d'elle.

Dans le hall de l'aéroport, elle reconnut la limousine qui s'arrêta devant les portes.

— Typique, père.

Elle monta à l'arrière avec les autres.

Le trajet dura moins de vingt minutes, mais la circulation était pratiquement inexistante. Lorsqu'ils s'arrêtèrent devant la maison familiale, elle étudia l'austérité de la résidence. Une imposante structure en briques dont rien ne venait adoucir les lignes lourdes.

— Il devrait vraiment déménager à Londres. Ça lui irait bien.

Le chauffeur, un homme qu'elle ne connaissait pas, s'approcha pour lui ouvrir la porte. Elle attendit qu'ils soient tous sortis de la limousine avant de se diriger vers la porte d'entrée.

Elle s'ouvrit avant qu'ils n'atteignent le porche.

Son père se tenait dans l'embrasure de la porte, les bras croisés et la regardant fixement. Elle s'avança devant l'équipe et dit :

— Bonjour, père !

— Te voilà ! Tu as fini de causer des problèmes ?

Elle entendit les sifflements de surprise derrière elle. Mais il en faudrait beaucoup pour que les mots de son père la blessent davantage.

— Comme je n'ai pas demandé à être kidnappée, et que je n'ai rien fait pour provoquer cela, je ne pense pas qu'il soit juste que tu m'en rendes responsable, répliqua-t-elle avec un signe vers les portes ouvertes derrière lui. On entre, ou je te dis au revoir ici même ?

Ses sourcils se levèrent, et la colère sur son visage retomba.

— Qu'est-ce que tu veux dire ? Tu vas partir ? Tu ne peux pas t'en aller maintenant, protesta-t-il.

Il jeta encore un regard furieux aux autres, puis s'écarta

de l'embrasure de la porte.

— Entrez ! Entrez !

Levi entra le premier, et les autres suivirent.

Lissa se tenait dehors sous le grand porche et se demandait s'il y avait un moyen de disparaître. Mais avec son père qui la regardait fixement, et Stone qui attendait, il semblait bien que non.

Oh, bien, autant faire face à la musique maintenant plutôt que plus tard !

Ils entrèrent dans le salon. En passant devant les autres, Lissa aperçut sa mère assise près de la cheminée, dans une posture parfaite, comme pour des photos. Mais pas du tout comme une mère accueillant sa fille qui venait de rentrer d'un enlèvement éprouvant.

Lissa s'avança au milieu de la pièce et dit :

— Bonjour, mère ! Tu as l'air en forme.

Sa mère se leva et sourit joliment.

— Merci. Tu as l'air mieux que ce à quoi je m'attendais, mais oh, chérie, des points de suture ! Tu sais que ça va laisser une cicatrice, dit-elle d'un ton réprobateur.

— Je vais bien, merci. Pas besoin de s'inquiéter maintenant que je suis en sécurité à la maison.

Voilà, la conversation polie était terminée. Peut-être qu'elle pouvait partir maintenant. En regardant autour d'elle, elle vit le froncement de sourcils de Stone. Elle leva légèrement les yeux au ciel comme pour dire « je te l'avais dit ».

— Elle a été très courageuse et a bien réagi au vu des circonstances, déclara Stone à voix basse.

Sa mère eut un léger frisson.

— Elle entreprend ces expéditions, se met en danger, et c'est très éprouvant pour nous tous.

Cette fois, Lissa leva les yeux au ciel. Bien sûr, c'était

éprouvant pour tout le monde, mais surtout pour Lissa, pas pour sa mère. Tout ce que cela avait provoqué, c'était d'interrompre l'emploi du temps habituel de sa mère et de la forcer à s'adapter.

Son père, qui était parti, réapparut soudainement. Il tendit une enveloppe à Levi.

— Une prime. Et vous avez mes plus profonds remerciements pour avoir sauvé ma fille.

Les deux hommes se serrèrent la main. Dans le style typique de son père, il ignora complètement Ice, qui se tenait aux côtés de Levi, et serra la main de Harrison et de Stone.

Les yeux pétillants, elle ne loupa pas son père.

— N'oublie pas Ice, papa ! C'est l'un des principaux membres de leur équipe.

Son père sembla surpris par le commentaire ou peut-être par le nom inhabituel, mais il se déplaça devant elle, visiblement aimable en lui serrant la main également.

Ice jeta un coup d'œil à Lissa, une lueur d'humour dans les yeux, et dit :

— Ravie de t'avoir rencontrée, Lissa ! Tu as été très courageuse durant tous ces événements.

— C'en est une bonne. J'ai survécu. C'est à peu près tout ce que je peux dire. Mais je ne l'aurais pas fait sans vous. Vous allez me manquer, avoua-t-elle chaleureusement.

Elle entendit le reniflement dédaigneux de sa mère derrière elle. Lissa se raidit à la réprimande, et son regard croisa celui de Stone, une fois de plus.

Ce groupe était plus son genre de personnes. Elle était une inadaptée dans sa famille et l'avait toujours été. Elle se tourna vers son père et dit :

— Et maintenant, père ?

Il avait toujours orchestré sa vie. Elle ne doutait pas qu'il avait planifié son retour dans les moindres détails.

— Je suis sûr que tu es fatiguée. Va te reposer dans ta chambre ! dit-il d'un ton qui ne souffrait aucune discussion. Nous parlerons demain matin.

Elle savait comment ça marchait. Instantanément, elle courut vers l'escalier. La fille obéissante qui revenait à la maison. *D'enfer !*

Heureusement, elle connaissait bien cette maison. Elle entendit son père à la porte d'entrée dire au revoir à l'équipe et réalisa qu'elle n'avait pas de temps à perdre.

Elle espérait juste qu'ils pourraient retenir son père le temps nécessaire pour qu'elle se faufile par l'arrière et revienne devant sans être vue. Ils savaient qu'elle avait un billet réservé pour rentrer au Texas avec eux. Elle ne voulait pas manquer ce vol. Elle ne voulait pas non plus rester ici.

En haut des marches, il y avait la sortie de secours. Elle y alla, descendant aussi vite qu'elle le pouvait. S'élançant vers le sol, elle arriva sur le côté de la propriété. La limousine était déjà en train de rouler autour de l'allée circulaire qui conduisait le grand véhicule à la route principale.

Elle traversa le jardin et se précipita au milieu de la route.

Elle n'osa pas regarder la porte d'entrée pour voir si son père était toujours là. Elle comptait sur le fait qu'il ne regarderait pas le véhicule partir.

La limousine noire freina. Heureusement, elle n'allait pas très vite et le crissement ne fut pas suffisant pour déclencher l'alarme à l'intérieur de la maison. Le conducteur fronça les sourcils en regardant à travers le pare-brise.

La porte du passager arrière s'ouvrit, et Stone en sortit, un regard dur sur le visage.

— Tu es folle ou quoi ? C'est un bon moyen de se faire

cuer.

Elle se précipita à ses côtés et l'embrassa sur la joue.

— Tu m'as manqué aussi.

Elle plongea à l'intérieur du véhicule et s'assit sur le siège face à eux, puis frappa légèrement sur la vitre pour dire au conducteur de bouger. Avec un sourire impudent, elle jeta un coup d'œil aux autres.

— Alors, que pensez-vous de mon père ?

STONE GARDA SES pensées pour lui. Beaucoup de commentaires tournaient dans sa tête, mais sa mère lui avait appris quelques préceptes simples à suivre dans la vie. L'un d'eux était que s'il ne pouvait rien dire de gentil, il ne devait rien dire du tout.

Et il n'y avait rien d'agréable dans ses pensées en ce moment.

En fait, s'il avait eu le père de Lissa en face de lui, Stone aurait eu du mal à retenir ses poings. Et quant à cette poupée de mère…

Eh bien, il n'avait pas de mots.

Apparemment, personne d'autre dans le véhicule ne tenait à exprimer ses sentiments non plus, car un silence complet y régnait.

Lissa rit.

— Ce n'est pas grave. C'est exactement ce que je ressens aussi.

Elle s'installa dans le véhicule et ramena ses genoux contre sa poitrine. Elle fixa la fenêtre, regardant les kilomètres défiler. Stone étudia son expression, mais elle était vide, comme si elle ne savait pas elle-même quoi penser. Il sentait comme une rupture en elle et se demandait si elle retournerait un jour chez ses parents.

— Que va te faire ton père pour avoir fait le mur ? demanda Ice.

Lissa se tourna vers elle.

— Qui m'a contrainte à être sournoise ?

Elle tourna son regard vers la fenêtre pendant un long moment. Puis elle dit :

— Je n'en ai aucune idée. Il devrait être habitué à ce que je me rebelle contre ses diktats, mais il semble toujours surpris quand il donne des ordres et que je refuse d'obéir.

— Pourquoi ne pas rester un peu avec tes parents ? demanda Harrison. Je ne veux pas t'offenser. J'ai juste du mal à concevoir que tu ne veuilles pas au moins les rassurer et leur montrer que tu vas bien après ce que tu as traversé.

— Et je l'ai fait, dit-elle tranquillement. Comme vous pouvez le voir, ce n'est pas comme s'ils voulaient passer du temps avec moi. On m'a ordonné d'aller dans ma chambre pour la nuit. Père me parlerait le matin, quand il aurait le temps. Mais ce que je peux vous dire d'après mon expérience passée, c'est qu'il m'ordonnerait de venir dans son bureau le lendemain, et il me passerait un savon complet pour mes actions. Après ça, on m'ordonnerait de retourner dans ma chambre. Je n'avais pas besoin d'entendre ça à nouveau.

Harrison acquiesça.

— Tant que tu es sûre que c'est ce qui se passerait…

— Et ta mère ? Est-elle déjà intervenue ? demanda Ice. Je n'ai pas de mère ou n'en ai pas eu depuis longtemps, mais mon père et moi sommes proches. Je ne peux pas imaginer me passer du genre de relation que nous avons.

— Je ne peux pas imaginer avoir ce que tu dois avoir, répondit Lissa. Honnêtement, je ne connais rien d'autre que notre froide existence. Je n'ai jamais été étreinte, sauf par mes nounous. Je n'ai pas été autorisée à manger à la même table que les autres jusqu'à ce que je sois *assez grande.* Je suis allée en pension parce que c'était plus pratique pour eux, ils n'avaient pas à me conduire à droite ou à gauche ni à s'occuper de moi le week-end.

Elle jeta un coup d'œil d'un visage à l'autre pour finalement poser son regard sur Stone.

— Ce n'était pas si mal, dit-elle tranquillement. Je me suis fait des amis à l'école. De temps en temps, j'allais chez eux pour les vacances.

Elle se retourna pour regarder à nouveau par la fenêtre.

— En fait, c'était plus agréable à l'internat qu'à la maison.

Stone regarda ses mains ouvertes sur ses genoux. Elles étaient ouvertes pour l'empêcher de serrer les poings et de frapper quelque chose. La seule chose qu'il pouvait frapper était le véhicule, et il ne voulait pas avoir affaire à son père pour cela.

Chapitre 9

L E TEMPS QU'ILS prennent le vol suivant, elle était trop fatiguée pour parler. Stone s'assit à nouveau à côté d'elle, et elle ne s'excusa absolument pas de se mettre en boule, de poser la tête contre sa large épaule et de fermer les yeux.

La seule chose qui la dérangeait était son cœur qui prenait peur à l'approche des adieux.

Elle n'avait pas hâte d'y être.

D'une certaine manière, elle s'était habituée à être avec Stone, mais elle ne se rapprochait pas facilement des gens. Et pourtant, elle se sentait attachée à lui. Lui aussi était avec elle depuis quelques jours à peine, et elle aurait beaucoup de mal à le laisser partir. Mais, il avait une vie. « *N'oublie pas*, se disait-elle, *je n'étais qu'un job de plus.* » Même s'ils vivaient tous les deux au Texas, cela ne voulait pas dire qu'il était intéressé.

— Réveille-toi, Lissa !

Elle se redressa et le fixa avec des yeux flous.

— On est en train d'atterrir ?

Il acquiesça.

— Bientôt. Nous avons commencé notre descente. Nous serons en bas dans dix minutes.

Elle hocha la tête et se couvrit la bouche de la main en bâillant.

— Oh, mec, je suis fatiguée !

— Le voyage de retour a été long, répliqua-t-il. Tu auras besoin de quelques jours pour te relaxer.

— Je dois encore rentrer chez moi, dit-elle. Cela signifie essayer de trouver un taxi à cette heure-ci. Et je crois que je n'ai plus les clés de ma maison.

— Tu n'en as pas caché un jeu quelque part ? demanda-t-il avec un sourcil levé.

— Non. J'ai laissé les clés de rechange à Marge pour qu'elle puisse entrer et vérifier mon courrier, dit-elle avec une grimace. Maintenant, il faut trouver un moyen d'entrer par effraction. Une partie de moi veut dire que j'espère avoir laissé une fenêtre ouverte, mais une autre sait très bien que je n'aurais pas dû.

Elle s'affaissa dans son siège, déprimée comme jamais.

— Crotte de zut !

— Ne t'inquiète pas pour ça ! On va trouver une solution.

— Tu veux dire que *je* vais devoir le faire. Tu vas rentrer chez toi, retourner à ton travail. Moi ? Il faut que je rentre chez moi et trouve un moyen de recommencer ma vie.

Elle détestait la note d'amertume dans sa voix, mais en cet instant, un peu trop de choses s'étaient passées au cours d'une série de jours incroyablement longs. Tout ce qu'elle voulait, c'était rentrer chez elle et s'écrouler sur son lit. Le fait qu'elle ne pouvait probablement même pas entrer dans sa propre maison… Tu parles d'un grand final ! Enfin, grâce à lui, elle avait une vie. Elle devait arrêter de se plaindre et apprécier ce qu'elle avait.

— Je ne te laisse pas après tout ce que nous avons accompli jusqu'à présent. J'ai besoin d'être sûr que tu iras bien, dit-il avec exaspération. Tu es à un peu plus d'une heure de route de chez moi. Je vais d'abord t'emmener chez toi. Nous verrons si nous pouvons te faire entrer. Sinon, nous étudie-rons d'autres possibilités.

Se sentant tremblante mais soulagée, elle jeta ses bras autour de lui et le serra.

— Merci beaucoup. Je dois admettre que je me sentais vraiment nerveuse à propos de cette dernière étape. Et je ne devrais pas l'être, s'exclama-t-elle. Je vais enfin pouvoir rentrer chez moi.

Il tendit la main et saisit la sienne.

— Retiens cette idée ! Nous t'y emmènerons probable-ment dans une heure et demie, en fonction du temps que nous mettrons à descendre de l'avion. Mais vu le peu de bagages que tu as, il ne devrait y avoir aucun problème.

Elle se tenait devant la sortie de l'aéroport, sans savoir quoi faire. Pour la première fois depuis longtemps, elle était chez elle. L'équipe était en vue, et elle ne voulait pas en être séparée. La nervosité ? Ou tout simplement la peur ? Elle ne savait pas.

Elle se retourna pour regarder derrière elle. Stone parlait avec les autres. Finalement, une sorte d'accord s'établit. Quelques tapes sur l'épaule, des sourires, et puis les trois autres allèrent dans une autre direction.

Stone s'approcha d'elle.

— O.K., nous avons deux véhicules ici. Ils en prendront un et rentreront chez eux, et je t'emmènerai chez toi, puis je rentrerai chez moi.

Elle regarda les trois autres s'en aller, ressentant une tris-tesse à laquelle elle ne s'attendait pas.

— Tu es sûr qu'ils sont d'accord ? Tu ne devrais pas ren-trer à la maison avec eux ?

— En fait, ils devaient tous venir avec moi, répliqua-t-il. Mais comme cela devrait être un simple voyage pour te faire entrer dans ta maison, ils ont décidé de rentrer chez eux.

Il passa un bras autour de ses épaules alors qu'ils marchaient vers le parking.

— Je les tiendrai au courant. S'il y a le moindre problème, ils seront là.

Il lui fallut un moment, qu'elle mit sur le compte de la fatigue, avant que la déclaration ne pénètre réellement son cerveau embrumé.

— Que veux-tu dire par « problème » ?

— Je ne veux rien dire.

Très vite, il l'installa en sécurité sur le siège passager d'une Jeep. Elle rit quand elle monta dedans.

— J'ai toujours voulu monter dans une de ces voitures mais je ne l'ai jamais fait.

— Tu as une voiture ?

— Oui, grimaça-t-elle. J'ai une Toyota Prius.

— Choix intéressant.

— Je me soucie de l'environnement, et mon père était contre.

Elle rit :

— Quand je regarde ma vie, j'ai l'impression que tout ce que j'ai fait, c'était pour le contrarier, dit-elle en secouant la tête. Il est vraiment temps de grandir.

— On a le temps pour ça, répliqua-t-il d'un air dégagé. Si tu étais restée chez tes parents hier soir, à quoi serais-tu confrontée maintenant ? Et quelle difficulté aurais-tu à rentrer chez toi maintenant ?

— Je n'ai pas d'argent sur moi, donc je n'aurais pas pu venir ici sans votre aide. Dieu sait que mon père ne m'aurait pas aidée. Mais, une fois que je suis ici, il y a un téléphone. Père peut m'appeler, mais il a des amis en ville qui viennent souvent s'assurer que je vais bien.

Elle haussa les épaules.

— C'est comme s'il n'arrivait pas à se défaire de cette part de contrôle.

— C'est un père, dit Stone.

— Oui, mais je doute que cela ait quelque chose à voir avec ça, dit-elle doucement.

Elle ne voulait pas être mystérieuse, mais il était impossible de comprendre son père.

— Ont-ils toujours été riches ?

Elle hocha la tête.

— Vieilles fortunes, sang bleu, et riches mariages. Ils ont fait tout ce qu'on attendait d'eux. Ils ont même eu un enfant. Malheureusement, je semble être la seule partie de leur vie qui ne s'est pas déroulée comme ils l'avaient prévu.

Devant lui se trouvait la sortie de l'aéroport.

— J'ai besoin de quelques indications, dit-il.

— Oh, désolée ! Je suis vraiment fatiguée. Prends à gauche ici ! On prend la sortie Aberdeen à cinq minutes d'ici.

— Je connais la région.

— C'est vrai ?

Il hocha la tête.

— J'ai passé beaucoup d'années au Texas pour diverses raisons.

Elle étudia ses traits rocailleux et dit :

— Tu en sais tellement sur moi, et je ne sais rien de toi.

— Il n'y a pas grand-chose à savoir.

— L'armée est un choix intéressant.

— Maman est morte d'un cancer six mois avant que je m'engage. À ce moment-là, j'étais perdu. Je cherchais une famille. Je me suis inscrit à l'entraînement BUD/S et je me suis surpris à le réussir. À l'époque, j'avais l'impression d'avoir trouvé l'endroit idéal, continua-t-il en riant.

— Qu'est-ce que c'est, « Buds » ?

— Formation de base en démolition sous-marine/SEAL.

— Mais ?

— Mais quoi ?

— Tu as dit que tu pensais avoir trouvé l'endroit idéal *jusqu'à ce que…*

Il se tourna pour la regarder.

— Jusqu'à ce que nous soyons en mission et que quelqu'un nous trahisse. Nous avons tous été assez gravement blessés. Mon unité – tous les quatre – a dû quitter l'armée à cause de cela. Je suis le seul à avoir perdu un membre. Levi et moi avons été les plus touchés. Rhodes et Merk ont eu moins de mal, mais pas de beaucoup. Mais nous avons tous survécu et c'est ce qui compte.

Il tapota le tableau de bord.

— Mais Levi n'a jamais été quelqu'un qui reste longtemps à terre. Il a toujours eu derrière la tête l'idée que, lorsque son temps serait écoulé dans l'armée, il créerait une société privée et continuerait à faire ce que nous avons toujours si bien fait. Et nous y voilà !

— Tu n'as pas de famille ?

— Seulement la famille avec laquelle je travaille.

D'une certaine manière, cela lui semblait vraiment triste. Et puis, combien de fois dans sa vie avait-elle souhaité être orpheline ? Peut-être qu'il avait fait une meilleure affaire après tout.

Ils quittèrent l'autoroute, et elle le guida à travers la petite ville jusque chez elle. Elle retrouvait un second souffle.

Quand ils s'arrêtèrent dans l'allée de son immeuble, elle sourit. Le joli look victorien l'avait toujours séduite. Cet endroit lui avait semblé parfait pour elle à l'époque. Et, d'une certaine manière, il l'était peut-être encore. Sauf que, pour une raison quelconque, elle n'avait jamais passé beaucoup de temps ici. Elle pouvait changer ça maintenant. Son envie de voyager avait certainement disparu.

— C'est là ? demanda Stone se retournant pour la regarder.

— Tout à fait.

Elle sauta et courut jusqu'à la porte d'entrée. Bien sûr, elle était verrouillée. Bien qu'elle ne sache pas pourquoi elle pensait qu'il pourrait en être autrement. Elle descendit les marches jusqu'à Stone et dit :

— Allons voir la porte de derrière !

Il la suivit à un rythme beaucoup plus lent. Tout en faisant le tour du bâtiment, elle ne cessait de faire des commentaires sur l'endroit.

— Je l'ai acheté il y a quelques années. À l'époque, j'aimais vraiment l'aspect joli de l'endroit. C'est juste que je ne suis pas restée ici plus de quelques mois.

Elle haussa les épaules.

— J'ai tellement voyagé que je n'ai jamais vraiment eu l'impression d'être chez moi.

Elle se retourna pour le regarder et se figea. Ses traits étaient devenus durs, un éclat d'acier dans son regard.

Elle attrapa son bras et s'approcha de lui.

— Qu'est-ce qui se passe, bon sang ?

Il leva un bras et désigna la porte de derrière et les fenêtres de la cuisine.

— À toi de me le dire !

Elle se retourna pour regarder sa cuisine et réalisa que les fenêtres étaient brisées des deux côtés. La porte, bien que fermée, semblait pouvoir battre au vent.

— Oh, mon Dieu ! On a pénétré chez moi.

— Avais-tu un arrangement pour la louer pendant ton

absence ?

Elle secoua la tête.

— Non, je n'ai jamais voulu d'étrangers dans ma maison.

Elle ne fit aucun geste pour se rapprocher du bâtiment. Au lieu de cela, elle resta debout, accrochée à son bras.

— Cela n'a aucun sens.

— Pourquoi ça ? dit-il d'un ton ironique. Des temps difficiles, une petite ville, et une maison vide pendant des mois… Je suis surpris qu'elle n'ait pas été cambriolée avant.

Elle se retourna pour lui faire face.

— Mon amie Marge a dû passer hier soir pour vérifier. Elle est passée une fois par semaine pour récupérer mon courrier et s'assurer que l'endroit était en bon état. Elle vient tous les dimanches soir, réglée comme une horloge.

— Peux-tu vérifier quand elle était là pour la dernière fois ?

— Je pourrais, mais elle dort en ce moment, et je n'ai plus de téléphone, dit-elle. Pourquoi ?

— Juste pour être sûr que nous avons la bonne chronologie. Ça semble suspect que tu sois cambriolée maintenant alors que tu as laissé cet endroit vide pendant quoi, six mois ? Si ton amie est venue récemment, on peut supposer qu'elle aurait remarqué les dégâts, donc ça a dû se produire après sa dernière visite. Nous devrons la contacter pour confirmer qu'elle est venue la nuit dernière, mais si c'est le cas…

— Huit mois, corrigea-t-elle.

— Exact, pendant huit mois. Donc nous devons envisager pourquoi maintenant, le jour où tu arrives ici, ton appartement est cambriolé.

Lentement, son regard alla de la maison à lui, puis revint sur la maison.

— Oh, mon Dieu ! Tu penses que c'est lié, n'est-ce pas ?

— DISONS QUE ce n'est pas une coïncidence avec laquelle je suis à l'aise ! déclara-t-il. Nous avons eu des problèmes à l'aéroport de Londres. Maintenant, tu rentres chez toi, et ta maison a été cambriolée. Pas la semaine dernière, mais juste maintenant, à peu près vingt-quatre heures après ton retour. Jusqu'à ce que nous puissions confirmer, nous pouvons considérer cela comme une théorie à envisager.

— Quelqu'un veut-il me faire peur ?

Elle désigna sa maison.

— Ce n'est pas comme si j'avais beaucoup d'objets de valeur. J'ai quelques meubles d'occasion et des affaires personnelles. C'est à peu près tout.

— *Hum,* répondit-il sans autre commentaire, mais son esprit était en ébullition. Allons jeter un coup d'œil à l'intérieur et voir l'importance des dégâts !

Il ouvrit la voie, ses bottes crissant sur le verre éparpillé sur les marches. Il fouilla dans sa poche et en sortit un gant. Il ouvrit doucement la porte extérieure de la cuisine. Une partie céda assez facilement, et elle réalisa que la porte avait en fait été cassée en deux.

Il entra et lui fit signe de le suivre.

— Ne touche à rien ! la prévint-il.

— D'accord, murmura-t-elle.

À côté de lui se trouvaient les restes d'une table de cuisine et de quatre chaises, toutes réduites en miettes. Il pouvait l'entendre haleter sous le choc alors qu'ils marchaient dans la pièce. Le contenu des placards semblait avoir été jeté ; la porte du réfrigérateur était entrouverte, mais même celui-ci semblait avoir été vérifié. Il se dirigea vers le salon et resta immobile.

Arrivant derrière lui, elle laissa échapper un cri d'indignation.

— Oh, mon Dieu ! cria-t-elle. Il n'y avait pas besoin de tout détruire.

— Ce n'était pas un cambriolage normal, dit-il. On dirait qu'ils cherchaient quelque chose.

— Ou alors c'étaient des vandales, dit-elle, qui voulaient juste détruire ce qu'ils pouvaient.

Il ne répliqua rien, mais, en ce qui le concernait, cela ressemblait à beaucoup plus qu'une bande d'adolescents à capuche essayant de faire sensation.

Il la guida à l'étage et entra dans sa chambre, trouvant exactement le même spectacle.

Elle le dépassa et s'arrêta au centre de la pièce. Les larmes lui montèrent aux yeux, et elle mit une main sur sa tempe.

— Pourquoi ? cria-t-elle. Pourquoi quelqu'un ferait-il ça ?

Stone avait plus d'une idée, mais il ne pensait pas qu'elle soit prête à les entendre.

— Je sais que c'est un saccage, mais peux-tu voir s'il manque quelque chose ?

Elle lui lança un regard pour voir s'il était sérieux.

Il hocha la tête.

— Oui, je suis sérieux.

Elle ouvrit les bras en grand.

— Je ne suis pas venue ici depuis huit mois. Comment suis-je censée me rappeler ce qui a pu se passer ici ?

— Y avait-il des souvenirs particuliers ? De l'argent, des bijoux, quelque chose de précieux ?

Elle secoua la tête.

— Tout ce que j'ai de ce genre est dans un coffre à la

banque, dit-elle. J'étais sérieuse quand je disais que je n'étais jamais là.

Elle se retourna pour étudier son lit. Non seulement la literie avait été tailladée, mais les matelas avaient été retournés et apparemment le dessus éventré. Il n'y avait rien à trouver ici.

Il attendit pendant qu'elle traversait la chambre, en parlant à voix haute.

— Cela n'a aucun sens. C'est plus que l'œuvre de vandales. Que pouvaient-ils bien chercher ?

Elle se tourna vers lui :

— Et pourquoi maintenant ?

Il resta silencieux, attendant. Elle finirait par y arriver.

— Personne ne savait que je rentrais, dit-elle en agitant les bras. Donc ça ne pouvait pas être synchronisé.

— Ton père a dit que tu vivais à la maison avec eux, dit Stone en haussant les épaules. Mais, après que Levi a appelé ton père, on a changé ton vol.

— Mais, si personne n'avait su pour le voyage à Denver et qu'on avait supposé que je rentrais directement à la maison, j'aurais été ici quand c'est arrivé !

Sa voix s'éleva jusqu'à devenir presque un cri à la fin.

Stone hocha la tête.

— Si tu penses que quelqu'un de Londres aurait pu savoir et déclencher tout ça, je ne le crois pas.

Elle le fixa du regard.

— Quelqu'un devait savoir que je rentrais à la maison.

Elle secoua la tête.

— C'est trop bizarre. Le timing est trop serré. On ne peut pas s'attendre à ce que quelqu'un se soit connecté et ait cherché la liste des passagers de la compagnie aérienne, vérifiant si je serais ici, et puis, comme je n'y suis pas, il mette ma maison en pièces, dit-elle. Ou bien ont-ils pensé que j'étais rentrée et repartie ?

Stone se figea.

— Peut-être qu'ils pensaient que tu serais ici. Et peut-être qu'ils pensaient aussi que tu ramènerais quelque chose chez toi.

Elle se retourna et le regarda, choquée.

— Oh, mon Dieu ! De la drogue ?

— Si c'est de la drogue qui a été saisie en Angleterre.

Il sortit son téléphone :

— Je pense qu'on ferait mieux de demander à Levi de vérifier ça d'un peu plus près.

Chapitre 10

LISSA S'ASSIT DANS la Jeep une fois de plus. Les bras serrés contre sa poitrine, elle essayait de trouver une explication logique à ce qui était arrivé à son appartement. Tout ce qu'elle avait pu trouver, c'étaient des vandales qui passaient une nuit « amusante ». Et c'était une pensée terrible. Mais l'alternative était bien pire… penser que quelqu'un attendait qu'elle rentre à la maison… et la visait spécifiquement.

Stone se tenait à l'extérieur de la Jeep, parlant au téléphone. Elle ne prit pas la peine d'écouter. Il était au téléphone depuis au moins quinze minutes. La conversation semblait tout passer en revue. Il avait manifestement surpris Levi avant qu'il ne se mette au lit, et tous deux discutaient de l'affaire sous différents angles. Finalement, la porte côté conducteur s'ouvrit, et Stone s'assit au volant.

Elle ne savait pas quel genre de solution il trouverait ; elle espérait simplement qu'il en avait trouvé une. Elle n'ignorait pas que c'était vraiment son problème à elle. Mais, s'il était lié aux problèmes de l'étranger, peut-être resterait-il un peu plus longtemps et l'aiderait-il. Elle avait déjà poussé trop loin les liens d'une amitié de quelques jours.

Il alluma le moteur et mit la Jeep en marche arrière.

— Où allons-nous ?

— Tu viens chez moi. Chez l'équipe, corrigea-t-il. Nous

avons tous besoin de dormir, et demain nous pourrons tous nous asseoir et régler tout ça.

Elle regarda la route devant elle, se retournant pour jeter un dernier coup d'œil à sa propriété. Elle était peut-être jolie à l'extérieur, mais quelque chose était pourri à l'intérieur. Elle ne voulait plus rien avoir à faire avec ça.

— On ne devrait pas appeler la police ?

— Nous ferons cela dans la matinée.

Elle devait se contenter de ça. Elle était trop fatiguée pour faire autre chose. Un tremblement la secouait, elle se sentait presque déconnectée de tout ce qui se passait. Pourquoi n'était-ce pas fini ? Tout ce qu'elle voulait, c'était rentrer chez elle. Au lieu de cela, sa maison n'était même plus habitable.

— Je vais devoir appeler la compagnie d'assurances.

— Oui, tu t'en occuperas. Mais encore une fois, demain. Passons la nuit, reposons-nous et rechargeons nos batteries ! Demain matin, on trouvera une solution.

Mais ce n'était pas parce qu'il l'avait dit que son esprit allait se calmer. Quelqu'un s'attendait-il à ce qu'elle ramène quelque chose ? Ils avaient mis son appartement sens dessus dessous pour le trouver ? Mais puisqu'elle n'avait rien rapporté, si elle était rentrée chez elle la veille, il y avait des risques que ça ne soit pas aussi bien passé pour elle. Bien qu'en théorie elle comprît tout cela, ça lui semblait tellement tiré par les cheveux !

Si c'était arrivé en Afghanistan, d'accord. Elle aurait cru n'importe quoi sur ces gens. Elle avait reçu des coups de pied, des gifles et des coups. Mais ça n'était jamais arrivé sur le sol américain. Elle considérait sa maison comme sûre.

Elle fixa ses poings serrés et se força à les ouvrir. Elle était rentrée chez elle en s'attendant à se sentir en sécurité, à avoir oublié, laissé derrière elle toutes les pénibles épreuves. Au lieu de cela, elle se sentait trompée, violée.

Elle était encore sous l'emprise de l'adrénaline et de la peur. Et sans distinguer une fin en vue.

— Tu penses que quelqu'un était encore là ? Nous observant ?

Elle se tourna pour croiser son regard alors qu'il la fixait, un regard dur dans les yeux.

— Pourquoi demandes-tu ça ?

Elle haussa les épaules.

— Ils se sont donné beaucoup de mal. Peut-être qu'ils m'attendaient, qu'ils me guettaient.

À ces mots, un tremblement parcourut son corps. Elle enfonça son poing dans sa bouche pour retenir un cri.

Il tendit la main et serra doucement son genou.

— N'y pense pas ! Nous n'avons vu personne. L'endroit était vide.

— Mais était-ce vraiment le cas ? Nous n'avons pas regardé dans les placards. Nous n'avons pas regardé sous le lit détruit, ce qu'ils en ont laissé. Il était logique qu'ils ne me sautent pas dessus puisqu'ils te voyaient là, dit-elle avec un signe de la main vers son corps. Tu as la taille d'un satané tank. À moins qu'ils aient des armes, ils ne voudraient pas t'affronter.

Elle étudia son visage et ajouta :

— Et merci, au fait.

Il poussa une exclamation étranglée.

— De quoi parles-tu ? Pourquoi me remercies-tu ?

— Je te remercie de m'avoir ramenée à la maison. Parce que je ne peux pas imaginer si j'avais vécu ce cauchemar toute seule.

Il tendit la main, paume vers le haut, et attendit. Elle

n'hésita pas. Elle glissa sa main dans la sienne et serra ses longs doigts.

— Je n'arrive pas à me sortir ça de la tête. Et si j'étais rentrée à la maison et que je les avais interrompus ?

Elle se mit à pleurer.

Il serra sa main doucement.

— Ça n'est pas arrivé. Ça n'arrivera pas.

Il lâcha sa main pour changer de vitesse et prit un virage sur la route. Heureusement, la chaussée était déserte. Elle était sacrément sûre que la limite de vitesse n'était qu'un lointain souvenir.

— C'est le genre de travail que tu fais tout le temps ? Comment dors-tu la nuit ? Après avoir été blessé, n'avais-tu pas toujours peur que cela se reproduise ? Ne te réveillais-tu pas au milieu de la nuit en criant avec les mêmes images qui se répètent encore et encore ?

Il acquiesça.

— Absolument. C'est comme un cauchemar qui ne finit jamais. Mais finalement ça s'atténue. Son intensité diminue. Parfois, on a vraiment de la chance, et ça n'arrive pas du tout.

Elle s'aperçut qu'elle l'avait fâché. Elle s'approcha et tapota doucement sa cuisse.

— Je suis désolée. Je ne voulais pas faire remonter de mauvais souvenirs.

Il ricana.

— Ne t'inquiète pas pour moi !

Elle l'étudia. Il y avait un aspect de sa personnalité qu'il n'avait pas partagé, et il n'était probablement pas prêt à le faire. Peut-être parce qu'elle était une femme. S'abandonner à ses sentiments était beaucoup plus facile. Elle se tourna vers lui et dit :

— Ne t'abandonnes-tu jamais ? Au sentiment de peur, aux émotions ?

— Jamais.

Le ton de sa voix était dur et tranchant.

Elle se rapprocha de la porte, lui donnant un peu plus de place. Elle n'avait pas l'intention d'être indiscrète, pas l'intention d'insister, mais cela semblait inévitable.

— Je suis désolée, dit-elle d'une petite voix. Ce ne sont pas mes affaires. Je ne voulais pas rouvrir de vieilles blessures.

— Tu t'inquiètes trop.

Elle ne le faisait pas. Mais elle ne voulait pas dire un mot de plus. C'était le moins qu'elle pouvait faire pour lui. Il conduisit en silence pendant encore quarante-cinq minutes. Elle perdit le compte des virages qu'il prenait, et même la direction qu'ils suivaient. Elle réalisa qu'elle avait placé sa confiance en lui. Il l'avait sortie saine et sauve de la maison de cet horrible terroriste en Afghanistan, et maintenant, ici au Texas, il veillait toujours sur elle. Ils entrèrent finalement dans un très grand complexe. La fermeture du portail derrière la Jeep la fit sursauter. Elle n'avait pas pu retenir son exclamation de surprise.

— Ne t'inquiète pas ! Ce n'est pas nous enfermer. C'est enfermer le monde dehors.

Il éteignit le moteur de la Jeep et descendit. Elle ouvrit sa porte et mit pied à terre. Une énorme maison avec des tourelles se tenait devant eux avec d'autres bâtiments des deux côtés. Elle ne savait pas quoi penser. Alors qu'il contournait la Jeep pour se diriger vers elle, elle dit :

— Quel genre d'endroit est-ce ? C'est énorme !

— C'est la maison.

Pour lui, c'était aussi simple que ça.

Elle s'y habituerait ou pas, mais elle avait définitivement

perdu l'occasion de s'échapper. Pas question d'escalader la grille et les barrières qui l'entouraient. Puis elle comprit qu'elle n'avait pas à fuir. Il se tenait là avec sa main tendue, attendant, lui donnant toujours une chance de dire non, ou de lui faire confiance. Elle mit sa main dans la sienne une fois de plus et dit :

— Eh bien, j'ai eu confiance en toi jusqu'à présent.

Il prit sa main dans la sienne et se dirigea vers l'une des portes. Alors qu'ils marchaient sur un tapis en caoutchouc, les doubles portes s'ouvrirent, et il la conduisit à l'intérieur.

ELLE AVAIT TRAVERSÉ beaucoup d'épreuves. Il aurait compris si elle avait refusé d'entrer dans l'enceinte. Mais il l'y avait conduite directement et avait fermé les portes derrière eux. À ce stade, il était trop fatigué pour donner une explication. Ici, ils étaient en sécurité, et le reste pourrait être réglé demain.

Mais il devait d'abord la faire entrer et l'installer dans une chambre. Il espérait que quelqu'un en avait désigné une pour elle. Cette maison avait beaucoup de chambres, une quantité insensée, comme trente-deux. Mais elles n'étaient pas toutes prêtes et équipées de meubles et de lits. Il l'emmènerait encore dans son lit ce soir si nécessaire. Mais ce serait différent à cet endroit.

Pourtant, si c'était ce qu'il fallait faire, alors c'est ce qu'il ferait. Elle se blottit contre lui quand ils entrèrent. Il ne pouvait pas la blâmer. Elle ne savait pas en qui elle pouvait avoir confiance. Tant qu'elle se fiait à lui, tout irait bien.

Passant son bras autour de ses épaules, il ne lui laissa pas d'autre choix que de marcher à son rythme. Il continua à avancer, droit vers l'escalier. Il aurait pu prendre l'ascenseur, mais ce serait probablement un peu trop pour elle en ce moment. Les marches étaient proches. De plus, il se souvenait d'elle dans le camion, haletant pour respirer. Claustrophobe.

Il la conduisit au premier étage, puis au deuxième. Sa chambre était derrière la deuxième porte, et une des chambres d'amis était à côté de la sienne. Les autres étaient au même étage, mais dans les autres ailes. Il ouvrit la porte de la chambre d'amis et alluma les lumières, voyant qu'un lit était prêt pour elle.

— C'est à toi pour la nuit.

Il fit signe vers la salle de bains sur le côté droit de la pièce et vit un ensemble de serviettes posées sur le lit.

— Je te suggère de dormir un peu, et nous parlerons demain matin.

Il se tourna pour partir, maudissant la fatigue qui le tirait vers le lit.

Il était impatient de jeter cette prothèse de l'autre côté de la pièce et de soulager la tension sur le moignon. Il savait qu'il serait enflammé. Il l'avait trop sollicité. Alors qu'il atteignait le seuil de la porte, il l'entendit crier :

— Attends !

Il se retourna pour la regarder.

— Qu'est-ce qu'il y a ?

Elle murmura :

— Tu peux me montrer où tu dors pour que je sache que je ne suis pas totalement seule ?

Il lui fit signe de s'approcher et attendit qu'elle s'approche de lui avant de dire :

— C'est ta porte et, dit-il en montrant le numéro seize, puis la porte à côté de la sienne avec le numéro dix-sept, c'est ma porte.

Il s'approcha et la poussa, alluma et dit :

— C'est presque identique, et c'est là que je dors. Il la poussa dans sa chambre et ferma presque la porte. Dors un peu ! Tout ira beaucoup mieux demain matin.

Il tira la porte pour la fermer. Il cria « bonne nuit », puis entra dans sa chambre et referma fermement sa porte. Il savait qu'elle entendrait le *clic*.

Il était trop fatigué pour faire autre chose que marcher jusqu'au lit et se déshabiller. Il enleva sa prothèse et la posa au sol à côté du lit, puis s'effondra lourdement sur les couvertures. Les élancements dans sa jambe s'atténuèrent lentement. Il savait qu'il aurait dû mettre de la crème dessus ce soir, mais il était trop fatigué. La seule chose qu'il fit, ce fut de prendre quelques relaxants musculaires. C'était à peu près tout ce dont il était capable. Et maintenant, il espérait pouvoir s'écrouler.

Il avait mal partout. Il se retourna, ferma les yeux et essaya de s'endormir.

Au moment où il commençait à s'endormir, il se souvint de ses mots. S'abandonner ?! Bon sang, non. Il n'était même pas sûr de savoir ce que cela signifiait. Et puis il s'endormit.

La porte qui s'ouvrait le réveilla quelques minutes plus tard. Il se redressa, puis il comprit.

— Lissa ?

La porte s'ouvrit plus largement, et elle jeta un coup d'œil dans le coin. Il ne dormirait pas seul ce soir. Intérieurement, il était heureux. Il était important que ce soit sa décision à elle. Il tendit la main vers l'intérieur de son lit et tira les couvertures vers lui.

Elle se glissa dans sa chambre sans bruit, referma la porte, puis courut vers son lit. Elle se glissa sous ses draps et murmura :

— Merci.

Il bougea légèrement pour pouvoir passer un bras autour d'elle et l'attira contre sa large poitrine.

— Tu es la bienvenue. Maintenant, dors !

Et comme la dernière fois, elle s'endormit comme un bébé. Et comme avant, il eut un moment difficile.

Comment était-il censé dormir avec un ange dans ses bras ? Même épuisée, les derniers vestiges de la peur s'accrochant encore à elle, elle sentait merveilleusement bon. Et elle le faisait se sentir encore mieux. Maigre, grande, elle lui allait comme un gant. Mais le sentiment de fragilité ne l'environnait plus.

Et c'était un bon point. Il évitait les femmes minuscules. Il était un grand garçon et avait toujours eu peur de les blesser. Elle n'était pas petite, mais elle était sacrément mince.

Pourtant, il avait vu son caractère, la force morale et la détermination dont elle avait fait preuve pour traverser ces deux derniers jours. Il sourit et la serra contre lui en murmurant :

— Que vais-je faire de toi ?

Et quand elle répondit, il pensa qu'il avait dû mal entendre parce qu'il savait qu'elle dormait. Il l'avait entendue ronfler doucement pendant quelques instants.

Elle était endormie, il en était sûr. Mais il aurait aussi juré l'avoir entendue dire :

— Aime-moi ! Juste aime-moi !

Heureux de cette idée, mais sachant qu'elle rêvait, il ferma les yeux et s'endormit. Il emporta cette pensée avec lui. L'amour était-il seulement possible ? Ce qu'il tenait dans ses bras en ce moment était si spécial qu'il ferait tout pour ne pas le perdre.

Peut-être que les rêves se réalisaient. Il n'avait jamais été du genre à rêver, et dernièrement son monde ne lui avait réservé que des cauchemars, mais peut-être, juste peut-être, que ça changeait.

Chapitre 11

LISSA SE RÉVEILLA en sursaut. Elle resta allongée, cherchant à comprendre ce qui n'allait pas. Ou peut-être ce qui était vraiment bien. Les bras d'un homme étaient enlacés autour d'elle, la serrant contre lui. Rien qu'à sa taille, elle savait que c'était Stone. Elle pouvait sentir sa poitrine qui se levait et s'abaissait derrière elle, le souffle chaud qui passait quelque part près de sa tête. Elle sourit et se blottit contre lui.

Les yeux fermés, elle apprécia la sensation d'être enlacée par quelqu'un. Cela faisait longtemps qu'elle n'avait pas eu de relation sérieuse. Elle avait eu quelques aventures de courte durée de temps en temps, mais rien qui comptait. Et à l'étranger, elle avait toujours eu trop peur des règles de ces pays-là pour s'engager.

Maintenant, il y avait Stone. Elle n'aurait jamais voulu partir. Mais c'était sa maison, son lieu de vie.

Ce qui lui rappela sa maison, ou plutôt ce qu'il en restait. Les fenêtres seules risquaient de coûter plusieurs milliers de dollars à réparer. Pour les portes, tous les meubles à l'intérieur, il fallait définitivement faire jouer l'assurance. Presque tout devait être remplacé, elle le savait, et ce serait un gros travail.

Elle ne pourrait pas y vivre de sitôt. Elle n'y avait pas habité depuis longtemps, ce qui signifiait qu'elle devait trouver un autre endroit.

Il fallait appeler Marge et la mettre au courant. Lissa ne voulait pas que son amie et voisine débarque à l'improviste et voie la maison dans un tel état.

Ajouter ça à l'autre liste de choses à faire. Elle devait donc trouver un téléphone pour appeler la police, la compagnie d'assurances et son amie. Tout cela était une note amère pour elle-même.

Pourtant, l'instinct lui disait de *ne pas bouger*. « *Profite de ce moment avec Stone. La réalité interviendra bien assez tôt.* » Ses épaules découvertes étaient légèrement froides. Elle leva la main, tira les couvertures plus haut et se blottit un peu plus étroitement dessous. Elle aimait le souffle de l'air chaud lorsque les couvertures se refermaient sur elle. D'une manière ou d'une autre, elle avait attrapé un peu froid avec tous ces voyages. Elle ne se sentait pas malade, mais pas tout à fait bien non plus.

— Tu vas bien ?

Sa voix enrouée de sommeil l'entoura. Elle tapota l'avant-bras enroulé autour de sa poitrine et dit :

— Oui. Juste froid.

Instantanément, il l'attira dans une étreinte plus étroite, comme s'il pouvait lui apporter la chaleur dont elle avait besoin. Et, en fait, il le pouvait. Juste incroyable ! Comme être entourée par un four. Comme il était un homme grand, notamment, son corps était une fournaise.

Ses yeux se fermèrent, et elle se détendit. Elle s'était couchée trop fatiguée pour penser à tous ces événements. Maintenant, bien sûr, son esprit ne voulait pas s'éteindre.

Y avait-il un lien entre ce qui avait été mis dans ses bagages et la fouille de sa maison ? Elle savait quelle était la réponse. Comment pouvait-il en être autrement ? Deux incidents étranges dans des pays différents et elle était le dénominateur commun.

De l'autre côté de la porte de la chambre, dans le couloir, elle entendit des bruits de pas. Elle se figea. Quelqu'un était-il susceptible d'entrer dans la chambre de Stone ? Est-ce qu'ils vérifieraient sa chambre et réaliseraient qu'elle avait disparu ?

Elle se mordit la lèvre inférieure, se demandant si elle l'avait mis dans une situation difficile. Et pourtant, malgré tout ce qui la troublait, elle ne pouvait pas se sentir désolée de l'endroit où elle se trouvait en ce moment. Car elle avait eu un peu peur de se trouver dans cette pièce de l'autre côté du couloir, un lit étrange dans une chambre étrange dans une demeure étrange. En arrivant comme ils l'avaient fait, au fur et à mesure que les minutes passaient, ses craintes avaient empiré. Et elle était trop fatiguée pour s'en sortir, alors elle était venue directement chez Stone. Comme un pigeon voyageur.

— Détends-toi !

Sa main se baissa et attrapa la sienne, si bien qu'elle se rendit compte qu'elle caressait doucement son avant-bras.

À son murmure, elle sourit. Qui aurait cru que ce type pouvait être chatouilleux. Elle pivota doucement dans ses bras jusqu'à être sur sa poitrine, sa tête posée sur son épaule. Elle laissa son bras se glisser le long de son corps. Il se déplaça pour lui laisser plus de place, puis il l'entoura à nouveau de ses bras. Parfait.

Elle déposa un baiser sur sa poitrine. Ça semblait être ce qu'il fallait faire sur le moment. D'ailleurs, si cela menait à quelque chose de plus, elle était tout à fait partante. Comme elle l'avait dit, ça faisait longtemps.

Pour ce faire, elle se redressa sur son coude et le regarda. Dans la lumière du petit matin, il la fixait. Une question se lisait dans ses yeux. Elle lui lança un sourire espiègle et dit en réponse :

— Avons-nous le temps ?

Il glissa une main le long de ses côtes et de son épaule, son grand pouce continuant pour caresser ses joues.

Mais le froncement de sourcils qui déforma son expression lui fit plisser les yeux, et elle dit :

— Ne commence même pas à me demander si je suis sûre de vouloir ça !

Tendant la main pour prendre sa joue et son menton, elle fit glisser le bout de ses doigts sur ses lèvres, et il embrassa le bout d'un doigt. Elle sourit.

— De toutes les choses que j'ai vécues ces derniers jours, dit-elle, c'est la seule qui me semble juste.

Elle baissa la tête et l'embrassa doucement, juste un léger goût exploratoire.

Elle s'étendit sur lui, déposant plusieurs petits baisers sur son nez, ses joues, son menton, puis sur ses lèvres. Cette fois, elle glissa la langue entre les siennes et l'embrassa pour de bon. Il y avait quelque chose en lui dont elle ne pouvait pas se passer. Ce n'était pas son comportement normal, les deux derniers jours non plus. Maintenant qu'elle l'avait goûté, eh bien, elle ne pouvait plus s'en passer.

Stone leva les deux mains, et avant qu'elle ne réalise ce qui se passait, il la fit rouler pour la coucher sur le dos.

— On a peut-être le temps, chuchota-t-il.

Ses lèvres glissèrent sur ses joues, son haleine chaude l'envahit. Elle frissonna alors que des tremblements parcouraient son corps. Elle s'étira et rit, enroulant ses bras autour de son cou.

— Mais je n'ai pas l'intention de prendre de raccourci de toute façon, chuchota-t-il.

Il baissa la tête et l'embrassa – un baiser profond, qui semblait tirer sur les muscles de son cœur. Elle gémit et le serra contre elle. Quand elle sentit son érection contre elle, elle se déplaça suffisamment pour pouvoir presser son bassin contre lui et le câliner davantage. Elle sentit son souffle, mais elle avait couvert ses lèvres des siennes, les aspirant, les prenant et les acceptant, et les lui rendant dans un autre baiser. Il glissa ses mains vers le bas pour les passer sous son T-shirt et toucher ses seins.

Elle poussa un petit cri et se cambra, pressant ses seins dans ses mains. Sa chemise disparut d'une manière ou d'une autre, et les couvertures furent repoussées. Elle pouvait sentir l'air frais, mais elle s'en fichait car son corps brûlait davantage.

Quand il baissa la tête et suça son téton, le prenant à pleine bouche, elle se tordit et cria :

— Stone, mon Dieu !

Il murmura quelque chose qu'elle ne put pas entendre, mais elle s'en fichait. Ses mains, ses doigts et sa bouche étaient occupés à caresser, caresser et entretenir le feu à l'intérieur. Pas de braises, mais une pure chaleur brûlante. De la pierre. Elle le voulait. Elle le désirait. Elle essaya de le tirer sur elle, mais il ne bougeait pas.

Au lieu de cela, il baissa la tête jusqu'à l'os de ses hanches, son bassin. Elle se redressa et essaya de l'attirer plus haut pour l'embrasser, mais c'était comme essayer de déplacer une montagne. Quand il glissa deux doigts entre ses jambes, elle tomba en arrière, en criant, ses hanches s'arquèrent.

Elle était déjà mouillée, en attente, et chaude.

Il se retira, puis glissa un doigt à l'intérieur, et elle gémit.

— S'il te plaît, s'il te plaît.

Il glissa un deuxième doigt et elle réalisa qu'il s'assurait qu'il y avait de la place.

Elle eut un rire ironique.

— Je ne me casserai pas en deux.

Il leva la tête. Traçant un chemin de baisers jusqu'à sa poitrine, il s'arrêta pour se régaler une seconde tandis que ses doigts la taquinaient doucement. Elle frissonna, aveuglée par la douceur de ses mains.

— Tu es sûre ?

Puis il l'embrassa, sa langue plongeant dans sa bouche tandis qu'il se mettait sur elle.

Quand il poussa à l'intérieur, elle se demanda s'il était vraiment trop grand. L'homme était massif, mais elle ne s'attendait pas à ce que cette partie de lui soit plus grande que la normale. Elle retint sa respiration, et il plongea profondément.

Elle gémit, moitié de douleur, moitié de joie. Elle n'était pas seulement remplie, mais plutôt presque empalée. Et pourtant, c'était si bon ! Comment une telle chose pourrait-elle être mauvaise ? Et pourtant elle ne pouvait pas bouger alors qu'il la maintenait en place.

Ses bras s'enroulèrent autour de son corps, la retenant contre lui. Ses bras la maintenaient là où il voulait qu'elle soit. Elle essaya de s'étirer, de bouger, mais elle n'avait vraiment aucune marge de manœuvre.

Il inclina son menton et déposa un baiser sur ses lèvres.

— Ça va toujours ?

Elle fit un sourire lent et sexy, puis dit :

— Ça va pour le moment. Si tu ne commences pas à bouger bientôt, ça ne sera plus le cas.

Il émit un rire doux et se retira lentement, puis plongea à nouveau. Chaque fois, elle était légèrement balancée dans le lit, et lorsqu'il se retirait, elle criait, craignant qu'il ne se retire et ne la lâche. Ses mains tenant fermement ses hanches, il les poussa tous les deux en avant.

Elle se tordit, de plus en plus haut, en pleurant, finalement elle supplia :

— Stone, s'il te plaît, finis ça !

Il se pencha sur elle, se soulevant légèrement, tenant sa tête avec ses mains, ses hanches avançant, conduisant, plongeant, les amenant vers la fin qu'ils voulaient tous les deux.

Son orgasme la traversa.

Elle trembla sous son emprise. Un grognement s'échappa de sa gorge alors que son corps frissonnait sur elle ; quelque chose qu'elle n'avait jamais entendu de la part d'un autre homme auparavant. Elle serra Stone contre elle jusqu'à ce qu'il s'effondre à côté, toujours tremblant. Après un long moment, il l'entoura de ses bras et la serra contre lui.

Ce n'était pas ce à quoi elle s'attendait, mais bon sang, elle prendrait tout ce qu'elle pourrait avoir.

Elle bâilla et se blottit contre lui.

— Une chance de pouvoir dormir quelques minutes ? demanda-t-elle.

— Dors ! Tu vas y arriver.

Elle ferma les yeux, mais pas sans avoir glissé ses bras autour de lui et l'avoir serré fort. Mon Dieu, elle s'attachait beaucoup trop à cet homme. Surtout maintenant. Au moment où elle s'assoupit, elle l'entendit poser la même question que la nuit précédente.

— Qu'est-ce que je vais faire de toi ?

Et elle répondit de la même façon que la veille :

— Aime-moi ! Juste aime-moi !

Elle ferma les yeux et s'endormit.

Il n'avait donc pas imaginé cette réponse. Et elle n'avait pas rêvé… Stone n'arrivait pas à croire que la femme qu'il tenait dans ses bras, si accueillante, gracieuse et attentionnée, était ici avec lui. Il ne voulait pas être un héros pour elle, mais il savait, depuis qu'elle s'était rapprochée de lui pour la première fois, qu'elle le collerait comme de la glu. Il avait voulu qu'elle puisse dormir la nuit dernière et avait été surpris, mais aussi secrètement ravi, qu'elle vienne à lui, encore et encore. C'était bon de savoir que quelqu'un se souciait vraiment de lui. Parfois, il avait l'impression d'être condamné à rester seul. Mais, quand il se retourna pour la regarder ce matin-là, elle était juste là, à l'attendre. De plus d'une façon.

Il laissa ses mains glisser le long de son dos tout en réfléchissant aux complications.

Et il y en avait plusieurs.

D'abord, il n'était pas vraiment prêt pour une relation. Non pas qu'il soit contre, mais il ne s'attendait pas à rencontrer une femme de sitôt et, même autrement, il pensait que la jambe artificielle serait dissuasive. Il se rendit également compte qu'elle n'avait jamais posé de questions à ce sujet et qu'elle n'avait pas encore vu les horribles cicatrices ni ce à quoi il ressemblait réellement lorsqu'il se tenait sur une seule jambe. Il savait que ce serait un choc. Bon sang, ça l'était encore pour lui tous les jours !

On lui avait souvent dit que certaines femmes s'en fichaient. Il était prêt à le croire. Mais il n'était pas prêt à croire que ce serait le cas de Lissa. Elle avait été élevée parmi les riches, elle avait eu le meilleur de tout. Peut-être pas dans une grande famille, mais elle n'avait certainement pas souffert sur le plan financier. Elle avait l'habitude d'obtenir et de faire ce qu'elle voulait ce qu'elle voulait. Voilà ce qui ressortait de sa façon de faire la sourde oreille à son père chaque fois. Elle ne semblait pas craindre de représailles ni d'être tenue pour responsable pour quoi que ce soit. Et ce dernier point le dérangeait beaucoup. Il ne s'attendait pas à ce qu'elle finisse dans son lit, et il pouvait presque entendre les autres lui dire : « Stone, bon sang, non ! Non seulement c'est un cas, mais c'est un cas qui va de pair avec de sérieuses complications. »

Il ne comprenait toujours pas ce qui s'était passé à Londres. Les douanes l'avaient finalement laissée partir, mais il ne savait pas exactement quel était le problème. La drogue avait été évoquée. Il ne voyait pas d'où, comment, ni pourquoi cela surgissait. Son sac n'était même pas avec elle. Donc, les actes de n'importe qui avaient pu mener à la découverte de drogue dans son sac. Et il ne s'inquiétait même pas de cet aspect jusqu'à ce qu'il se retrouve chez elle, et alors c'était devenu une réalité désagréable. Ce que cela signifiait vraiment, c'était… des ennuis. Quelque chose dont il n'avait pas besoin dans sa vie en ce moment.

Si elle était complètement innocente, elle n'en avait pas besoin non plus.

Il entendit des pas, suivis d'un léger coup sur sa porte. Quand le coup résonna à nouveau, il sut quel était le message. Il fronça les sourcils en regardant la belle endormie dans ses bras et se demanda s'il pouvait s'éclipser sans la réveiller. Elle devait être épuisée. Il avait dormi six heures et ce serait probablement tout ce qu'il aurait.

Le coup frappé avait été celui de Rhodes. La présence de Stone était requise pour une réunion en bas. Bientôt. Il fit rouler Lissa sur le côté, l'observa jusqu'à ce qu'elle se mette en boule, la couvrit, puis retira doucement son poids du lit.

Il se tenait sur le côté, retenant sa respiration, attendant de voir comment elle réagirait.

Il n'avait pas besoin de s'inquiéter, elle s'était juste renfoncée dans les couvertures. Il mit d'abord sa prothèse, puis s'habilla rapidement. Il aurait aimé prendre une douche, mais il n'avait pas le temps. Sur le seuil de la porte, il lui jeta un dernier coup d'œil, vit qu'elle dormait encore et qu'il ne la verrait probablement pas pendant des heures. Il ouvrit la porte et se glissa dehors.

Il suivit l'odeur du café frais jusqu'à la cuisine. Quand il entra, il y eut un silence gênant. Il l'ignora en se dirigeant vers la cafetière et en prenant sa tasse. Quand il se retourna et étudia la table, il réalisa qu'ils attendaient tous qu'il dise quelque chose. Il leva sa tasse et dit :

— Bonjour !

Il garda un ton neutre, un visage impassible – ne donnant aucune indication sur ce qu'il avait fait pendant la dernière heure.

D'ailleurs, à voir leurs mines, ils le savaient déjà.

Levi entra juste à ce moment-là, s'arrêta quand il vit Stone, et lança :

— Bien, tu es debout. Allons-y !

Chapitre 12

LISSA SE RÉVEILLA et réalisa qu'elle était seule et encore trop fatiguée. Elle se retourna et se mit en boule pour dormir. Après la deuxième fois, elle s'assit dans le grand lit et s'étira. Elle se sentait si bien ! Difficile de croire qu'elle avait dormi avec Stone toute la nuit... enfin, à part un peu d'exercice entre les draps. Elle sourit. Et cela, bien sûr, avait été la meilleure partie. Elle rejeta les couvertures et glissa ses jambes sur le côté du lit.

En se levant, elle réalisa que ses vêtements avaient été soigneusement rassemblés dans un coin.

Comme s'il avait fait le tour et rassemblé ses vêtements en tas. C'était gentil de sa part. Elle secoua la tête. Qui aurait cru que des vêtements propres seraient quelque chose dont elle aurait envie ? Devait-elle rester ici ou aller dans l'autre chambre ? Aucune de ses affaires n'était là-bas. Bon sang, elle ne s'était même pas déshabillée là-dedans. Elle s'était allongée sur ce lit et savait qu'elle ne pourrait jamais dormir seule.

Avec cette pensée en tête, elle restait là où elle était. Elle entra dans la salle de bains, appréciant l'odeur masculine de la petite pièce, et se mit sous la douche. Elle devrait s'excuser et le remercier après coup de l'avoir laissée utiliser son shampoing, car elle avait désespérément besoin d'être propre à nouveau. Elle se frotta rapidement et coupa l'eau.

Quand elle sortit de la douche avec une serviette enroulée autour d'elle, elle entendit un bruit dans la chambre. Elle se figea.

— Lissa, c'est moi.

Elle sourit.

— O.K., je sors dans une seconde.

Elle n'avait pas de brosse à dents ni de brosse à cheveux, mais il y avait un peigne sur le côté du lavabo, alors elle se sécha les cheveux avec la serviette, prit le peigne et dompta rapidement ses longs cheveux. Puis elle les tressa en une seule natte dans le dos. Elle la plaça pour la faire pendre sur une épaule.

En sortant de la salle de bains, elle rejoignit Stone dans la chambre. Il se tenait près de la fenêtre, mais le regard qu'il affichait n'était pas celui qu'elle espérait voir.

Elle s'excusa immédiatement.

— Je suis désolée. J'espère que ça ne te dérange pas que j'aie utilisé la douche.

Elle serra la serviette contre sa poitrine et souhaita être déjà entièrement habillée. Elle rassembla sa pile de vêtements et dit :

— Tu veux que j'aille dans ma chambre ?

— Bien sûr que non. Habille-toi ! Je t'ai apporté du café. Il faut qu'on parle, et le reste de l'équipe doit discuter de ce qu'on va faire avec toi.

Ses sourcils remontèrent jusqu'à la racine de ses cheveux.

— Cela concerne le reste d'entre eux ?

Elle tria lentement ses vêtements en réfléchissant à cette question.

— Combien de personnes y a-t-il dans l'équipe ?

Il rit.

— À peine plus que ceux que tu as déjà rencontrés. Ne t'inquiète pas !

Il entra dans la salle de bains et ferma la porte. Elle se sentait étonnamment heureuse d'avoir quelques instants d'intimité.

Elle laissa tomber la serviette et s'habilla rapidement, pensant qu'il lui avait laissé du temps exprès. Elle prit ce moment comme une bénédiction. D'habitude, elle n'était pas timide, mais un de ces lendemains embarrassants se déroulait ici, et elle n'aimait pas ça. Au moment où il sortit, elle essayait de tirer son T-shirt sur son corps encore humide.

Il l'aida rapidement à enlever le coton de sa peau collante, le déroulant pour qu'il soit à plat. Elle lui lança un sourire éclatant.

— Merci.

— Ne me remercie pas ! Si nous avions réfléchi, nous aurions pris d'autres vêtements chez toi hier soir.

Elle dit d'un air sombre :

— J'y ai pensé moi-même ce matin. Ce n'est pas si loin, mais je peux tenir un peu plus longtemps avec ça.

Elle haussa les épaules et ramassa la serviette humide, alla dans la salle de bains et l'accrocha.

— Je suis désolée. J'ai aussi utilisé un peu de ton shampoing, dit-elle, gênée. J'espère que ça ne te dérange pas. Je peux toujours t'acheter une nouvelle bouteille.

Il rit et tendit la main.

— Arrête ! Ça va.

— Vraiment ?

Elle étudia son visage attentivement, puis décida qu'il était sincère. Avec un sourire radieux, elle lui tendit la main et dit :

— Merci mon Dieu ! J'espérais que tu n'étais pas pointilleux sur ce genre de choses, mais… on ne sait jamais avec des gens qu'on ne connaît pas.

— C'est certainement vrai, on ne peut pas savoir. Viens ! Allons te chercher un petit déjeuner !

Elle lâcha sa main et se dirigea vers la table de nuit, où elle vit le café qu'il lui avait apporté.

— Je ne vais pas laisser le café que tu m'as apporté refroidir.

Elle prit une grande gorgée et gémit de plaisir :

— Y a-t-il quelque chose de mieux que de se réveiller avec une tasse de café frais ?

Il s'approcha, se pencha plus près et murmura :

— Oui. Se réveiller avec toi et du café chaud. Ce que je n'ai pas eu la chance de faire ce matin.

Elle pouvait sentir le rose lui monter aux joues, mais elle sourit à son compliment.

Il tendit la main, la prit puis lui dit :

— On peut y aller maintenant ?

Sa tasse n'étant qu'à moitié pleine, elle marcha prudemment à ses côtés lorsqu'ils sortirent de la chambre et avancèrent dans le couloir. C'était la première fois qu'elle avait eu l'occasion de regarder autour d'elle.

— Cet endroit est immense ! s'exclame-t-elle. C'est comme une forteresse.

— Presque, expliqua Stone. C'est un complexe très sûr avec beaucoup de logements mis à part pour l'unité.

— L'unité ?

Il se retourna pour la regarder avec un sourire sur le visage.

— Nous étions tous ensemble dans l'armée, dit-il en haussant les épaules. Pour les quatre d'entre nous qui sont venus ici et ont commencé à l'origine, nous avons toujours l'impression de ne pas avoir changé de travail.

— Si vous avez aidé des gens dans l'armée, alors oui,

vous le faites encore, dit-elle, car vous avez certainement été d'une grande aide pour moi et les autres.

Ils tournèrent au coin d'un autre long couloir, où il s'arrêta et désigna un escalier à deux volées de marches. Elle secoua la tête.

— Cet endroit est vraiment grandiose, dit-elle. Au fait, des nouvelles de Kevin et Susan ?

Stone secoua la tête.

— Pas encore, mais je ne suis pas sûr que quelqu'un ait appelé pour en obtenir.

— Et pour Charles ? Est-ce que Levi lui a déjà parlé ?

Elle sautillait légèrement sur les marches à ses côtés.

Elle s'émerveilla devant la grande construction en pierre du bâtiment. En partie en ciment – ou peut-être en pierre et en ciment. Elle ne savait pas. Mais très imposant. L'endroit semblait avoir été construit pour durer. Et elle appréciait vraiment cela.

En arrivant en bas de l'escalier, il lui fit signe de continuer en direction d'un autre couloir sur leur droite.

— Tu viens aussi, n'est-ce pas ? demanda-t-elle le regardant, sourcils froncés. Il est hors de question que tu me laisses toute seule ici.

— Je ne ferais rien de tel, dit-il avec un sourire en coin. J'allais dire à Levi que tu es réveillée.

— Pas besoin. Je suis là,

La voix de Levi avait retenti. Lissa se retourna pour voir le géant qui sortait d'un bureau qu'elle n'avait pas remarqué, tout au fond. Elle lui fit un grand sourire.

— Bonjour ! Merci beaucoup de m'avoir permis de rester ici la nuit dernière. Honnêtement, je n'aurais pas su où aller ni quoi faire si Stone n'avait pas été avec moi.

Le regard de Levi se leva et croisa celui de Stone. Elle

pouvait sentir une sorte de communication cachée. Elle ne voulait pas être *cette fille-là*. Elle s'interposa entre eux, rompant effectivement leur contact visuel, et lança :

— Votre hospitalité est très appréciée. Bien sûr, je vais essayer de rentrer chez moi et de m'installer aussi vite que possible.

Il fit un signe de tête dans la direction qu'ils prenaient.

— Venez ! Allons vous chercher un peu plus de café et un petit déjeuner. Nous devons discuter de ce qui s'est passé chez toi.

Elle entra dans la cuisine avec eux, surprise de voir une demi-douzaine d'hommes se lever, plusieurs hochant la tête.

— Bonjour, madame !

Elle grimaça à ce « madame ».

— Pour ceux qui ne se souviennent pas ou ne savent pas, je m'appelle Lissa. Ravie de vous revoir !

Elle s'assit là où Stone lui fit signe et étudia les assiettes devant les autres. Elle ne savait pas s'ils avaient un chef, mais si elle pouvait obtenir une assiette comme celle qu'ils avaient pour elle, elle en serait très reconnaissante. Il lui semblait qu'une éternité était passée depuis qu'elle avait mangé.

Charles les avait nourris en Angleterre, et ils avaient mangé dans l'avion, mais c'était parce qu'elle avait faim, pas pour savourer. Ce menu-ci ressemblait à de la nourriture qu'elle pourrait apprécier.

Un autre homme entra dans la salle à manger, un étranger, plus âgé, distingué, et qui, par certains côtés, lui rappelait Charles. Il la regarda et sourit.

— Je suis Alfred. Vous devez être Lissa. Voulez-vous du thé et des toasts ou préférez-vous une assiette, comme les garçons ? ajouta-t-il.

Elle sourit.

— Si possible, j'aimerais une assiette.

— Bien. Je reviens dans une minute.

À ce moment-là, elle s'installa et réalisa que quelqu'un avait rempli sa tasse de café. Elle se retourna pour jeter un coup d'œil et vit Stone qui replaçait la cafetière sur la machine posée sur un buffet. Elle lui fit un sourire quand il se tourna vers elle.

— Merci, Stone.

Il s'assit à côté d'elle sans un mot, toujours cette présence forte, silencieuse, lui procurant son soutien.

Le silence autour de la table devint gênant.

Elle s'assit sans un mot et sirota son café, sans trop savoir quoi dire. Finalement, Alfred revint avec l'assiette de saucisses torsadées et de pommes de terre rissolées.

— Merci, Alfred, dit-elle chaleureusement. Cela semble merveilleux.

Et puis, ignorant complètement le reste des hommes, elle prit son couteau et sa fourchette et commença à avaler. La nourriture était si bonne ! Elle était affamée.

Alors qu'elle dévorait l'assiette sans ralentir, Stone gloussa à ses côtés.

— Je ne savais pas que tu avais si faim.

Elle lui jeta un regard en coin et dit :

— Métabolisme très élevé. Je ne peux pas prendre de poids, et je mange beaucoup.

Elle prit une bouchée de pommes de terre et de saucisses d'une taille tout à fait décente et la mit dans sa bouche.

Stone dit :

— Intéressant. Tu n'as les traits physiques d'aucun de tes parents.

— Tu l'as remarqué, n'est-ce pas ? Elle avala le reste de la bouchée et ajouta : En grandissant, je me demandais si j'étais vraiment leur fille. Mais… hélas, oui.

— Tu en es sûre ? demanda Stone, un froncement de sourcils sur son visage et d'un ton assombri.

— Oui, dit-elle. Mon père a insisté pour faire un test ADN quand je suis née.

Elle sourit au silence inhabituel.

— À son grand dam, je suis de lui.

Le silence continua. Elle rit.

— Ne t'inquiète pas pour ça ! Au moins, il le sait, tout comme moi.

Elle haussa les épaules comme pour dire : « *Que peut-on y faire ?* » Elle termina le reste de son assiette et s'assit avec un soupir de satisfaction.

— Oh, mon Dieu, si jamais vous décidez que vous n'avez pas besoin d'Alfred…

— Pas la moindre chance, répliqua Stone avec un sourire. Et tu n'es pas la première à essayer de nous le voler.

— Je ne le volerai pas, je l'emprunterai juste, peut-être pour un jour ou deux.

Elle se frotta le ventre et repoussa légèrement son assiette.

— Si tout le monde a fini de manger, chuchota-t-elle à Stone, je laverai la vaisselle.

À peine avait-elle prononcé cette phrase qu'Alfred arriva et ramassa toutes les assiettes et les couverts. Stone rit.

— Parfois, il demande de l'aide. Le reste du temps, il s'en occupe. Il y a un lave-vaisselle de taille commerciale, donc en général il s'en sort bien.

Elle acquiesça et prit sa tasse de café. Elle s'attendait à ce que la discussion sur sa situation commence bientôt. Elle regarda Levi et décida de l'ouvrir elle-même.

— Alors, maintenant que j'ai le ventre plein, quelle était

la conversation que tu voulais entamer ce matin ?

Il l'étudia par-dessus le rebord de sa tasse.

— Nous en sommes revenus à la théorie selon laquelle quelqu'un s'est introduit chez toi hier soir à la recherche de ce qu'il avait mis frauduleusement dans ton sac à dos, en espérant que tu l'apporterais dans le pays.

Elle se figea, baissant lentement sa tasse de café.

— Bon, on en revient à ça. Elle se tourna vers Stone : Ça prendrait tout son sens.

— Cela expliquerait, d'une certaine manière, comment ils ont su que ce qui se trouvait dans ton sac à dos y était bien, dit-il. Puisque, bien sûr, ce sont eux qui l'ont fait.

Elle fronça les sourcils en cherchant à comprendre.

— Cela voudrait dire qu'ils savaient qui j'étais et que j'allais rentrer à la maison. Elle tourna son regard vers Levi : Comment est-ce possible ? À moins qu'ils ne l'aient découvert pendant que nous étions en Angleterre ?

— C'est ce que nous voulions te demander. Combien de personnes savaient où tu vivais ? Avec combien de personnes as-tu travaillé dans le camp de réfugiés ? Étais-tu assez proche de l'un d'eux pour discuter de ta vie familiale, et aurait-il eu accès à tes sacs ?

Elle secoua la tête.

— Beaucoup n'ignoraient pas que je vivais au Texas, mais peu savaient exactement où.

Son regard dériva d'un visage masculin sévère à un autre. Où était Ice ? Mais bon, c'était un endroit immense, elle pouvait être n'importe où. Lissa continua :

— Enfin, mes sacs étaient toujours dans ma chambre. Il n'y avait rien qui mérite le nom de verrou sur la porte. Nous avions un coffre-fort où nous gardions nos passeports et nos portefeuilles avec nos cartes d'identité et de l'argent liquide, ajouta-t-elle. Mais c'est très présomptueux de la part des gens de penser que je pourrais rapporter quelque chose dans le pays et ensuite de venir me le prendre. D'ailleurs, n'ont-ils pas parlé de « drogues » ? demanda-t-elle en croisant le regard de Levi.

Levi hocha la tête.

— Oui, mais une forme rare d'opium. Les Britanniques l'analysent en ce moment même dans leur laboratoire.

Elle haussa les sourcils.

— De l'opium ? Combien y en avait-il ?

Levi haussa les épaules.

— Assez pour ça vaille la peine de le sortir du pays.

— Jésus ! chuchota-t-elle.

STONE N'ENTENDAIT PAS le moindre soupçon de tromperie dans sa voix. Et il avait passé beaucoup de temps à apprendre toutes les façons dont les gens pouvaient cacher un mensonge. Il était généralement un très bon juge de caractère, mais il savait qu'il était hors jeu avec elle. Rien de tel que de coucher avec une femme pour affecter vos perceptions. Et, si elle cachait quelque chose, venir dans son lit la nuit dernière n'était qu'un autre bon moyen de tout dissimuler. Il détestait cette idée, mais il était difficile de ne pas y penser dans ces circonstances. Il jeta un coup d'œil à Levi, dont l'un des sourcils était légèrement levé.

Levi secoua la tête, un mouvement presque imperceptible, confirmant qu'il n'avait rien vu ni entendu non plus.

Stone se sentait mieux. Même si la nuit dernière et ce matin avaient été très amusants, il détestait l'idée d'avoir été trompé dans le cadre d'un plan. Mais Lissa n'était pas encore tirée d'affaire.

— Alors qu'est-ce qu'on fait, maintenant ? demanda Lissa.

Sa voix chevrotait, et elle s'était peu à peu déplacée insensiblement sur la banquette, se rapprochant de Stone. Les mains enroulées sur sa tasse de café tremblaient légèrement. Ces types de réactions étaient difficiles à simuler.

Les mots sont une chose, mais les réactions physiques ne mentent pas. Il est d'ailleurs très difficile d'entraîner quelqu'un à produire un faux langage corporel.

— Assure-toi que ta maison est sûre et que la personne qui semble te suivre ne revient pas, déclara Levi.

— Et pourquoi le ferait-elle ? s'écria-t-elle, choquée. Si cette personne n'a pas trouvé pas ce qu'elle cherchait, elle ne reviendra sûrement pas.

Stone détestait le dire, mais elle devait comprendre le danger.

— Parce qu'elle pourrait venir te chercher pour obtenir les réponses qu'il veut.

Elle tourna lentement la tête pour le fixer, son corps s'affaissant.

— Je n'en ai aucune. Comment puis-je convaincre quelqu'un que je ne sais rien de quelque chose alors que je n'en sais rien ?

Sa voix s'était élevée à la fin. Elle leva une main tremblante et se frotta la tempe.

— Je déteste dire ça, mais je devrais peut-être aller chez mes parents.

— Cela pourrait fonctionner temporairement, ou il pourrait décider de te suivre là-bas, dit Levi de son ton sérieux.

Toute couleur disparut du visage de Lissa.

— Je ne peux pas les mettre en danger. Ils n'ont rien fait

pour mériter ça.

Harrison, de l'autre côté de la table, prit la parole.

— Vraiment ?

Stone put lire la confusion dans ses yeux avant qu'elle ne se retourne pour fixer Harrison et lui demander :

— Quoi ?

— Est-ce que tu mérites ça, toi ?

Elle secoua la tête lentement.

— Non, bien sûr que non. Je n'ai pas fait ça. Je n'ai rien fait du tout. Je suis allée là-bas pour aider les gens, pour m'éloigner de ma famille. Je pensais que je faisais quelque chose d'utile. Et puis tout a explosé.

— Bien, dit Levi en se levant. Toi, lança-t-il en désignant Lissa, Stone, Harrison et moi allons nous rendre chez toi maintenant. Tu peux prendre un sac avec des produits de première nécessité et revenir ici pour rester avec nous pendant quelques jours. Je vais appeler la police. Mettre ça en route. Ils devront faire une enquête, peut-être vérifier les empreintes digitales, mais je doute qu'ils en trouvent d'autres que les tiennes et celles de Stone à ce stade.

— Je portais des gants, dit Stone.

Elle se leva.

— Merci, dit-elle sincèrement. J'apprécie. Pourquoi n'y aurait-il pas d'empreintes digitales ?

Stone répondit pour Levi.

— Parce que c'était un travail trop professionnel. Ils n'auraient pas laissé d'empreintes derrière eux. C'est une erreur de débutant.

Elle se retourna pour le fixer.

— Professionnel ? Elle frissonna. Nous ne parlons pas d'assassins, de mercenaires ou de quelque chose comme ça, n'est-ce pas ?

— Nous n'avons aucune idée de ceux à qui nous avons affaire. Alors ne tirons pas de conclusions hâtives, dit Levi en se dirigeant vers l'entrée de la cuisine. Trouvons d'abord les faits !

Avec un visage préoccupé, elle lança :

— J'aimerais trouver les faits. Pour l'instant, je ne sais rien.

Stone se leva et lui tapota l'épaule. Il était ravi – intérieurement – à l'idée qu'elle reste avec eux quelques jours de plus. Il avait mené de pires missions ; garder un œil sur elle présentait beaucoup d'avantages. Il souhaitait juste qu'ils puissent l'innocenter de tout méfait. Alors il pourrait vraiment apprécier d'être avec elle. Il n'aurait pas l'impression d'avoir dépassé les bornes. Levi n'avait rien dit, mais Stone savait ce qu'il pensait – ce qu'ils pensaient tous.

Stone voulait croire qu'elle était ce qu'elle prétendait être. Mais, après avoir été trahis une fois, ils avaient un plus de mal à accorder leur confiance. Stone ne savait pas ce qu'elle obtiendrait en mentant, donc, pour le moment, il lui donnait le bénéfice du doute – et surveillait ses arrières.

Chapitre 13

L E RETOUR CHEZ elle fut plus rapide cette fois. En fait, à la lumière du jour, c'était un voyage fascinant. Elle n'avait jamais été dans ce coin du Texas auparavant. L'enceinte semblait englober une petite vallée entourée de crêtes sur les deux côtés. Quand ils sortirent, les grandes portes se verrouillèrent et sécurisèrent la propriété derrière eux.

Elle se demandait pourquoi ils devaient toujours garder les portes fermées. Elle se tourna vers Stone et demanda :

— Vous avez été attaqués là-dedans ou un truc du genre ? Je me demandais juste pourquoi vous la gardez fermée, surtout pendant la journée.

— Nous l'avons été, en effet, avoua-t-il. Mais j'espère que ça n'arrivera plus. Il se tourna pour regarder par la fenêtre : Et nous ne la gardons pas toujours fermée.

Fin de la conversation. *Bien.* Elle resta silencieuse pendant le reste du voyage jusqu'à ce qu'ils arrivent dans la petite ville où se trouvait sa maison. Alors qu'ils roulaient dans l'impasse et arrivaient chez elle, elle songea que la façade, apparemment intacte, cachait bien pire derrière, surtout dans la froide et dure réalité du jour. Comme toute façade, elle cachait le mal qui se cachait en dessous.

Et d'une manière ou d'une autre, Lissa se trouvait prise dans l'engrenage.

Ils sortirent du camion en silence. Elle regarda Levi étudier sa maison, puis toutes les autres du quartier. Un grand complexe de maisons en rangée. Douze dans cette unité. Elle avait celle du bout. À côté d'elle, il y avait une clôture, puis un grand terrain de jeu. Elle s'avança et fit le tour par l'arrière.

Elle s'était préparée mais ne put pas retenir une exclamation, elle était encore choquée de revoir ça. Elle s'écarta du chemin alors que Levi passait l'endroit au peigne fin de l'extérieur. Elle n'avait aucune idée de ce qu'il espérait trouver.

Il remarqua évidemment les portes défoncées, les poussa et entra. Elle attendit que Harrison le rejoigne. Stone, cependant, ne voulait pas la laisser rester seule dehors. Il lui fit signe de suivre les deux autres.

Elle fronça les sourcils en le regardant.

— Et si je ne veux pas y aller ?

Il haussa les épaules.

— Alors je vais rester ici avec toi. Il se retourna pour regarder les fenêtres cassées et dit : Je croyais que tu voulais venir.

— En effet, dit-elle doucement, puis elle avoua : Mais ça ne veut pas dire que je suis prête à retourner à l'intérieur.

Avant qu'elle n'ait achevé son dernier mot, il lui tendit la main. Toujours à offrir son soutien. Toujours à offrir la sécurité. Elle aurait tout fait pour avoir un homme comme lui.

Elle tendit le bras et saisit ses doigts, fermement.

— Et s'ils revenaient ?

— Il y a des chances que nous ne le sachions pas. Ils ont fait un tel gâchis la première fois, dit-il avec un rire moqueur.

— S'ils nous observaient, poursuivit-elle, ils savent que je suis entrée.

— Et, s'ils t'observent, ils savent que tu n'as rien rapporté. Et que nous ne sommes pas restés ici assez longtemps pour que tu fasses grand-chose.

— Bon point.

Se sentant mieux, elle finit par laisser tomber ses doigts et marcher à l'intérieur ; puis elle se dirigea droit vers l'escalier. En montant, elle se rendit compte que les deux autres hommes s'étaient arrêtés et la regardaient en silence. Elle frissonna. Elle voulait vraiment qu'ils la croient. Mais être suspectée lui pendait toujours au nez.

Un sentiment nouveau pour elle. Elle n'avait pas l'habitude d'être soupçonnée. Enfin, à part par son père.

Au seuil de la chambre, elle s'arrêta et étudia le désordre. Elle ne pouvait pas en être sûre, comme Stone l'avait dit, mais il ne semblait pas différent de celui qu'elle avait laissé aux petites heures du matin. Seulement, maintenant, ça semblait plus dur. Dans la lumière vive, les dégâts, le désordre et le travail à accomplir pour remettre en état semblaient encore plus déprimants.

À l'extrême gauche, elle aperçut son grand sac de voyage. Il ressemblait plutôt à un sac de plage, mais avec une fermeture Éclair – elle l'utilisait donc parfois comme bagage à main en avion. Elle se fraya un chemin dans le désordre et attrapa le sac. Elle le retourna pour s'assurer qu'il était vide, puis se dirigea vers la commode. Elle était partie depuis longtemps et avait pris le strict nécessaire avec elle. Elle n'avait même pas vécu dans cette maison plus de quatre mois avant de la quitter, donc les tiroirs n'étaient pas très remplis. Mais elle avait quelques vêtements de rechange. Elle rangea rapidement ce qui se trouvait dans ses tiroirs, puis se tourna vers la penderie et grimaça.

Certains des vêtements avaient juste été jetés sur le sol, mais beaucoup semblaient avoir été déchirés. Elle ne comprenait pas cette partie-là. C'était plus vindicatif. Comme une femme qui en détestait une autre. Mais honnêtement, elle ne voyait aucune femme qui puisse la détester autant. Elle n'avait pas cultivé beaucoup d'amitiés au cours des dix dernières années.

Elle fouilla dans le placard, faisant une pile de vêtements utilisables. Elle trouva quelques cardigans, une robe simple, plusieurs blouses et des jupes. Si elle prenait les jupes, elle aurait besoin de paires de chaussures. Elle n'était pas sûre que l'une d'entre elles soit portable non plus.

Derrière elle, Stone parla. Elle se retourna, une paire de sandales qu'elle avait oublié posséder dans les mains, quand il dit :

— As-tu trouvé ce dont tu as besoin ?

— Je trouve ce qui est encore utilisable. Pourquoi fallait-il déchirer mes vêtements ?

Elle brandit une robe de soirée dont les épaulettes avaient été ouvertes.

Il fronça les sourcils.

— On en revient à considérer qu'ils ont pensé que tu avais pu cacher ce qu'ils recherchent.

Elle regarda les épaulettes, puis revint vers lui.

— Si c'est vrai, alors ce qu'ils recherchent est sacrément petit.

— On le savait, mais on ne savait pas à quel point.

Pendant qu'elle regardait, son regard se promena sur son sac, principalement rempli maintenant des vêtements les moins endommagés laissés dans sa chambre.

— C'est tout ce que tu as ?

Elle hocha la tête.

— Une grande partie a été détruite, et je n'en avais pas beaucoup au départ. En plus, j'ai voyagé.

Elle se tourna vers le placard et repéra un vieux sac à main. Elle poussa un cri de joie.

— Oh, parfait !

Elle l'attrapa, en marchant prudemment dans le désordre. Le prenant à côté de son autre sac, elle jeta le contenu du sac à main sur le lit, ravie de trouver un peu de son maquillage et une brosse à cheveux. Elle rayonnait. Oh, savoir apprécier les choses simples de la vie ! Elle prit la brosse à cheveux, l'agita vers lui.

— Maintenant, je n'ai plus besoin d'emprunter ton peigne.

Il secoua la tête.

— Content que tu sois heureuse pour si peu.

— Oh, je le suis !

Elle fit le tour de sa chambre une dernière fois, en rangeant tout ce qu'elle pouvait. En fouillant dans le désordre, elle trouva une écharpe qu'elle avait toujours aimée, et une paire de chaussettes roulées sur le côté. Elle les prit aussi. Puis elle se dirigea vers la salle de bains. Certaines choses devaient y rester, mais, en entrant dans la petite pièce, elle réalisa que l'intrus l'avait précédée là aussi. Le contenu des armoires sous le lavabo avait été vidé – inutilisable.

— On dirait qu'ils ont tout ouvert et jeté par terre.

Elle se tenait dans l'embrasure de la porte, l'air tout à fait consternée.

— Je ne comprends pas cette rage.

Stone se fraya un chemin derrière elle et étudia le désordre.

— Ça va demander du nettoyage.

Elle se retourna pour lui faire face, accablée.

— Mon Dieu ! Est-ce que je dois faire tout ça ?

— Ton assurance devrait s'en occuper. Mais nous devons d'abord remplir le rapport de police.

Comme s'ils avaient entendu ses mots, elle put entendre un véhicule arriver et se garer dans l'allée. Elle jeta un coup d'œil par la fenêtre et vit une voiture de patrouille. Deux policiers locaux en sortirent et se dirigèrent vers la porte d'entrée. Elle attrapa rapidement son sac et descendit les marches. Elle jeta le sac dans le couloir de l'entrée et ouvrit la porte. Le premier homme inclina la tête vers elle et dit :

— Madame, nous avons entendu dire qu'il y avait eu une effraction.

Elle fit une grimace.

— Il y a des effractions, et puis il y a cette effraction, dit-elle. Oui, j'ai été cambriolée, mais l'endroit entier a été saccagé. Entrez ! lança-t-elle en faisant un pas en arrière et en leur faisant signe d'entrer.

Ils entrèrent, jetèrent un coup d'œil au salon et secouèrent la tête. Ils traversèrent toute la maison en silence. Elle ne les suivit même pas. Quel était l'intérêt ? Stone était resté en haut de l'escalier, et elle vit Levi et Harrison appuyés contre le mur du couloir, observant tranquillement les types en uniforme. Les nouveaux arrivants firent juste un signe de tête aux autres hommes.

Elle s'étonna du manque d'amabilité sur les cinq visages masculins. Était-ce la norme ou juste une attitude très masculine ? Elle se dirigea vers la bibliothèque, se demandant si quelque chose d'autre pouvait être sauvé, mais il n'y avait vraiment rien. La pièce était froide et vide. Elle vérifia la salle de bains du bas, puis alla dans la cuisine. Elle n'avait presque jamais cuisiné ici. Tout était de qualité décente, mais rien n'évoquait des souvenirs auxquels elle aurait tenu. Systématiquement, elle passa en revue les placards pour voir si elle n'avait rien oublié. Elle ouvrit une armoire et trouva ses clés. Elle les sortit et en fixa une.

— Qu'est-ce qu'elles ouvrent ? demanda Stone à ses côtés.

— C'est le double de ma clé de maison. Celui de ma clé de voiture. J'ai garé ma voiture chez Marge. Pourquoi l'aurais-je laissée ici tout le temps alors que personne n'y vit ?

Elle sortit l'autre clé et fronça les sourcils.

— Je pense que c'est la clé de mon coffre-fort, mais je ne vois pas pourquoi elle est ici.

— Où pourrait-elle être ailleurs ?

— Dans mon sac à main.

Elle se retourna pour étudier le reste de la pièce.

— Sauf que tu as quitté le pays pendant huit mois, alors l'aurais-tu emportée avec toi ? Pourquoi ne pas la laisser ici avec tout le reste ?

— C'est raisonnable. Et c'est probablement ce que j'ai fait. Je ne me souviens pas exactement. C'était il y a si longtemps !

Elle prit toutes les clés et continua à fouiller dans la cuisine. Mais elle était pratiquement vide. Elle ouvrit la porte du placard de l'entrée, heureuse de voir que deux de ses vestes étaient encore là, apparemment ni coupées ni abîmées d'une quelconque manière. Elle en glissa une sur ses épaules et mit l'autre dans son sac. Elle prit son sac à main et y glissa ses clés.

Se tournant vers Stone, elle dit :

— Une chance de faire un tour à la banque pour que je puisse avoir de l'argent et de nouvelles cartes bancaires ?

Il acquiesça.

— Nous pouvons. Mais nous devons d'abord nous occuper de la police.

— D'accord.

Elle se tourna vers les policiers qui étaient maintenant dans le salon et demanda :

— Que dois-je faire ?

— Venir au poste et faire une déposition.

Le deuxième homme, qui était resté silencieux jusqu'à présent, la regarda et dit :

— Vous avez une assurance ?

Elle acquiesça.

— Je n'ai pas été à la maison pendant huit mois parce que je voyageais en Afghanistan. J'ai souscrit une assurance spéciale justement pour cette raison.

— Bien. Ils ne seront pas très heureux d'apprendre ce qui vous est arrivé.

Elle grimaça. Entre les vitres cassées, les sols endommagés et le contenu éparpillé, la facture serait salée. D'un autre côté, ce ne serait pas la sienne. Ça lui convenait.

Ses parents étaient peut-être mégariches, mais elle ne l'était pas ; pourtant elle était aisée. Assez pour se sortir de ce pétrin si elle le devait.

PENDANT QUE LISSA discutait avec les deux flics, Stone se dirigea vers les gars. C'était intéressant de voir ce qu'elle considérait comme digne d'être sauvé. Elle avait récupéré des vêtements et quelques articles de la salle de bains mais pas grand-chose. Pourtant, elle avait été ravie de trouver son vieux sac à main avec un peu de maquillage. Elle n'avait pas gardé d'objets de valeur. Elle n'avait ramassé aucun souvenir. Dans la cuisine, elle avait récupéré ses clés, mais c'était tout. Une femme directe, sans arrière-pensée, pleine de bon sens.

Il aimait ça.

Et il l'aimait bien.

Il s'approcha de Levi et dit :

— Emmenons-la au poste de police pour qu'elle entame la procédure. Puis nous irons à la banque pour qu'elle puisse avoir de l'argent et de nouvelles cartes bancaires.

Elle avait mentionné qu'elle avait garé son véhicule chez une amie. Il jeta un coup d'œil dans la pièce et demanda :

— C'est la même amie qui garde un œil sur l'endroit et qui a la garde de ta voiture ? demanda Stone à Lissa à voix haute. Comme elle hochait la tête, il ajouta : Pendant que nous sommes ici, nous devrions lui parler et voir ce que nous pouvons découvrir.

Lissa ajouta :

— Elle ne vit pas dans mon complexe, mais elle n'est pas loin.

Le téléphone de Levi sonna juste à ce moment-là. Stone attendit patiemment après avoir entendu le nom de Kevin. Il regarda le visage de son ami se crisper. Harrison se rapprocha, sentant que quelque chose se passait. Quand Levi eut raccroché le téléphone et l'eut remis dans sa poche, il annonça :

— Kevin a disparu.

Les trois hommes échangèrent un regard dur.

— Disparu, comme dans « peut-être mort », ou comme dans « il s'est envolé hors du pays » ? demanda Harrison.

Le regard de Levi s'intensifia.

— L'un ou l'autre, ou les deux. Personne ne sait rien pour le moment.

— Et Susan ? s'intéressa Stone.

Levi haussa les épaules.

— C'est probablement la raison pour laquelle il est parti.

Elle est décédée la nuit dernière.

— Quoi ?! Je pensais qu'elle était juste épuisée.

Stone détestait entendre ça. Bien sûr, elle était fatiguée et n'avait pas l'air très bien, mais il ne pensait pas qu'elle était si mal en point. Mais une fois qu'elle avait été hospitalisée, l'équipe avait perdu le contact pour les mises à jour. Il devait le dire à Lissa ; la nouvelle serait bouleversante.

Harrison souleva un point que Stone avait complètement négligé.

— Quand a-t-il disparu ? demanda Harrison d'une voix lente et traînante. C'est intéressant qu'il disparaisse et que la maison de Lissa soit cambriolée. Parce que Kevin aurait pu facilement faire entrer clandestinement quelque chose dans le pays et l'utiliser comme mule.

Les trois hommes restèrent silencieux, évaluant cette hypothèse.

— Idée intéressante, dit Levi. Nous allons la garder à l'esprit. La question est : après la mort de la femme de Kevin, que lui est-il arrivé, à lui et à ses projets ?

— Et c'est là le problème. C'est une supposition. Nous n'avons aucun moyen de savoir. Il y a trop d'explications plausibles.

Harrison se dirigea vers la porte arrière.

— Nous devons découvrir la vérité.

Alors qu'ils marchaient vers le véhicule, le téléphone de Levi sonna à nouveau. Il jeta un coup d'œil au numéro et fronça les sourcils. Puis il s'éloigna de tout le monde de plusieurs pas et répondit.

Lissa arriva derrière Stone. Ils étaient tous les deux juste assez loin pour ne pas entendre la conversation de Levi.

— Qu'est-ce qu'il y a ? lui demanda-t-elle.

— Je ne sais pas.

La personne à qui Levi parlait l'énervait vraiment. Son dos était rigide, et sa main libre était serrée en poing qu'il fourra dans sa poche. Finalement, Levi rangea son téléphone et resta debout un long moment sans bouger. Puis il tourna sur ses talons et dit :

— Lissa, c'était ton père.

Elle recula instinctivement, sa main attrapa celle de Stone. Puis elle se redressa, leva le menton et dit :

— Que voulait-il ?

— Le remboursement de son bonus.

Elle soupira.

— Ce n'est pas juste. Vous n'avez rien à voir avec mon départ.

— Ton père semble penser que si, dit-il d'un ton laconique. Même si tu n'es pas montée dans la limousine en même temps que nous, et qu'il ne t'a pas vue monter. Cependant, le chauffeur sait exactement qui t'a emmenée à l'aéroport.

Elle le regarda fixement.

— Laisse-moi emprunter ton téléphone pour que je puisse lui parler !

— Non, ça n'arrivera pas. Si tu veux te disputer avec ton père, fais-le sur ton temps et avec ton téléphone. Et il se retourna et marcha vers le camion pour y monter.

Elle déglutit difficilement. Stone sourit en la regardant.

— Ne t'inquiète pas pour ça ! C'est entre Levi et ton père. Levi est trop prudent pour laisser les choses se passer comme ça.

— Peut-être. Mais je ne veux pas qu'il perde de l'argent à cause de moi, dit-elle avec force. Mon père ne regrette même pas le peu d'argent qu'il dépense. Et vous avez été tellement utiles que j'ai l'impression que je devrais vous payer pour ça, mais je n'ai pas d'argent pour le moment.

Elle s'arrêta et regarda Stone :

— Puis-je vous payer ?

— Non. Je vais parler à Levi et voir quel est le marché. Mais, s'il n'a rien mentionné à l'avance, il ne te facturera certainement pas après coup. Levi est trop honnête. Stone fit un signe vers le camion : Monte !

Elle grimpa dedans. Levi et Harrison étaient à l'avant, elle et Stone étaient de nouveau à l'arrière.

— Je suis désolée, Levi. Mon père peut être très difficile.

— Eh bien, il est sur le point d'apprendre que je peux l'être aussi. Quelqu'un t'a piégée. Et, comme je lui ai dit, pour autant que je sache, c'est lui le coupable.

Stone rit.

— Je parie qu'il a cessé de menacer de retirer le chèque bonus après ça.

— Il n'a pas beaucoup reculé. Mais, d'après sa réaction, je ne pense pas qu'il était impliqué. Il est aussi horrifié à l'idée que sa fille soit impliquée dans une sorte de trafic.

Stone regarda Lissa s'affaler dans le coin.

— Mais je ne le suis pas ! dit-elle d'un ton de défi. Je n'ai rien à voir avec ça.

— Alors trouvons un moyen de le prouver !

Chapitre 14

POUR UNE JOURNÉE qui avait démarré de manière plutôt décente dans le lit de Stone, la situation se dégradait rapidement. Elle avait tout de même réussi à remplir sa déposition au commissariat, puis, à la banque, elle avait récupéré de l'argent et commandé des cartes de remplacement. Elle avait également été soulagée de voir qu'aucun retrait inexpliqué n'était survenu sur son compte bancaire, du moins pour autant qu'elle puisse le dire.

Après tout, si quelqu'un avait fouillé sa maison, peut-être qu'il voulait aussi son argent. Mais, cela étant dit, elle devait admettre qu'elle se sentait beaucoup mieux.

Une fois sortie, en voyant les hommes appuyés contre le camion, elle réalisa que ce dont elle avait vraiment besoin était de retrouver sa voiture.

Elle s'arrêta devant eux et demanda :

— Si je peux vous demander une dernière faveur… pouvez-vous me conduire chez mon amie pour que je récupère ma voiture ? Elle sortit ses clés de son sac à main et continua : Comme ça, je pourrai à nouveau être mobile. Vous n'aurez plus à m'accompagner partout.

Les hommes échangèrent un regard, puis Levi secoua sèchement la tête.

— Tu dois obtenir une assurance pour ton véhicule afin de pouvoir le conduire à nouveau.

— Exact.

Elle avait oublié ça.

— On dirait que j'ai oublié les bases simples de la vie ici.

Elle se leva et se frotta la tempe.

— J'aimerais rentrer chez moi et faire une sieste. Mais…

Elle vit la façon dont Stone la regardait, puis se rappela qu'elle n'avait pas de maison. Avec un peu de chance, elle avait encore le droit d'aller chez Levi…

Mais ils avaient tant fait pour elle, elle détestait s'imposer. Elle se redressa.

— Écoutez, je peux aller chez mon amie et y rester, dit-elle. Je ne lui ai pas encore parlé, car je n'ai pas de téléphone, mais je suis sûre que ça lui conviendrait.

— Prenons d'abord ton téléphone ! proposa Stone. Ensuite on passera devant la maison et on verra pour récupérer ta voiture. Pour l'instant, tu ne peux pas prendre de décision sur ce que tu veux faire.

Elle lui sourit.

— Merci d'être si gentil.

Il leva les yeux au ciel.

— Je fais ce que n'importe ferait. Viens ! Allons dans le camion ! Espérons que nous pourrons trouver un nouveau téléphone quelque part.

Une fois dans le véhicule, la discussion porta sur les forfaits de téléphone portable. Comme par hasard, un magasin de téléphonie se trouvait au bout du pâté de maisons. Levi s'arrêta rapidement, et ils y entrèrent. En moins de vingt minutes, elle avait un nouveau téléphone portable et un nouveau numéro.

Elle sourit, faisant presque une danse du bonheur.

— J'avais oublié à quel point c'était bon d'être connectée. Cette dernière semaine a été assez difficile, avoua-t-elle.

Je n'avais pas Internet la plupart du temps, et les téléphones portables que certains d'entre nous avaient ne fonctionnaient pas, à l'exception de celui de Kevin. Le mien a fonctionné au début, puis la batterie est tombée en panne, et le chargeur ne marchait pas avec la prise électrique. Elle n'arrêtait pas de court-circuiter et… Elle haussa les épaules : Le résultat final a été que mon téléphone était inutile la plupart du temps. Je le vérifiais de temps en temps, mais… Kevin a fini par me donner son ancien téléphone après en avoir acheté un nouveau lors d'un de ses voyages. Bien sûr, il n'était pas fiable non plus. Voilà pourquoi il en a acheté un nouveau, mais c'était quelque chose !

— Des voyages ? Quel genre de voyages ? demanda Levi.

— C'est un peu difficile à expliquer parce que je ne connais pas vraiment les détails, déclara-t-elle. J'étais là à un autre titre qu'eux. J'y étais juste en tant que bénévole pour aider. Je n'étais pas payée, mais j'étais logée et nourrie. J'ai payé mon propre voyage. Bien sûr, la plupart des gens ont été remboursés de leurs frais de voyage s'ils en avaient besoin. Dans le cas de Susan et de Kevin, comme ils étaient tous deux médecins, ils suivaient un programme médical. Il devait venir au Texas bientôt pour une conférence, mais je suppose que c'est fini maintenant.

Elle fronça les sourcils.

— Et ils sont allés aider dans d'autres camps de réfugiés. Je les ai vus aller et venir pendant un certain temps, et puis ils sont restés dans le même camp que moi ces derniers mois. Mais ils faisaient toujours des allers-retours, pour obtenir des fournitures médicales et essayer d'obtenir un soutien financier. Peut-être juste un peu d'investissement pour eux.

Elle haussa les épaules.

— Je ne connais pas vraiment tous les détails. Le volontariat était la chance de devenir quelqu'un que je n'étais pas. Une chance de laisser tomber toute mon histoire et de simplement aider les autres. Je n'ai pas posé de questions, et très peu de gens m'en ont posé.

Elle regarda par la fenêtre alors que le camion grondait, en route vers la maison de son amie.

— C'était un style de vie différent. Une chance de sortir de mon monde habituel et d'être quelqu'un d'autre.

— Et qui étais-tu là-bas ? demanda Stone avec curiosité.

Elle sourit.

— Je n'étais personne. Exactement comme je le voulais. Mon père n'était pas un sénateur. Ma mère n'était pas une de ces dames de clubs. J'étais juste moi. Je dormais sur des lits superposés, je faisais le ménage dans les cuisines et je faisais des câlins aux enfants. J'étais une bénévole qui faisait tout et n'importe quoi. Parfois je faisais du travail de bureau, j'aidais dans les salles médicales, d'autres fois j'aidais à la cuisine.

Elle sourit en évoquant ces souvenirs.

— Cela n'avait pas d'importance pour moi. J'étais heureuse d'apporter ma contribution où que ce soit.

— Quel genre de formation as-tu ? demanda Harrison. Tu as parlé de pensionnat et d'université.

— Oui. Et encore une fois, mon père a décrété que je deviendrais une étudiante en art. En fait, je me suis orientée vers le commerce.

Elle sourit en voyant l'air surpris sur leurs visages.

— Ce n'est pas parce que je n'aime pas l'argent de mon père que je ne l'aime pas en général, dit-elle alors que son sourire s'agrandissait. Et j'aime m'occuper de l'argent. Si je n'ai rien d'autre, le diplôme de commerce me donnera la capacité de gérer ce que j'ai.

— Et tu as de l'argent ? demande Harrison. Normalement, nous ne demanderions pas cela, mais étant donné que tu as été kidnappée, de l'identité de ton père et de la façon dont tu l'évites…

— Ma grand-mère était très riche. Elle m'a laissé un fonds en fidéicommis.

Harrison renifla.

— Tu as de la chance.

— En fait, je peux maintenant dire que tu as raison. J'ai de la chance.

Elle se retourna pour contempler la scène qui défilait devant les fenêtres.

— Pendant longtemps, je n'en ai pas vu la valeur. Je la saisis maintenant.

La voix calme de Stone résonna :

— Parfois, dans l'adversité, on comprend vraiment ce qui est important.

Elle se retourna et le regarda, les yeux embués. Il avait vécu l'enfer et avait survécu. Elle ne pouvait pas faire moins.

— Je ne suis pas une aussi bonne personne que toi, dit-elle, mais j'essaie.

Il haussa les sourcils en signe de surprise.

— Qu'est-ce qui te fait penser que je suis une bonne personne ?

Elle rit.

— Stone, je l'ai déjà dit et je le répète : tu es un gentil géant avec un grand cœur.

IL NE DEVRAIT vraiment pas la laisser s'en tirer après qu'elle l'eut appelé comme ça. Cela allait complètement ruiner son image. C'était un dur à cuire, il l'avait toujours été et comptait bien le rester. Mais dans des moments calmes, il admettait qu'il pouvait être chaud et moelleux à l'intérieur.

Ce n'était probablement pas une bonne chose. Il aperçut le sourire de Harrison et réalisa que, pour les gars, ce surnom allait rester. D'accord, il était gentil et grand, et peut-être qu'il pesait cinq kilos de trop, mais il n'y avait que du muscle.

Et il s'y tiendrait toujours.

Bien sûr, il avait aussi perdu dix kilos quand il avait perdu sa jambe. Les médecins avaient fait des miracles avec lui. Et il serait le premier à dire que ça aurait pu être bien pire. Il avait eu quelques autres blessures, mais elles avaient toutes guéri. La physiothérapie l'avait aidé. Mais il avait été incroyablement difficile de réapprendre à marcher avec une jambe en moins. Quelque chose de si simple et pourtant de si précieux.

Finalement, une fois toutes les courses faites, ils la déposèrent chez son amie. Elle désigna la voiture dans l'allée, garée sur le côté. Une petite Prius rouge vif.

Il sourit. « *Je pensais bien qu'elle choisirait quelque chose comme ça. Brillant sans être tape-à-l'œil, mais qui en dit long.* » Il descendit du camion sur le côté et attendit qu'elle le contourne, puis ensemble ils marchèrent jusqu'à la porte d'entrée. Elle avait déjà sorti ses clés de son sac à main et appuya sur le bouton de déverrouillage de la Prius. Instantanément, ils entendirent tous deux les serrures se déverrouiller avec un *clic*.

— Quel plaisir d'être à nouveau motorisée !

Devant la porte d'entrée, elle frappa et attendit que son amie réponde. Mais personne ne vint ouvrir. Elle sortit son nouveau téléphone, ajouta le nom de son amie et composa rapidement le numéro.

Stone jeta un coup d'œil à Levi et Harrison, mais ils

n'iraient nulle part. Pas avant d'être sûrs qu'elle avait soit un endroit où loger, soit sa voiture pour les suivre jusqu'au complexe.

Elle frappa à nouveau et porta le téléphone à son oreille pour essayer de joindre son amie. Stone croisa les bras, se demandant si elle n'était pas sortie. Il fit le tour sur le côté et regarda par la fenêtre du salon. Ce qu'il vit lui glaça le cœur. Il fit immédiatement un mouvement de balayage vers les hommes dans le camion. Il attrapa Lissa par la main de et la traîna vers le camion, ignorant ses protestations. Il la poussa sur la banquette arrière et aboya :

— Reste ici !

Les autres étaient déjà sortis du véhicule. Ils se dirigèrent vers l'arrière de la maison. Stone alla à l'avant, vérifia la serrure de la porte et vit qu'il n'y en avait pas. Il poussa la porte, en s'assurant qu'il était à l'abri. Quand il entendit le signal de la porte arrière, il entra.

Il avança lentement, arme levée. Le salon avait été saccagé, comme dans la maison de Lissa. Mais personne n'était sur les lieux. Il se dirigea rapidement vers la pièce du fond et contourna la cuisine. Les autres étaient là, debout, à regarder.

Une femme de quelques années de plus que Lissa était attachée à une chaise. Le sang ne coulait plus de son corps sans vie.

Elle avait reçu une balle dans la tête. Mais le meurtre n'avait pas l'air d'avoir été commis rapidement, comme en témoignait le sang sur ses poignets et son visage battu. Ses jambes avaient été attachées aux pieds de la chaise, et elle semblait être là depuis un moment.

L'air sombre, il se tourna vers ses coéquipiers et dit :

— Cette femme était censée vérifier la maison de Lissa le jour même de notre arrivée.

— On pense que quelqu'un, en surveillant la maison en attendant que Lissa rentre, a vu cette fille à la place ?

Harrison se tourna pour étudier le reste de la cuisine.

— Et l'a suivie ici et l'a battue, pour obtenir des informations ? La pauvre femme ne savait rien.

— Et c'est là qu'ils l'ont abattue, ajouta Levi.

— Oh, mon Dieu !

Stone se retourna pour voir Lissa debout dans l'embrasure de la porte, les deux mains jointes sur la bouche, les larmes aux yeux alors qu'elle regardait son amie avec horreur.

Il courut à ses côtés.

— Bon sang, je t'avais dit de rester dans le camion.

Elle tourna son visage vers lui, et s'effondra dans ses bras.

Il la serra contre lui et parla aux deux autres.

— Nous devons faire un repérage de la maison, dit-il à voix basse. Ce n'est pas parce qu'elle est morte qu'ils ne sont pas encore ici.

Les deux hommes disparurent dans l'embrasure de la porte. Stone serra Lissa contre lui. Il frotta son dos et ses épaules et déposa un baiser sur son front à côté des points de suture. Ils devaient les enlever rapidement.

— Je suis vraiment désolé, ma chérie. J'espérais pouvoir t'éviter de voir ça.

Elle secoua la tête.

— Elle est morte à cause de moi, n'est-ce pas ?

Comment pouvait-il répondre à cette question ? Probablement, oui. Et pourtant, ce n'était pas la faute de Lissa. Il la conduisit par la porte d'entrée sur le petit porche, et la fit s'asseoir sur les marches.

— Écoute, tu dois rester ici. On ne peut pas contaminer la scène. Nous devons nous assurer que celui qui a fait ça n'est pas encore là et ne reviendra pas. J'ai besoin de te faire confiance. Tu peux rester ici pour moi ?

Il la vit se mettre à trembler. Mais il ne pouvait pas l'aider. Pour l'instant, ils devaient s'assurer que l'endroit était sûr.

Il tendit la main et caressa doucement sa tête.

— Lissa ?

— C'est bon. Ça va aller, chuchota-t-elle. Je te promets que je vais rester ici.

Sur cette promesse, Stone retourna dans la maison et courut à l'étage. Il s'arrêta dans la chambre principale pour voir qu'elle avait été complètement détruite. Encore pire que celle de Lissa. Levi et Harrison étaient en train de fouiller dans le chaos.

— Quelque chose ?

— Pas à notre connaissance. C'est similaire à la maison de Lissa. Tout est détruit, comme s'ils cherchaient quelque chose. Mais cette pièce semble avoir reçu une attention particulière.

Il regarda autour de lui.

— C'est assez difficile d'imaginer pourquoi cependant. Et s'ils ont trouvé quelque chose, il n'y a aucun moyen de le savoir.

— Vu le saccage ici, je suppose qu'ils ne l'ont pas trouvé.

Harrison donna un coup de pied dans un tiroir et haussa les épaules.

— Ça ressemble encore à de la rage.

Ils regardèrent tous deux Stone.

— Tu penses qu'elle saurait quelque chose sur le contenu de cette pièce ?

— Peut-être, mais elle est partie depuis huit mois, alors qui sait ce qui a changé depuis.

— Bien.

— Nous devons appeler la police à nouveau, dit Stone. Ca pourrait être suffisant pour l'achever.

— Ils vont poser d'autres questions, mais c'est tout, répliqua Harrison. Où va-t-elle ce soir ?

— Elle rentre à la maison avec nous, répondit Levi. Jusqu'à ce qu'on découvre le fin mot de l'histoire, elle doit rester dans un endroit sûr.

Stone acquiesça.

— Je suis d'accord, mais nous ne pouvons pas non plus oublier que nous avons maintenant été vus à ces deux endroits. Si quelqu'un surveille ces maisons, il peut très bien nous suivre jusqu'au complexe.

— C'est exactement pourquoi, dès que nous sommes partis ce matin, tout a été verrouillé, dit Levi calmement. Ice surveille. Elle saura si quelqu'un traîne dans le coin.

— Bien. Mettons la machine en route alors ! Plus tôt nous serons à la maison sains et saufs, mieux ce sera.

Chapitre 15

ELLE ÉTAIT ENGOURDIE, mais pas assez. Elle pouvait encore sentir les vagues de chagrin qui déferlaient dans son corps. Ce n'était pas juste. Marge n'avait jamais rien fait pour blesser quiconque. En fait, elle avait été une si bonne amie qu'elle avait gardé un œil sur sa maison. Lissa comprenait que c'était une chose d'être au mauvais endroit au mauvais moment, mais une tout autre chose était ce qu'elle avait vu qu'ils avaient fait à son amie. Ça l'avait terrifiée. Marge était quelqu'un d'extrêmement gentil.

Que feraient ces hommes à Lissa s'ils l'attrapaient ?

Alors même qu'elle y songeait, elle sentit que son corps poussait un petit cri de protestation. Elle ne pouvait pas penser à ça en ce moment. Elle devait d'abord affronter à nouveau la police. Cet interrogatoire serait un peu plus dur, plus long et plus difficile.

Mais les hommes étaient restés à ses côtés et lui avaient expliqué ce qui s'était passé. Cela l'avait aidée. Elle ne pouvait pas imaginer devoir affronter cette épreuve toute seule. Vu l'état de la chambre de Marge, ça ressemblait à de la rage et de la jalousie.

Jusqu'à ce que la police ait le rapport d'autopsie de Marge, Levi ne pouvait pas prouver que Lissa était hors du pays au moment de sa mort.

Quand ils le pourraient, ce serait un maigre soulagement, puisque sa meilleure amie était morte. Elle se blottit sur le siège avant pendant que Stone conduisait sa voiture, maintenant assurée. Ce n'était pas un long trajet, mais une partie d'elle-même souhaitait qu'il soit beaucoup plus long. Elle voulait juste que le monde disparaisse. Pour pouvoir essayer d'oublier ce qui s'était passé. Pour faire comme si Marge, cette belle et brillante jeune femme, était toujours en vie et riait.

Pas étonnant qu'elle n'ait pas répondu à son téléphone. Elle ne pouvait pas.

Lissa ne voulait pas retourner au camp. Tout le monde autour d'elle était en train de mourir. Elle ne voulait pas que quelqu'un d'autre soit blessé. Elle essaya de dire à Levi de la laisser tranquille, qu'elle n'était qu'une porteuse de poisse pour son équipe et sa maison. Que celui qui avait fait ça à Marge s'en prendrait à eux pour l'avoir aidée.

Il leva la main et dit :

— Ne dis plus jamais ça ! À partir de maintenant, Stone s'occupera de toi.

Et elle se tut et laissa Stone la mener comme l'agneau qu'elle était devenue.

Mon Dieu, elle espérait que ses parents ne découvriraient pas ça ! Cela ne ferait que donner à son père encore plus de munitions pour les années à venir. Il lui dirait qu'elle était une telle épave qu'elle détruisait la vie de tous ceux qui l'entouraient. Il lui avait déjà dit ça une fois, et ça lui avait fait très mal.

Ce n'était que maintenant, en regardant sa longue his-toire avec son père et cet événement récent, qu'elle réalisait qu'il avait peut-être raison. Elle prenait toujours des déci-sions impulsives, même si elle pensait agir pour de bonnes raisons. Mais maintenant, avec de telles retombées, elle se demandait s'il n'avait pas raison depuis le début.

— N'essaie pas de réfléchir ! dit Stone doucement dans l'obscurité. Détends-toi ! Il te faudra du temps pour t'en remettre.

— Je ne pense pas que le temps puisse aider beaucoup, murmura-t-elle tristement. C'était vraiment quelqu'un de bien.

Il tendit le bras et attrapa ses doigts, les entrelaçant aux siens.

— J'en suis sûr. Donc tu dois faire ton deuil, et ensuite nous lui rendrons honneur et trouverons un moyen de faciliter un peu sa mort pour toi.

Elle ne pensait pas qu'une telle chose soit possible. Mais elle savait que des gens perdaient sans cesse quelqu'un de spécial. Elle avait juste été bénie de ne pas en faire l'expérience jusqu'à maintenant.

Cela faisait trop mal.

Instantanément, une vague de chagrin la submergea et fit rouler à nouveau les larmes sur ses joues. Elle avait sans doute épuisé le stock. Elle n'avait pas pleuré depuis une éternité, tenant à peine le coup lors des entretiens avec la police. En fait, elle craignait qu'ils lui demandent d'aller à l'hôpital pour voir quelqu'un, pour être conseillée – et que cela arrive.

La voiture ralentit de façon inattendue. Elle jeta un coup d'œil devant eux et réalisa qu'ils étaient déjà dans le complexe. Stone conduisit sa voiture à l'intérieur et se gara sur le côté, hors de vue des autres véhicules. Levi et Harrison arrivèrent derrière eux et garèrent le camion, empêchant presque la voiture de bouger.

Son esprit était confus. Elle pensait avoir compris leur raisonnement mais avait l'impression que plus rien ne comptait. Ils essayaient de la protéger, et elle ne s'en souciait pas. Tant de personnes blessées ! Ça aurait dû être elle.

Stone sortit et fit le tour pour lui ouvrir la portière, l'aidant à se lever. Au lieu d'essayer de la guider vers l'intérieur, il la serra simplement contre lui. Elle se réfugia dans ses bras et passa ses mains dans son dos.

Elle ne se souvenait pas d'avoir jamais eu quiconque à qui se raccrocher dans la vie. Quelqu'un qui soit prêt à l'aider à traverser une période difficile de l'existence. Quelqu'un de si spécial pour elle.

Mais aussi un confort auquel elle ne pouvait pas se permettre de s'habituer. Ils n'avaient pas parlé de choses personnelles entre eux. Elle n'était pas en état d'envisager une relation, mais elle savait qu'elle voulait le garder dans sa vie si c'était possible.

Elle n'avait aucune idée de la façon dont elle s'intégrerait dans l'unité d'ex-militaires vivant dans cette enceinte. Ils avaient construit quelque chose, ici. Le seul couple semblait être Levi et Ice, et Lissa ne connaissait pas les détails entre eux non plus.

Finalement, elle fit un pas en arrière, sourit à Stone avec des yeux humides et dit :

— Merci. Je peux aller m'allonger ?

Il glissa un bras autour de ses épaules et la garda près de lui.

— Bonne idée. Allez, viens ! On va te mettre au lit. Tu n'as pas beaucoup dormi la nuit dernière et tu n'as eu que des chocs depuis.

La seule pensée de s'approcher d'un lit suffisait pour qu'elle mette un pied devant l'autre. Elle le laissa l'emmener où il voulait. Lorsqu'elle réalisa qu'elle se tenait à côté du lit dans lequel elle s'était réveillée le matin même, son cœur fondit un peu plus.

— Tu es sûr ?

Il posa son sac à main et son sac sur le sol, à côté de la table de nuit, et se tourna vers elle pour la regarder en lui demandant :

— Si je suis sûr de quoi ?

Elle fit une pause avant de répondre. C'était son lit, sa chambre.

— J'ai un peu exagéré en venant ici la nuit dernière. Tu es sûr que tu veux que je reste ici avec toi ?

— Je pensais que nous avions dépassé ce stade, en fait, dit-il avec un sourire. Tu ne devrais pas être seule en ce moment. Donc je suis parfaitement à l'aise avec ça. Mais peut-être que je devrais te demander à toi-même si tu es à l'aise toi ?

Il attendit qu'elle réponde.

À l'intérieur, elle était déchirée par le chagrin et par toutes ses émotions, c'était comme si elle n'avait plus de filtres. Elle ne savait pas quoi dire ni comment le dire. Au début, elle craignit que ça sorte mal, puis elle s'aperçut qu'elle n'en avait plus rien à faire. Elle glissa ses bras autour de ses épaules et dit :

— Il n'y a rien que je désire davantage.

Elle le serra simplement dans ses bras et s'y accrocha. Elle ne comprit même pas comment, mais, quelques minutes plus tard, elle était soulevée et placée sur les draps frais, complètement nue, avec les couvertures remontées sur elle à partir des épaules. Un doux baiser fut déposé sur sa tempe.

Mais d'une manière ou d'une autre, dans son esprit embrumé, elle comprit qu'il avait rendu l'impossible possible.

— Tu es un miracle, tu sais ça ?

— Non, chuchota-t-il. Absolument pas. Je suis juste un homme.

Et il disparut de la pièce.

Elle s'allongea dans l'espace à moitié brumeux dans lequel elle était entrée et sentit les vagues se lever une fois de plus. Et elle s'y abandonna, laissant les larmes couler et les sanglots l'envahir tandis qu'elle pleurait jusqu'à s'endormir.

ILS AVAIENT DE plus gros problèmes désormais. Stone ferma la porte sans bruit derrière lui, son cœur se serrant en entendant ses sanglots. Mais il ne pouvait pas l'aider ni la consoler pour le moment. Il devait laisser la tempête traverser son être et ressortir de l'autre côté, où elle pourrait lentement reconstruire sa vie.

Ce n'était pas seulement la perte de son amie qui lui donnait ce sentiment de culpabilité, mais le fait de croire qu'elle était en quelque sorte responsable du meurtre de son amie. Parce que leur lien *avait* probablement été la raison pour laquelle on avait tué la jeune Marge. Il serait difficile de dissuader Lissa de croire qu'elle n'était pas responsable. Que rien de tout cela n'était sa faute, il lui faudrait avoir foi en bien des choses en ce moment.

Il entra dans la cuisine et se dirigea directement vers la cafetière. Après s'être versé une grande tasse, il s'appuya contre le comptoir, faisant face au groupe réuni autour de la table.

— Comment va-t-elle ? demanda Ice. Ça doit être un choc terrible pour elle.

— Elle est en train de pleurer. Elle devrait s'endormir dans quelques minutes.

Il haussa les épaules et s'assit lourdement à la table.

— Elle est en état de choc. Submergée par le chagrin. Et horrifiée à l'idée d'être responsable de la mort de Marge.

Les autres hochèrent la tête. Ils avaient compris.

— Quelque chose d'inhabituel s'est produit ici aujourd'hui, Ice ? demanda Stone. Un signe que quelqu'un surveille l'endroit ou qu'on a amené quelqu'un ici ?

— Pas jusqu'à présent, répondit-elle en jetant un coup d'œil à Logan. Tu as surveillé les moniteurs. Des alertes ?

Logan secoua la tête.

— Pas pour l'instant. Mais, s'ils ont vu notre nombre et la taille de l'endroit, je ne m'attends pas à ce qu'ils fassent quoi que ce soit de stupide. Ils pourraient se contenter de traîner dans le coin et d'observer les lieux pendant un moment. Faire profil bas et établir un plan.

Levi acquiesça.

— Mais je ne suis pas sûr que ce soit un travail aussi organisé et aussi professionnel que le nôtre.

— Pourquoi ont-ils tué cette femme ? demanda Harrison, de la colère dans la voix. Et je pense que les dégâts sur sa maison étaient plus de l'esbroufe qu'autre chose. Quand ils ont fini par croire que Lissa ne lui avait rien dit et qu'elle n'avait rien à elle, ils l'ont tuée. Il baissa les yeux sur sa tasse de café : Le reste était juste une mise en scène.

— Quelqu'un peut-il trouver une autre explication que celle de l'utilisation de Lissa comme mule pour faire passer quelque chose à travers les frontières ? intervint Ice. Nous avons certainement vu cela se produire auparavant. Mais jamais avec ce genre de résultat final.

— Dans ce cas, elle n'avait pas le sac. Si elle l'avait eu, cela aurait peut-être justifié ce genre d'attention, mais ce n'était pas le cas… dit Stone.

— Rien d'autre n'a de sens, ajouta Ice.

— On va trouver une solution. Mais ça ne semble jamais avoir de sens avant la fin.

Levi se leva et remplit sa tasse de café.

— J'ai aussi parlé à Charles.

Les autres se retournèrent pour le regarder.

Harrison demanda :

— Et Kevin ?

— Aucune trace.

Levi haussa les épaules.

— Et on ne sait toujours pas si c'est de mauvais augure ou non. Ou peut-être qu'il n'en avait rien à faire.

Il se retourna pour regarder Ice.

— Même si, d'après ce que nous avons vu en Afghanistan, il semblait être un mari très attentionné. Donc l'autre alternative est qu'il est allongé quelque part, mort, dans une ruelle.

Ice grimaça.

— Charles a-t-il vérifié les antécédents de Kevin et Susan ?

— Il est en train d'examiner la question. Mais, jusqu'à présent, on n'a rien trouvé.

— Avez-vous envisagé qu'ils étaient ceux qui faisaient de la contrebande ? Ou qu'ils étaient aussi la cible de ce trafic ? demanda Stone. Nous avons ramené trois personnes. On ne devait en ramener qu'une. Et on a fait franchir la douane aux trois à Heathrow.

— Je me posais la question.

Levi s'assit sur le banc :

— Mais obtenir des informations sur Kevin et Susan s'avère difficile. Charles est le meilleur pour ce job, et il a du mal.

— Qu'est-ce qu'on fait à partir de là ? continua Stone.

Levi se retourna pour fixer Harrison.

— Bon, eh bien, je pense que Merk a quelques relations

avec des mercenaires, tout comme toi, Harrison. Peut-être envoyer des hameçons et voir si quelqu'un sait quelque chose sur ce travail.

Harrison acquiesça.

— Je vais essayer. Ce n'est pas exactement un travail typique, cependant.

— Je sais. Je vais aussi contacter quelques-uns de nos anciens gradés et voir si quelqu'un peut avoir une idée de ce qui s'est passé à la douane, dit Ice. Peut-être que certaines informations ont été retenues.

Harrison sourit.

— Parfois le miel fonctionne mieux que le vinaigre.

Ice se leva et tapa sur l'épaule de Harrison.

— Je vais faire ça maintenant. Je serai dans le bureau si quelqu'un a besoin de moi.

Stone se leva.

— Je vais voir comment va Lissa, puis je verrai si je peux dormir un peu.

Il se leva et marcha jusqu'à la porte. Il savait que les autres le regardaient. Il se retourna à la dernière minute et dit : J'ai vérifié sa voiture.

Il s'arrêta et mit la main dans sa poche. Il sortit le contenu de la boîte à gants et le déposa sur la table de la cuisine.

— Je ne pense pas que ça veuille dire quoi que ce soit, mais je n'ai pas eu l'occasion de vérifier. Rappelez-vous, elle est partie depuis huit mois.

— Est-ce qu'on en est sûrs ? Quelqu'un ? demanda Harrison. Je n'essaie pas de faire le bâtard, mais confirmez au moins qu'elle a quitté le pays depuis si longtemps.

— Je vais le faire, dit Levi. On peut le découvrir assez vite.

Stone hocha la tête.

— Si vous creusez, prouvez qu'elle est réglo ! Parce que je déteste dire ça, mais je tombe de haut. Assurez-vous que j'ai un endroit doux pour atterrir, pas une autre méchante trahison après Rodriguez. J'ai perdu une jambe avec celui-là. Je ne veux pas perdre mon cœur pour elle.

Sur ces mots durs, il se retourna et sortit, laissant les hommes le fixer dans son sillage.

Chapitre 16

ELLE SENTIT LA chaleur imprégner son corps et ses os refroidis jusqu'à devenir une fournaise ardente où elle aurait rejoint les feux de l'enfer des damnés.

— Doucement, Lissa. Arrête de pleurer, chérie ! Tu vas te rendre malade.

Intérieurement, elle savait qu'elle l'était déjà. Quelque chose n'allait pas chez elle. Les gens ne l'aimaient pas comme ils aimaient les autres. Quelque chose n'allait pas dans son monde. Pourquoi ce genre d'horreur continuait d'arriver ?

Mais elle réalisa aussi que l'homme qui parlait était Stone, et qu'il était vraiment inquiet pour elle. Il la tenait serrée contre sa poitrine, et c'était la source de la fournaise. Elle ouvrit ses yeux pleins de larmes et les essuya, essayant de les sécher suffisamment pour le voir à travers la cascade.

— Ça va aller, sanglota-t-elle. C'est juste si difficile en ce moment !

Il baissa la tête et l'embrassa profondément. Elle enroula ses bras autour de son cou et chuchota :

— Fais-moi oublier ! Juste pour un instant, aide-moi à oublier !

Il la fit rouler sur le dos et se plaça juste entre ses cuisses. Mon Dieu, exactement là où elle voulait qu'il soit. Il l'embrassa, caressa, et caressa, alors que ses émotions étaient confuses, mélangées et déchirées. Mais il ne fallut pas longtemps pour qu'elle se torde sous son corps. Quand il la pénétra finalement, elle l'accueillit de tout son cœur. Elle enroula ses jambes autour de ses hanches aussi haut qu'elle le pouvait et s'accrocha pour le voyage. Un voyage dont elle se souviendrait. Il ne s'était pas arrêté à un seul orgasme. Il la chevaucha jusqu'au bout et la poussa au bord de l'extase encore et encore. Quand elle tomba dans ses bras, avec lui à ses côtés, elle savait qu'elle était morte et qu'elle était au paradis. Pour de vrai cette fois.

— Tu crois au paradis ? chuchota-t-elle. Je veux désespérément croire que Marge est dans un endroit meilleur.

— Je crois qu'il y a quelque chose d'autre au-delà de nous tous, chuchota-t-il contre son oreille, la berçant sur place. Et tu sais qu'elle y est. Retiens cette idée ! Crois-y !

Elle sourit parce qu'il avait compris. Même si elle ne le comprenait pas elle-même, elle savait que Marge y aurait cru. C'était une protestante convaincue, et elle croyait fermement qu'elle irait au paradis. Dans son cœur, Lissa savait que, s'il y avait un paradis, Marge était en train de frapper à la porte en ce moment même et que son amie y entrerait sans aucune difficulté. Elle était l'une des meilleures personnes au monde.

— Maintenant, endors-toi !

Il déplaça légèrement son corps pour qu'elle puisse se blottir en cuillère à côté de lui, comme la nuit précédente.

Et avec son bras enroulé autour de son corps, sa main caressant sa poitrine, elle se colla plus étroitement contre et sourit.

— Et si je ne veux pas ?

Son gloussement parcourut son dos, faisant vibrer son corps sur le lit. Elle rit en se retournant.

— O.K., tu as raison. Je suis fatiguée. Mais peut-être demain matin ? demanda-t-elle avec espoir.

Des lèvres chaudes caressèrent son cou et son oreille.

— Je serais heureux de te rendre service maintenant, mais en théorie, tu devrais être trop fatiguée pour faire autre chose que dormir.

En se tortillant un peu pour avoir une meilleure position, elle se rapprocha de l'arête saillante de ses hanches. Quand il se déplaça, souleva sa cuisse et se glissa à l'intérieur, elle haleta et se cambra.

— Oh, mon Dieu ! chuchota-t-elle.

— Ça va ?

— Mieux que… cria-t-elle dans un gémissement.

Les mains sur les hanches de la jeune femme, il entra et sortit lentement, ne faisant rien d'autre que de profiter du moment et de la sensation de ne faire qu'un avec elle.

L'orgasme, quand il arriva, la prit par surprise.

De grandes vagues de paix. Pas de déchirement. Pas d'explosion à l'intérieur. Au lieu de cela, un doux flot de sensations qui roulait sur elle et en elle avec joie.

Des frissons la traversaient encore quand elle ferma les yeux et s'endormit.

Quelque chose en lui était si attentionné…

— Je pourrais l'aimer, se murmura-t-elle. Je pourrais vraiment.

Et elle sourit en s'endormant.

LE POURRAIT-ELLE ? C'était quelque chose qu'il voulait mais auquel il ne s'attendait pas vraiment. Tout s'était passé très vite. Trop vite. Peut-être. Ou peut-être pas.

Elle était spéciale. Il ne l'avait jamais nié. Mais il ne s'attendait pas à ressentir ce qu'il ressentait. Ni à expérimenter la profondeur de ses émotions. Mais sans aucun doute, ce serait un lien qui lui manquerait.

Il la serra contre lui et laissa le sommeil l'emporter aussi.

Il n'avait aucune idée de ce qui se passait dans ce monde, mais il devait être frais et dispos, et prêt à tout.

Lorsque l'alarme retentit dans le complexe plusieurs heures plus tard, il se réveilla en sursaut et se leva, prêt à affronter le danger, quel qu'il soit. Se tournant, il mit rapidement sa prothèse et s'habilla. Le temps qu'il regarde le lit, Lissa était assise avec les couvertures serrées contre la poitrine, le regardant en état de choc.

— Qu'est-ce que c'était ? demanda-t-elle.

— Une alerte à l'intrusion. Reste ici ! Je reviens dès que je peux.

— Oh, bon sang, non !

Elle bondit de l'autre côté du lit et sauta dans ses vêtements.

Une vue qu'il aurait appréciée n'importe quand, mais pas maintenant, car il était parfaitement visible.

Elle se retourna pour le regarder et le vit remonter son pantalon sur sa prothèse.

Presque aucune lumière ne filtrait dans la pièce, mais il y en avait suffisamment pour qu'il sache qu'elle en verrait une partie. Mais ce qu'elle dit ensuite le surprit.

— La prochaine fois qu'on va au lit, je veux explorer ton corps. J'ai l'impression que tu prends toujours soin de moi. Mais tu es si grand et si beau, je veux vraiment apprécier le tien aussi.

Et bon sang, s'il ne sentait pas une érection arriver... Rien que l'idée était si séduisante. Il balaya tout ça d'un revers de main et lança :

— La prochaine fois.

Et maintenant, il ferait tout son possible pour s'assurer

qu'il y en aurait une, parce que cette pensée le tiendrait en haleine, et plein d'impatience, jusqu'à ce que ça arrive.

Mais d'abord, ils avaient un problème dans l'enceinte.

Il se glissa jusqu'à la porte et tendit la main.

— Tu dois rester avec moi. Ne pars pas dans une autre direction ! J'ai besoin de savoir exactement où tu es à tout moment.

Dans son autre main, il tenait son arme de poing.

Elle le regarda et déglutit.

— C'est probablement eux, n'est-ce pas ?

— J'espère bien que oui. Je suis plus que prêt à battre ces ordures !

— Moi aussi. Ouvre la voie ! dit-elle avec un sourire.

Il ouvrit la porte et jeta un coup d'œil par le bord l'embrasure de la porte dans le couloir sombre. Sa main tenant fermement la sienne, il la conduisit à l'escalier.

Pour le meilleur ou pour le pire, il préférait l'avoir à ses côtés que n'importe où ailleurs.

Maintenant, il fallait trouver quel était le problème.

Chapitre 17

L E CŒUR BATTANT, elle suivit Stone dans le couloir sombre. Elle n'avait aucune idée de l'heure qu'il était, mais la lumière de la lune entrait par la fenêtre au bout du couloir et elle estima qu'il était deux heures du matin. Elle appelait ça l'heure fatidique. C'était à ce moment-là que tous les bâtards sortaient faire leur sale boulot. Et malgré les nerfs qui agaçaient sa poitrine et se refermaient sur elle, elle se sentait bien parce qu'elle était avec Stone.

Avec l'emprise de ses doigts sur sa main, elle savait qu'il n'avait pas l'intention de la lâcher. Et cela signifiait qu'elle était exactement là où elle voulait être. Bien sûr, les circonstances auraient pu être différentes, mais elle était sacrément heureuse de ne pas être seule.

En bas, au rez-de-chaussée, Levi se tenait au centre du hall, regardant dans les quatre directions comme s'il cherchait un indice de la source du problème. Aussi soudainement qu'elle avait commencé, la puissante alarme s'arrêta.

Le silence retomba. En temps normal, Lissa aurait été ravie, mais là, elle prit ça comme un autre mauvais signe. Elle sentit la main de Stone se resserrer sur la sienne.

Il lui adressa un rapide sourire rassurant, porta sa main à ses lèvres et déposa un baiser sur ses articulations. Son stress se dissipa instantanément.

S'il n'était pas inquiet, alors elle le laisserait gérer. Apparemment, c'était ce qu'il faisait. Elle lui faisait confiance. Jusqu'à présent, il ne l'avait pas laissée tomber. Elle ne voulait pas non plus qu'il lui arrive quelque chose. C'était un homme sacrément gentil.

Il la conduisit vers la cuisine, et ils s'arrêtèrent juste devant la porte. Il jeta un coup d'œil dans le coin et l'emmena à l'intérieur. Dans un murmure, il dit :

— Rhodes, quoi de neuf ?

Quand Rhodes se retourna, elle sursauta. Elle n'avait pas vu la silhouette silencieuse contre le mur entre les deux fenêtres. Elle ne pouvait pas se rapprocher de Stone, mais elle essaya. Dans le noir, Rhodes avait l'air d'un grand type effrayant. Et elle réalisa qu'elle se blottissait contre Stone, qui était l'un des plus beaux mecs qu'elle ait jamais rencontrés.

Le chuchotement de Rhodes pénétra finalement son esprit.

— Aucun signe d'intrus dans la maison, et je n'ai vu personne dans la cour. Mais quelque chose a déclenché l'alarme.

Stone secoua la tête.

— Aucun animal ne l'a jamais déclenché accidentellement depuis qu'on l'a fixée en hauteur.

— Ça ne veut pas dire que ça ne peut pas être quelque chose de plus grand.

— Qui est dans la salle de contrôle ?

— Ice, et Levi s'y rend.

— J'emmène Lissa en haut, je la laisse avec eux et je redescends. On peut faire un repérage complet ensemble.

— Dépêche-toi ! lança Rhodes. Je n'aime pas rester assis ici. Je vais vérifier qu'aucun de nos points faibles n'est compromis.

Lissa était encore en train d'essayer de comprendre ce que ces dernières paroles signifiaient réellement tandis que Stone la guidait dans le hall et ensuite dans l'escalier. Il ne prononça pas un mot pendant qu'il l'emmenait au dernier étage. Elle n'était pas encore montée ici. Il la conduisit jusqu'à une simple porte qui aurait pu être une chambre ou un placard tant elle semblait anodine. Il frappa une fois, puis deux, puis encore une fois. Sans un bruit, elle s'ouvrit sous sa main.

Ice se tenait là. Elle jeta un coup d'œil de Stone à Lissa. Puis elle ouvrit la porte plus grand.

— Entre, Lissa ! Prends une chaise dans le coin si tu veux.

Elle se tourna vers Stone alors que Lissa se frayait un chemin à l'intérieur de la petite pièce remplie d'ordinateurs et de moniteurs – comme dans un sacré système de sécurité. Derrière elle, elle entendit Ice dire à Stone :

— On dirait que quelqu'un a essayé d'escalader la clôture en haut de la crête.

— Je vais aller vérifier, répliqua Stone. Continuez à surveiller ! Assurons-nous que ce n'était pas un leurre.

— Jusqu'à présent, il n'y a aucun autre signe à l'extérieur, dit Levi. Merk est descendu pour vérifier les deux entrées.

— Envoyez Harrison avec lui alors ! dit Ice. Personne ne doit être seul en ce moment.

Stone fronça les sourcils.

— On est un peu à court d'hommes pour ça.

Ice tourna un regard douloureux vers lui. Lissa était surprise qu'il ne grille pas sur place. Ice pesait peut-être moins de la moitié du poids de Stone, mais il y avait quelque chose de sacrément autoritaire chez elle.

Leurs voix se réduisirent à un murmure étouffé, puis Stone partit. La porte se referma aussi silencieusement qu'elle s'était ouverte, et Ice retourna à sa chaise devant les moniteurs.

Lissa n'avait pas grand-chose à faire ou à dire, alors elle resta silencieuse et regarda. Elle n'avait jamais vu un système comme celui-ci. Non seulement il était massif, mais il semblait être à la pointe. Sur les moniteurs, elle pouvait voir différents sites à l'extérieur – les bâtiments de l'enceinte – ainsi que des pièces à l'intérieur de la maison.

Elle n'avait aucune idée de l'endroit où Stone allait réellement. Elle étudia les moniteurs, espérant l'apercevoir.

Soudain, elle haleta et se pencha vers un des écrans. Un homme habillé en noir avec une arme semblait être sur le sol près de la clôture. À voix basse, elle demanda :

— C'est Stone ?

— Non, répondit la voix de Levi sèchement.

Il prit un casque, le mit sur sa tête, et dit :

— Stone, tu m'entends ?

Elle regarda anxieusement l'homme au sol aligner un fusil. Seigneur ! Il le pointait sur quelqu'un ou sur la maison elle-même. Dans les deux cas, c'était une mauvaise nouvelle. Stone allait sortir, et il n'était pas préparé. Elle serra les poings alors que Levi continuait à essayer de capter Stone.

Levi changea pour appeler quelqu'un d'autre.

Seul répondit le silence.

— Logan, on a un sniper dans le quatrième coin supérieur. Il est en train de viser. Stone est sorti seul.

Puis les mains de Levi se mirent à courir sur le clavier. Apparemment, celui qui était à l'autre bout de la ligne de communication avait répondu. Elle pouvait à peine tenir sur sa chaise. Savoir que Stone se dirigeait vers une embuscade était plus qu'elle ne pouvait supporter. Elle se leva d'un bond et se dirigea vers la fenêtre, comme si cela pouvait l'aider, comme si elle pouvait voir quelque chose et crier pour l'avertir.

Instantanément, Ice lui intima :

— Assieds-toi !

Elle se retourna, sans trop comprendre, puis réalisa que si elle était à la fenêtre, elle aussi devenait une cible. Elle alla rapidement derrière le mur de pierre et se coucha lentement sur le sol. Et puis les tremblements arrivèrent.

Elle enroula ses bras autour de ses genoux et les ramena contre sa poitrine.

— Reste juste où tu es ! Tout ira bien, dit Levi.

— Ou tu peux retourner sur la chaise. Seulement, ne te tiens pas à la fenêtre où ton reflet sera visible. Il y a assez de cibles à surveiller pour l'instant. On n'a pas besoin que tu sois touchée par un sniper, dit Ice.

Lissa leva le regard pour fixer Ice, qui justifiait sacrément bien son nom.

— Comment pouvez-vous être aussi calmes ? s'exclama-t-elle à voix basse. Quand vous parlez de snipers, de tirs et de meurtres, vous ne cillez même pas, conclut-elle faiblement.

— Nous avons l'habitude. C'est notre boulot.

L'attention d'Ice ne quittait pas un instant les moniteurs en face d'elle.

Lissa observa Ice alors qu'elle cliquait sur quelques touches, et quelque chose changea sur l'écran, mais Lissa n'avait pas vraiment saisi ce qu'il affichait avant et ne comprenait pas ce qu'il montrait maintenant. C'était déroutant, mais en même temps, presque impressionnant.

— On va s'occuper de toi, dit Levi. Tu iras bien.

— Moi ? cria-t-elle. Je m'en fiche de moi. Et Stone ? Il

est parti dans une embuscade.

Ice et Levi se retournèrent pour la regarder. Et peut-être était-ce son imagination, mais elle crut lire de l'approbation dans leurs expressions.

Peut-être que c'était juste ce qu'elle avait voulu voir. Elle leva la tête, son regard vers le moniteur, et haleta. Elle pointa du doigt.

— Je viens de voir un flash.

Et elle réalisa que le sniper avait tiré. Très probablement sur Stone.

STONE COMPRIT PRESQUE instantanément que son appareil de communication était défectueux. Bien que ce soit un problème, il n'était pas majeur. Il pouvait entendre le tapotement du code morse sur son casque. Et c'était suffisant pour lui. Il écouta la série de points et de tirets. Un sniper était sur la colline.

Stone changea de direction et passa par l'arrière, pour accéder à la colline par le côté le plus éloigné afin de voir où le sniper se cachait. Il s'allongea bien à plat sur le sol et étudia la configuration des lieux. Ils avaient tous suivi un entraînement de nuit intensif pour s'assurer qu'ils connaissaient chaque centimètre de cette section. Comme Harrison l'avait dit, les points faibles sont ceux qui vous détruisent. Et Stone n'avait pas l'intention de laisser un bâtard comme celui-ci s'introduire chez eux.

Le sniper n'avait aucun bon sens. Il prenait un sacré risque. Probablement pas un professionnel, mais plutôt un tueur à gages. Pour certains, la distinction était inexistante, mais pour Stone, elle était majeure. Les professionnels étaient des soldats avec beaucoup d'armes et une formation tactique militaire. Un tueur à gages était quelqu'un qui prenait une arme et tirait. Souvent, ils étaient très bons aussi.

Mais ils n'avaient pas la même formation ni la même discipline que les mercenaires. Stone entendit un *ping*. Aplati sur le sol comme il l'était, le tir ne le frôla même pas, mais il donnait assez d'informations pour voir où se trouvait celui qui avait visé. Stone prit ses lunettes de nuit et examina le sniper, réalisant que Levi avait raison. Un jean noir, un T-shirt noir, et ce qui ressemblait à un fusil de chasse. Pas un professionnel, un mercenaire ni un terroriste. Ils avaient de meilleures armes.

Alors, qui était-ce et pourquoi ? Stone étudia la position de l'homme et ses voies de retraite. Avec un peu de chance, Harrison pourrait s'installer sur l'une d'entre elles, et Stone sur l'autre. À eux deux, ils allaient chasser ce type de son perchoir et le ramener. À cette fin, Stone regagna le bas de la colline aussi silencieusement que possible.

Il n'avait pas plu depuis longtemps, le sol était poussiéreux. À la fois un bon et un mauvais point. Cela rendait la marche plus discrète mais laissait des traces. Il alla de sommet en sommet, vit quelques touffes d'herbes sauvages et se dirigea vers elles. Il testa son système de communication à nouveau et constata qu'il fonctionnait désormais. Il envoya un message à Harrison, lui disant où tout se passait. Ils auraient besoin de quelques hommes supplémentaires, juste au cas où. Il ne savait pas à quelle vitesse ce tireur pouvait courir. Il serait assez facile de se retrouver dans une poursuite à longue distance. Ce que Stone voulait éviter.

Pas quand des armes étaient impliquées.

Le sniper devait avoir un véhicule quelque part à proximité. Il devait être trouvé et surveillé. Si les hommes de son équipe utilisaient le passage secret, cela leur permettrait de contourner le coin de la route et de coincer efficacement tout le monde entre eux. Cela s'étendrait aux crêtes éloignées aussi.

Une mission qu'ils devaient terminer rapidement. C'était la deuxième fois que le complexe était assiégé en autant de mois. Bien sûr, ils avaient eu une demi-douzaine d'autres jobs dans l'intervalle, mais ce n'était pas cool.

Le complexe était censé être un sanctuaire. Sûr et protégé. Il avait été question que certains déménagent, vivent dans la ville la plus proche, et cela restait toujours une option. Levi parlait aussi de faire venir des hommes sous contrat en qui ils avaient tous confiance mais qui vivaient dans différentes parties du pays. C'était aussi une bonne idée. Mais rien ne valait la cohésion de l'équipe qui vit et combat ensemble.

De son nouveau point de vue, Stone leva son arme, aligna son tir, et envoya une balle dans le poteau de clôture devant la tête de l'homme.

Son cri résonna dans la vallée. Réalisant qu'il avait été découvert, l'intrus courut tout droit vers le bas de la colline. Il n'essaya pas de cacher ses traces. C'était une course effrénée pour la liberté. Seulement, Stone était déjà à mi-chemin de la colline lui-même.

— Stone, je le vois, dit Logan dans son oreillette. Je suis sur la route. Je devrais être capable de lui couper le chemin.

— Vas-y ! Je te retrouve au bout de l'enceinte. Faisons en sorte que ce bâtard ne s'échappe pas !

La voix de Harrison disparut aussi vite qu'elle avait surgi.

Stone sourit. Ce tireur n'avait aucune idée de ce qui l'attendait. Ils étaient effectivement en train de le coincer. Très bientôt, ils l'auraient. Alors que Stone guettait, il vit les phares briller au-dessus du complexe au moment où Logan sortait par les portes. Il se dirigea rapidement vers la crête basse, pour voir de l'autre côté. Bien sûr, un vieux camion déglingué se trouvait en contrebas, et Logan se dirigeait vers lui. Le sniper était plus loin que Logan, mais Harrison allait bientôt attraper l'intrus. Alors quelle direction prendrait l'homme ? Stone espérait que le sniper se dirigerait vers lui. Il voulait mettre la main sur lui.

Sachant que Levi observait la situation, Stone envisagea chaque possibilité.

— Levi, j'ai besoin que tu sois prêt.

Et il expliqua rapidement les options pour le sniper.

— J'ai compris, dit Levi calmement. Rhodes et Merk cherchent à l'extérieur de l'enceinte. Rhodes est devant l'enceinte, Merk de l'autre côté.

Parfait. Stone s'accroupit et observa. Il allait devoir prendre une décision dès que l'homme aurait pris le virage. Et bien sûr, le sniper vit Logan s'arrêter derrière son camion. Il freina et s'arrêta net.

Dans quel sens le tireur irait-il ?

Stone sourit avec impatience. « *Faites-le venir à moi, s'il vous plaît.* » Le sniper partit sur la droite, perpendiculairement à la trajectoire de Stone.

Chapitre 18

Q UAND L'ACTION COMMENÇA, Lissa se précipita sur la chaise à côté de Levi.

— Oh, mon Dieu ! Il l'a eu ! cria Lissa.

— Bien sûr qu'il l'a eu, dit Ice avec complaisance. Stone est grand, mais il se déplace comme une panthère. Et il est très bon en stratégie.

— Je te crois, répliqua Lissa. Je n'ai jamais vu le guerrier en lui comme ça. Bien sûr, en Afghanistan, il était là et a joué un rôle énorme pour nous sortir de là, mais je pense que Merk et Rhodes étaient en fait dans la pièce et ont fait sauter les barreaux de la fenêtre.

Elle s'assit, le soulagement l'envahissant. C'est quelque chose de voir Stone en action.

— C'est un homme bien.

Levi se leva, enleva son casque, tapota l'épaule d'Ice et se retourna, quittant la pièce en fermant la porte discrètement derrière lui.

En regardant sur le moniteur, Lissa put voir Stone guider son prisonnier vers le camion où se trouvait Logan. Cela prit quelques minutes, mais ensuite les deux véhicules furent conduits dans l'enceinte, en convoi. Elle réalisa que c'était là que Levi était allé. Pour s'occuper des affaires dans la cour.

— Je me suis demandé si la jambe de Stone l'affecterait, avoua-t-elle. Nous n'avons pas vraiment parlé de son handicap, mais, à le regarder sur cette colline, je n'aurais jamais deviné.

Ice rit.

— Il est très déterminé à ce que cela ne fasse pas de différence dans sa vie. Quand c'est arrivé, nous étions tous abasourdis, puis nous nous sommes immédiatement souvenus que c'était Stone. Cet homme peut tout surmonter, admit-elle. Seulement, ce n'était pas tout à fait exact, parce qu'il devait encore s'adapter. Peu importe à quel point il était compétent, bon ou génial, il a quand même perdu une partie importante de son corps, et il lui faudra du temps pour gérer les conséquences.

— Plus de temps que quiconque ne le réalise vraiment, je pense, confirma Lissa. Le moignon a l'air un peu gonflé. Et parfois il siffle quand il met la prothèse.

Ice se tourna pour étudier le visage de Lissa.

— On le met sur la touche s'il en fait trop. En fait, il a été forcé de faire du travail de bureau parce qu'il a sollicité sa prothèse trop longtemps, dit-elle avec un sourire. Je sais qu'il pousse encore trop, mais c'est beaucoup mieux qu'avant.

— Il a besoin d'une meilleure conception pour la jambe.

Lissa étudia Ice.

— A-t-il un physiothérapeute ou un spécialiste qui travaille avec lui ?

— Bien sûr. Plusieurs, de nombreux médecins et ingénieurs. Le problème, c'est de porter sa jambe à un tout autre niveau.

Ce qui fit rire Ice.

— Et ça veut dire qu'il se passe beaucoup plus de choses que d'habitude dans cette jambe de remplacement.

— Un tout autre niveau ? fit Lissa, qui n'était pas sûre de devoir demander.

Elle avait vu l'homme en action. Elle ne pouvait presque pas imaginer. Mais ensuite elle se rappela à quel point il était toujours alerte, conscient et protecteur. Et qu'il portait une arme avec assurance, presque comme si elle faisait partie de lui. Et le handicap que ne pas avoir cette jambe pouvait constituer, mais il l'avait transformé en son contraire.

— Oh, je sais ! Elle sourit : Il essaie de trouver comment la transformer en arme.

Ice se leva et rit.

— Je vois que tu commences à le connaître.

— De bien des façons, oui, mais pas assez, admit Lissa.

Ice marcha jusqu'à la porte. Avant de l'ouvrir, elle se retourna et dit :

— Assure-toi que, si tu t'engages dans cette voie, tu es prête à tenir la distance !

Elle étudia le visage de Lissa pendant un long moment.

— Il a été trahi auparavant. Une erreur qui lui a coûté sa jambe. Ce type a droit à de bons moments, pas à des moments plus difficiles.

Ice se retourna et ouvrit la porte, sachant Dieu sait comment que quelqu'un arrivait.

Alfred entra avec un plateau dans les mains.

— Du café et une friandise, mesdames.

Lissa bondit sur ses pieds et courut vers elle.

— Oh, mon Dieu, comment as-tu deviné ?

— Comment j'ai deviné que tu aurais si faim ? Parce que j'ai remarqué combien tu manges chaque fois.

Il sourit.

— Ice est pareille. J'ai donc apporté des portions doubles pour vous deux.

Il s'approcha et posa le plateau sur la petite table.

— On dirait que la matinée va être très courte ici. Le

prisonnier vient d'être amené dans l'enceinte. Vous restez ici ?

— Oui.

Lissa jeta un coup d'œil à Ice, puis à Alfred :

— Je vais rester ici jusqu'à ce que Stone soit libre.

— Je lui dirai.

Alfred franchit la porte, la refermant discrètement derrière lui.

Lissa s'étonna soudainement de sa question.

— Cela fait-il de moi une prisonnière ? demanda-t-elle lentement.

Ice se retourna pour la fixer.

— Non, dit Ice calmement. Cela signifie que tu dois toujours être avec quelqu'un. Jamais seule.

— Oh ! lâcha Lissa d'une petite voix. Parce qu'on ne peut pas me faire confiance ?

Elle préférait vraiment savoir ce qu'il en était. Si elle n'était pas la bienvenue, elle ne voulait pas être ici.

Mais la réponse d'Ice la surprit. Elle rit, le son léger tintant dans la pièce.

— Mon Dieu, non ! Si nous n'avions pas confiance en toi, tu ne serais pas à moins de cent cinquante kilomètres d'ici. C'est parce que tu es une cible et que nous devons assurer ta sécurité.

— Oh ! Bon, c'est beaucoup mieux.

Elle attrapa un énorme muffin et en mordit une bouchée.

Ice la regarda fixement.

— Tu sais, très peu de gens penseraient qu'être une cible est bien mieux que de ne pas être digne de confiance.

— C'est peut-être parce qu'ils n'ont pas mon père. Il n'a jamais eu confiance en moi pour faire quoi que ce soit, ni en ma parole, marmonna-t-elle autour de sa bouchée. Ça donne un complexe, tu sais ?

— Je suis sûre que oui. Mais il est grand temps de laisser derrière toi ton père et l'influence qu'il a pu avoir sur toi et de commencer une nouvelle vie. Tu as été ta propre maîtresse pendant longtemps. Ne t'arrête pas maintenant !

Lissa fixa cette femme très intuitive.

— Tu as raison, tu sais ?

Ice hocha la tête.

— Oui, je sais. Elle prit l'un des autres muffins sur l'assiette et continua : On voit ça tout le temps dans l'armée. Quand on est enfant, on rejoint une unité familiale. Puis on grandit et on mûrit, on gagne en confiance et on s'en sépare. Dans ton cas, tu avais besoin de partir pour y parvenir. Peut-être l'as-tu fait il y a des années. Je ne sais pas, mais, avec tout ce chaos, sachant que quelqu'un essaie de te faire du mal, cela te donne envie de redevenir une petite fille, cherchant tes parents pour prendre soin de toi. Cependant…

— Cependant, comme ils ne se sont presque jamais occupés de moi auparavant, mon plan de repli ne fonctionne pas.

Lissa étudia le muffin qu'elle tenait dans la main, mais ses pensées se portèrent sur son passé en pensant aux paroles d'Ice, car c'était exactement ce qui s'était passé.

— Je ne veux simplement pas avoir de problèmes de transfert de mon père envers Stone, avoua-t-elle tranquillement. J'aime vraiment Stone, mais je ne veux pas faire porter ce fardeau à qui que ce soit. Et dans ma prochaine relation, je veux un partenaire, pas une figure paternelle.

— Une sacrée bonne chose, dit Ice d'un ton enjoué. Stone ne correspond pas à l'idée que l'on se fait d'une figure paternelle. C'est un homme sacrément gentil. Mais il a aussi besoin d'une partenaire. Il n'a pas besoin de quelqu'un dont il soit obligé de s'occuper. Une moule accrochée à son flanc pour qu'il joue le grand méchant héros. Cet homme vit le même scénario. Il a besoin de quelqu'un qui puisse marcher à ses côtés et le soutenir quand il en a besoin, l'aider à prendre des décisions quand elles doivent être prises. Pas juste quelqu'un qui le regarde créer le monde dans lequel il veut vivre. Les relations sont faites pour que les deux fassent fonctionner leur vie ensemble.

C'était très perspicace de la part de cette femme. Cela en disait long sur sa relation avec Levi. Ils allaient très bien ensemble physiquement, et pourtant l'affection et l'attention étaient manifestement profondes entre eux.

— Tu as raison. Mais Stone est une forte personnalité à assumer. Je ne suis pas sûre d'être assez bonne, avoua-t-elle tranquillement. C'est un problème pour moi depuis toujours. Les hommes qui sont plus imposants et attendent plus que ce que je peux leur donner. Des hommes qui donnent des ordres, et attendent que les autres les suivent, et le font si parfaitement qu'ils ne sont jamais déçus.

— Stone n'est pas comme ça. Il n'est en aucun cas comme ton père. Et tu dois très clairement faire la part des choses dans ton esprit. On dit toujours que les femmes épousent leurs pères. Mais je pense aussi que nous épousons les qualités que nous aimons chez nos pères et que nous sommes heureuses de nous débarrasser des parties que nous ne voulons pas. Si ton père était alcoolique, ça ne veut pas dire que tu dois l'épouser. Mais si ton père était un ami des animaux très généreux et attentionné, c'est peut-être cette partie de lui que tu veux transmettre dans ta prochaine relation. C'est une question d'équilibre. Et quand les choses se déséquilibrent, ça devient vraiment infernal.

— Et tu parles en connaissance de cause, je présume.

— En effet. Heureusement, c'est du passé. Les relations n'ont rien de laborieux quand on est avec la bonne personne, mais c'est une chose qui se travaille.

— Oh, j'aime cette phrase ! Personne ne l'a jamais expliqué de cette façon.

Lissa prit un deuxième muffin. Elle en mangea la moitié en silence en pensant aux mots d'Ice.

— Est-ce que tout le monde vit ici dans le complexe ?

Ice lui lança un regard et hocha la tête.

— Dernièrement oui, tout le monde. Plusieurs appartements sont en cours d'aménagement et certains vont s'y installer au lieu de rester dans les chambres. Mais comme tout le reste, c'est un travail en cours.

Il y eut un silence de quelques instants, le regard d'Ice passant constamment des moniteurs à Lissa et inversement.

— Qu'est-ce qui te préoccupe ?

— Ma relation avec Stone en fait.

Lissa haussa les épaules.

— Tu sais, le truc normal des rendez-vous, et puis les nuits à divers endroits, suivies par la vie commune.

Elle rit.

— Nous avons en quelque sorte sauté toutes les autres parties et sommes allés directement à la dernière étape. J'ai peur de m'être immiscée, d'une certaine manière.

— Alors peut-être que plutôt que de t'inquiéter, tu devrais en parler à Stone et lui proposer de prendre un peu de temps juste pour vous deux, pour aller au cinéma ou sortir dîner, même d'un pique-nique sous le ciel bleu, et juste avoir une discussion.

Lissa se réjouit à cette idée.

— En fait, ça semble charmant.

Son esprit tournait. Les possibilités entraient et sortaient. Parce que c'était exactement ce dont elle avait envie : du temps avec Stone.

Puis Ice fit éclater sa bulle.

— Mais tu devras attendre que ce problème soit résolu, lui rappela Ice. Ne partez pas toutes les deux alors que des snipers nous suivent jusqu'ici.

— Bien sûr.

La réalité s'imposait une fois de plus.

IL NE SAVAIT pas si c'était par accident ou délibérément qu'il pouvait entendre des morceaux de conversation à travers le casque d'Ice, mais heureusement, son unité de communication fonctionnait très bien maintenant. Dans tous les cas, Stone était très heureux d'avoir pu entendre les filles discuter. Ça l'avait surpris, mais ça l'avait aussi aidé à se sentir beaucoup mieux à propos de Lissa. Et Ice avait raison : lui et Lissa avaient besoin de temps ensemble pour parler. Mais la réalité était une garce, et pour l'instant, Levi interrogeait un sniper assis sur une chaise dans le complexe.

— Ça sert à quoi de poser plus de questions quand cette ordure ne répond pas ? demanda Stone à Levi. Pourquoi ne pas appeler les autorités ? Ils ne sont qu'à un coup de fil.

Merk et Rhodes restèrent silencieux mais firent un petit signe de tête en direction de Levi.

Harrison renâcla.

— Laisse tomber. S'il ne répond pas, on va juste creuser un fossé derrière et le jeter dedans. Tu te souviens de ce commentaire sur la fosse commune ? Nous devons vraiment travailler dessus.

D'après l'apparence de l'homme assis sur la chaise, il

était d'origine mexicaine, probablement un rebelle de l'autre côté de la frontière qui avait besoin d'argent et avait donc accepté le travail. Il parlerait s'ils l'y forçaient, mais ils ne pourraient probablement pas croire ce qui sortirait de sa bouche.

Soudain, Stone en eut marre de toute cette histoire. Il regarda Levi et dit :

— Tue juste ce bâtard ! Rien de tout ça ne compte de toute façon.

Levi se retourna, marcha jusqu'au banc et prit une arme de poing. Il vérifia qu'elle était chargée et se retourna pour faire face à l'homme assis sur la chaise.

Quelque chose dans la voix de Stone et les actions de Levi devait indiquer qu'ils étaient sérieux et qu'ils n'avaient pas d'états d'âme concernant la vie ou de la mort du tireur, car tout à coup, l'homme le remarqua.

— Non, attends !

Levi s'arrêta et le regarda. Mais un air ennuyé se lisait sur son visage, comme s'il voulait dire : « *Fais-le bien ou sinon… »*.

— J'écoute. Il vaut mieux que ça en vaille la peine. J'ai déjà perdu assez de sommeil cette nuit.

— J'ai reçu un appel téléphonique. On m'a demandé de surveiller la propriété.

— Qui t'a appelé, quand, et pourquoi ?

Levi croisa les bras sur sa poitrine et s'adossa à l'établi.

— Je ne connais pas le nom du type. On ne pose pas ce genre de questions. Il a dit qu'il y aurait de l'argent pour l'information, si elle était bonne.

L'homme étendit ses mains :

— L'argent est un peu rare en ce moment. J'avais besoin de cette somme.

— Quelles informations devais-tu lui donner ?

— Il voulait savoir combien de personnes étaient ici et quel genre d'installations vous aviez. Il a compris qu'il s'agissait d'une grande propriété, et je devais faire une partie du chemin en voiture et le reste à pied. Mais je ne pouvais pas m'approcher plus près sans être vu.

Le visage de l'homme transpirait la sincérité. Stone avait tendance à le croire.

— Comment devais-tu lui transmettre l'information, et où devait être envoyé ton argent ? demanda Levi.

Stone faisait les cent pas, l'esprit occupé. Aucune rénovation n'avait été faite récemment, bien qu'ils se préparent à faire deux autres appartements. Mais il n'y avait pas eu d'ouvriers dernièrement. Ils ne recevaient même pas de courrier ici. Tout était pris en ville. Exprès. Tous ceux qui franchissaient les portes de cet endroit devaient être contrôlés et la sécurité devait être renforcée. Ils s'étaient occupés eux-mêmes des travaux.

Une personne bizarre prenait la route, voyait les portes fermées, tournait et repartait. Et il y en avait eu quelques-unes.

Ils pourraient vérifier les bandes de la caméra pour obtenir les plaques d'immatriculation des véhicules. Voilà une sacrément bonne idée.

L'isolement n'était pas tout, mais il éliminait beaucoup de variables dans une situation comme celle-ci.

Stone dit à Levi :

— Je vais aller vérifier les caméras de surveillance. Voir si nous avons eu des véhicules perdus dans le coin dernière-ment. Ça pourrait être l'homme qui l'a appelé.

— Bonne idée. En attendant, je vais tirer le reste des informations de ce bâtard.

Chapitre 19

QUAND ON FRAPPA à la porte, Lissa savait déjà qui se tenait derrière. Elle pouvait voir son visage sur les moniteurs du couloir. C'était ainsi qu'Ice avait vu Alfred arriver plus tôt. Lissa regarda Ice et demanda :

— Je peux ouvrir ?

Ice hocha la tête, son regard ne quittant pas les écrans devant elle. Lissa ouvrit la porte et sourit à Stone. Elle recula pour qu'il puisse entrer.

Il entra et demanda à voix basse :

— Comment ça va ?

Elle rayonnait.

— Je vais bien, merci. Comment vas-tu ? C'est toi qui es allé chercher cet homme.

Il haussa les épaules et commença à prendre une chaise à côté d'Ice.

— Ice, as-tu les vidéos des derniers jours ? Peut-être même d'une semaine. Nous recherchons tous les véhicules qui sont arrivés devant l'enceinte et qui ont fait demi-tour, comme s'ils s'attendaient à trouver autre chose. Tu sais, comme s'ils étaient perdus. Nous voulons les plaques d'immatriculation et si possible, des photos des conducteurs. D'une manière ou d'une autre, quelqu'un savait que nous étions ici. Et s'ils nous ont suivis, ils ont dû savoir que c'était un sens unique.

— À moins qu'ils n'utilisent Google Earth, dit Lissa, écoutant la conversation avec intérêt. Je fais ça tout le temps. Ça aurait montré les impasses et qu'un grand complexe était ici.

Ice régla le moniteur de vidéosurveillance, puis appuya sur « Start ». Lissa et Stone s'assirent côte à côte et regardèrent la vidéo en avance rapide. Ils ralentirent la vidéo en voyant une voiture arrivée six jours auparavant avec un couple âgé à l'intérieur. Ils étaient sortis et avaient regardé, puis avaient haussé les épaules, fait demi-tour et étaient partis vers la ville.

— Je suppose qu'ils étaient juste perdus ? dit Lissa.

— Probablement.

C'était assez logique puisque c'était un couple âgé. Lissa tourna la tête pour regarder la vidéo défiler à nouveau.

Deux jours plus tôt, un camion était arrivé, s'était arrêté dans le virage avant le portail et s'était garé. Pendant dix minutes, le conducteur était resté examiner l'enceinte. Stone se percha, puis ajusta rapidement le moniteur pour obtenir un gros plan. Il se figea.

— C'est lui, dit-il. C'est le gars qu'on retient en bas.

— Je croyais que tu avais dit que tu cherchais quelqu'un d'autre ?

— C'est ce qu'il a dit.

— Est-il possible que quelqu'un d'autre soit passé avant la semaine dernière ? demanda Lissa.

— Bien sûr, on reçoit des gens tout le temps, répondit Ice. Mais si ça te concerne, alors c'est arrivé après qu'on t'a sauvée en Afghanistan.

— Oh !

Elle avait oublié ça.

— Alors peut-être qu'on devrait parcourir le dernier jour

et demi et voir s'il y a eu un deuxième véhicule ?

Stone appuya sur le bouton, et les images se remirent à défiler. En face d'eux, après avoir noté la date et l'heure, Ice fit apparaître un autre flux depuis la crête. Le regard de Lissa allait d'un côté à l'autre, essayant de tout comprendre. Dès qu'ils eurent passé en revue le reste des vidéos et après avoir réalisé qu'aucun autre véhicule n'était apparu sur le premier moniteur, ils passèrent à l'autre qu'elle avait installé et appuyèrent sur « Play ». Bien sûr, un camion avait fait demi-tour sans entrer dans l'enceinte et était reparti par où il était venu. Ils ne purent suivre sa trace que pendant quelques kilomètres avant que le flux ne le perde de vue.

Stone se leva pour étudier le visage de l'homme clairement sur l'écran.

— Pouvez-vous identifier le conducteur à partir de l'image du moniteur ? Je peux à peine distinguer ses traits, demanda Lissa. Ou est-ce possible qu'il lui ressemble juste ?

Les deux autres la regardant fixement, Lissa haussa les épaules.

— Je me demande juste si vous vous êtes trompés sur l'identité du conducteur, et s'il n'y a pas en fait deux personnes.

— Je soupçonne que c'est le même conducteur les deux fois, dit Stone. Et il essaie de nous mettre sur une fausse piste en nous faisant croire qu'il y a quelqu'un d'autre. Je pense effectivement qu'il a probablement été contacté et engagé pour ce travail, mais ce commanditaire n'est pas venu ici lui-même, dit Stone en se dirigeant vers le seuil de la pièce. Il éviterait ce genre de chose s'il essaie de rester caché.

Cela avait un sens étrange pour elle aussi. Elle se leva impulsivement et dit :

— Je peux venir avec toi ?

Il se tourna vers elle, regarda Ice, puis hocha la tête.

— Nous avons le coupable en bas, dit-il, puis il tendit la main. Tu peux venir voir si tu le reconnais.

— Aucune raison pour que ce soit le cas, répliqua-t-elle en quittant la pièce.

Stone referma bien la porte derrière eux, laissant Ice enfermée à nouveau.

— Il y a toujours quelqu'un dans cette pièce ? demanda Lissa.

— Non, mais quand on a des problèmes de sécurité, comme en ce moment, il y a toujours quelqu'un qui surveille.

Elle acquiesça.

— En fait, ça m'aide à me sentir beaucoup mieux.

— Il n'y a pas forcément besoin de quelqu'un pour faire fonctionner l'ensemble du système, dit-il tranquillement. Il fonctionne automatiquement vingt-quatre heures sur vingt-quatre. Mais il n'envoie pas d'alertes si quelqu'un est vu, donc nous devons surveiller les écrans pour repérer un intrus en temps réel. Cependant, les vidéos sont toujours là pour s'y référer chaque jour, et tu peux parier que nous vérifions.

— Je n'avais pas envisagé que votre travail puisse être aussi dangereux, dit-elle. Je pensais que c'était juste à cause de moi.

Il rit.

— C'est peut-être le cas maintenant, dit-il, mais cet endroit a été attaqué il y a un mois, et ça n'avait rien à voir avec toi.

— Donc tu es en danger en habitant ici ?

Alors qu'il était plusieurs pas devant elle, il s'arrêta, se tourna pour la regarder et dit :

— Non, absolument pas. C'est probablement l'endroit le

plus sûr où l'on puisse être en ce moment.

Elle acquiesça, mais c'était difficile de trouver cela cohérent.

— Ma vie était très calme et tranquille, dit-elle. Jamais aucun de ces dangers ou secrets.

— La plupart du temps, nous n'en avons pas non plus. Mais comme nous travaillons dans le domaine de la sécurité privée, c'est notre boulot de gérer les problèmes partout dans le monde et nous essayons de nous assurer que nous ne ramenons pas ces problèmes à la maison. Il s'avança devant elle, toujours debout sur les marches, et continua : N'oublie pas ! Nous avons tous été bien entraînés dans l'armée et nous sommes bons dans ce que nous faisons. Il y aura toujours des ordures. Et il y aura toujours besoin de gens comme nous pour défendre les gens normaux.

Elle sourit.

— Vous êtes vraiment des héros, n'est-ce pas ?

Il rit.

— Oui, des *héros à louer.*

— Oh, mon Dieu, c'est un super nom !

Il se retourna pour la regarder, les sourcils levés, et dit :

— Bon sang, non ! Nous ne nous considérons pas comme des héros. Nous sommes juste des hommes.

— Des hommes avec des compétences très particulières, dit-elle. Si tu faisais de la publicité, oh, là, là, tu ferais un malheur.

D'une voix toujours taquine mais sur un ton plus froid, il dit :

— Ça n'arrivera pas.

Elle était tellement absorbée par la conversation qu'elle n'avait pas remarqué où il l'emmenait. Elle s'arrêta dans l'embrasure de la porte pour voir le reste des hommes rassemblés autour de quelqu'un assis sur une chaise. Et elle réalisa que c'était celui qui avait tiré sur Stone.

Soudain, la rage l'envahit. Elle s'approcha de lui, prit son élan et le frappa violemment au visage. Elle put entendre les hoquets de surprise des autres et Stone dit :

— Waouh, doucement !

Mais au lieu d'écouter, elle colla son visage à celui de l'étranger et dit :

— Et ça, c'est pour avoir essayé de tirer sur un des gars.

Puis elle fit un pas en arrière pour se mettre à côté de Stone, passant son bras au sien. Elle murmura entre ses lèvres :

— Crevure !

Les autres hommes jetèrent un coup d'œil à l'intrus sur la chaise, puis à elle, puis à nouveau au tireur – et ils sourirent.

Bon, c'était fait. Stone avait envie de lever les yeux au ciel, mais à l'intérieur, il souriait aussi. Il fallait beaucoup de cran pour tenir tête à quelqu'un comme ça, et penser qu'elle l'avait fait pour le défendre était tout simplement génial.

Mais il savait aussi que les gars ne laisseraient jamais passer ça. Il les regarda fixement, son regard passant du grand sourire de Rhodes à celui de Merk et au visage froid et dur de Levi, mais ses yeux pétillèrent. Personne ne l'avait manqué. Même Logan et Harrison toussaient et portaient leurs mains à leur bouche.

L'intrus la fixa juste en état de choc.

— Je n'ai tiré sur personne, sale garce ! Elle sursauta et fit un pas en avant, sa main s'élançant à nouveau derrière elle. Stone l'attrapa rapidement et l'attira à ses côtés.

— C'est bon, chérie. On va s'occuper de lui.

— Mais il ment, dit-elle avec indignation. Je l'ai vu te

tirer dessus. Crevure ! Cette fois, l'homme se tut et la regarda fixement.

Stone se plaça instinctivement devant elle, la protégeant de la rage de l'homme.

— Nous savons déjà ce que tu as fait. Je voulais voir si elle pouvait t'identifier, voir si une histoire commune t'avait amené dans sa vie.

— J'en ai rien à secouer de cette garce.

L'homme cracha par terre.

— Une balle serait la meilleure réponse pour elle.

Cette fois, le poing de Stone jaillit et s'écrasa sur la mâchoire de l'homme.

Au lieu de se retourner comme il l'avait fait après la gifle de Lissa, la tête de l'homme pencha sur le côté. Stone l'avait assommé.

— Stone, nous n'avions pas tout à fait fini de lui parler, dit Levi avec exaspération.

Splash.

Tout le monde jura et fit un pas en arrière alors qu'un seau d'eau glacée pleuvait sur le visage de l'intrus. Ils se retournèrent pour regarder Lissa, debout, tenant le seau vide à la main. Elle lança :

— Maintenant, Stone peut s'en prendre à lui à nouveau.

Et bien sûr, l'intrus secoua la tête en revenant à lui. Les hommes regardèrent Stone, puis elle, et secouèrent aussi la tête.

— Waouh, tu en as une bien vivante cette fois ! dit Merk à Stone.

— Cette fois ? Elle leva le menton vers Merk, qui effaça immédiatement le sourire de son visage.

— Je suis la dernière, dit-elle.

Elle se retourna vers Stone, qui l'étudiait comme s'il ne

savait pas quoi faire d'elle. Elle sourit.

— Tu as peut-être un passé, chéri, mais je suis ton avenir. Habitue-toi à ça ! Elle s'approcha et déposa un baiser sur son menton, aussi haut qu'elle pouvait l'atteindre, puis elle se tourna vers les autres et lança :

— Et qu'aucun d'entre vous ne l'oublie.

Elle se retourna et partit en trombe.

Stone la regarda partir. Il ne pouvait pas croire à ce qu'elle avait fait ou dit. Mais en même temps, les deux le firent sourire. Puis il rit. De grands éclats de rire qui résonnèrent dans le garage massif. Quand il se calma finalement, les autres se tenaient toujours en cercle, autour de l'intrus, mais fixaient Stone. Il sourit, gloussant toujours, et dit :

— Ne me regardez pas à la recherche de réponses ! Je n'en ai pas. Elle ne ressemble à rien que je connaisse.

— Tu peux nous le rappeler, répliqua Levi. Tu es sûr que tu es prêt pour ça ? Mais Stone ne pouvait pas retenir le sourire sur son visage, et il ne voulait pas non plus étouffer la joie qui l'envahissait. Il lui semblait qu'il avait vécu une vie si sérieuse et si sombre pendant si longtemps que la jeune femme était une bouffée d'air frais. Lissa étant imprévisible et définitivement unique, il n'était peut-être pas sûr d'être à la hauteur, mais hors de question qu'il laisse passer cette chance.

— J'ai intérêt à l'être, dit-il en souriant. Sinon, elle va me manger tout cru.

À ces mots, tout le groupe éclata de rire.

Chapitre 20

LISSA NE SAVAIT pas pourquoi elle avait fait part de ses attentes. C'était vraiment stupide. Stone et elle étaient loin de toute déclaration de statut de relation. Mais qu'est-ce qu'elle avait fait ? Ça n'avait aucun sens.

Elle en avait rejeté la faute sur ce bâtard sur la chaise. Elle avait vu rouge quand elle avait réalisé que c'était lui qui avait tiré sur Stone. Et quand il s'était évanoui, elle voulait juste le frapper à nouveau. Alors elle lui avait jeté de l'eau dessus. Mais tout ce qu'elle avait obtenu, c'était de faire rire les autres gars.

Elle leva une main tremblante à son front et souhaita avoir un peu de self-control. Elle était vraiment une idiote impulsive et stupide. Son père avait raison. Il n'arrêtait pas de lui dire : « Tu dois t'arrêter et penser aux répercussions de tes actions. » Il lui semblait que c'était tout ce qu'elle avait entendu en grandissant. Apparemment, ça n'avait pas servi à grand-chose, car elle était toujours aussi stupide.

Elle entra dans la cuisine et s'assit à la table, où elle pourrait être seule pendant un moment – avant de remarquer qu'elle ne l'était pas, en fait. On plaça une tasse de café devant elle. Elle se retourna et vit Alfred.

— Merci, dit-elle tristement. Je n'ai vraiment pas ma place ici, n'est-ce pas ? Il haussa les sourcils, fit le tour de la table, tira la chaise en face d'elle et s'assit.

— Pourquoi dis-tu cela ?

— Si tu avais vu ce que je viens de faire…

Elle secoua la tête.

— Je suis une idiote.

— Et parfois, nous avons tous besoin de cette bouffée d'air frais, déclara Alfred. Ce n'est pas parce que tu es différente que tu ne peux pas t'intégrer.

Elle le regarda d'un air absent.

— Ces gars ont beaucoup trop d'entraînement militaire, de discipline et de règles dans leur monde. Ils ont besoin de rires, de lumière et de soleil. C'est très important.

Elle le regarda et se demanda s'il essayait juste de l'aider à se sentir mieux.

— Ça a été beaucoup trop rapide et facile. Bon, d'accord, peut-être pas facile, mais certainement rapide.

— Quoi, toi et Stone ? Elle acquiesça.

— Il pense probablement que je suis une idiote.

— Stone a toujours dû être fort et dur, dit Alfred doucement. C'est ce qu'on attend de lui. Penser que tu es quelqu'un qui l'attire, ça me fait chaud au cœur et me donne de l'espoir pour son avenir.

Elle le regarda avec curiosité.

— Pourquoi ?

— Parce que ça veut dire que c'est quelque chose qu'il veut vraiment dans sa vie. Il veut du bonheur, des rires. Les quatre hommes qui ont commencé tout cela – Rhodes, Merk, Levi et Stone – ont fait certains des travaux les plus laids, les plus pénibles, les plus sombres et les plus violents que l'armée pouvait leur confier. Ils s'en sont toujours sortis avec brio, sauf lors de la dernière mission, déclara-t-il. Cela change une personne de voir et de faire tout cela. Stone n'a plus à vivre dans tant d'obscurité, mais il faudra quelqu'un comme toi pour le tirer vers la lumière.

Elle tambourinait des doigts sur sa joue en étudiant le visage d'Alfred.

— Stone semble si fort et autonome ! Si capable d'être seul. Il me donne l'impression qu'il n'y a pas de place pour moi.

Cette fois, le sourire d'Alfred, quand il vint, fut discret et doux.

— Ce n'est pas qu'il n'y a pas de place pour toi. Mais il s'est renfermé pour empêcher le monde d'entrer. C'est difficile, mais ils ont tous dû le faire, et il faudra quelqu'un de très spécial pour se faire une place dans leur cercle.

— Comment Ice s'intègre-t-elle dans tout ça ?

— C'était la pilote d'hélicoptère qui les a sauvés lors de leur dernière mission SEAL, admit Alfred. Levi et Ice ont finalement résolu leurs problèmes.

— Je ne peux pas imaginer qu'Ice n'ait pas sa place dans ce cercle. Ils la respectent et l'apprécient.

— Mais c'est aussi parce qu'elle sait que *c'est* sa place. Imagine si l'un d'eux essayait de lui dire autre chose.

Lissa sourit.

— Il y aurait des feux d'artifice.

— Exactement. Alfred se leva de sa chaise et ajouta : Penses-y !

Il prit son café et s'éloigna.

Elle le regarda fixement, se demandant s'il avait raison. Mais pour avoir cette confiance en elle, pour sentir qu'elle était exactement à sa place, elle devait savoir qu'ils ne pouvaient rien faire pour l'éloigner. Elle devait le reconnaître intérieurement.

Mais cela signifiait aussi qu'elle devait se lier bien plus à Stone. Bien qu'il l'ait laissée entrer, parfois… elle ne savait pas s'il le regrettait. Ils n'avaient pas eu la chance de le découvrir, tout ça parce que cette ordure était entrée dans leur vie.

Donc, en fait, le tireur l'empêchait d'avoir un avenir avec Stone, ce qui la mettait encore plus en colère.

Et pourtant, ce n'était pas seulement lui. C'était toute cette pagaille. Elle se leva avec sa tasse de café et se dirigea vers la pièce où les hommes discutaient avec l'intrus. Elle ne se fit pas voir, au cas où le flot de paroles s'arrêterait lorsqu'il la verrait. Il n'aimait manifestement pas les femmes, surtout pas elle.

Et peut-être qu'elle devait commencer par là.

Lorsque la conversation s'interrompit, elle contourna Stone, sa main se tendit automatiquement vers le haut pour s'accrocher à son coude. Elle demanda à l'intrus :

— Pourquoi ne m'appréciez-vous pas ? Le visage de l'intrus se ferma, et il cracha dans sa direction.

Elle sentit Stone se crisper sous sa main. Elle tapota son épais avant-bras et lui dit doucement :

— C'est bon. Il ne me connaît manifestement pas.

L'intrus claqua des doigts :

— Et je ne le voudrais pas. Tu n'es rien d'autre qu'une riche traîner de fonds de placement.

— Intéressant.

Elle étudia les autres hommes, réalisant qu'ils étaient d'accord. Donc ce type la connaissait vraiment, ou savait des choses sur elle.

— Est-ce le carburant que votre employeur a utilisé pour vous décider à faire ça ? Apprendre à détester quelqu'un qui a plus d'argent et qui est né avec une cuillère en argent dans la bouche ? Quelqu'un d'inutile, qui ne comprend pas la lutte, comment vous avez dû vous frayer un chemin dans la vie pour arriver là où vous êtes ? Il lui lança un regard noir.

— Exactement. Les gens comme toi. Inutile, qui ne sait rien faire, née avec du fric, morte avec du fric. Tu ne sais pas ce que c'est pour le reste d'entre nous.

Elle acquiesça.

— Rien de ce que je dis ne changera votre point de vue sur moi. Mais c'est intéressant que ce soit l'outil utilisé pour vous aider à me viser. Je suis une parmi tant d'autres donc j'aimerais quand même savoir : pourquoi moi ? Il ricana.

— C'est facile. Parce que même si tu es une garce riche, tu as pensé que tu pouvais tromper le système. Mais quand tu te mets au lit avec les mauvais garçons, tu as intérêt à faire le boulot ou à en payer le prix.

Il sourit.

— Dans ce cas, tu n'as pas fait le job mais tu as pris l'argent. Donc tu en paies le prix.

— D'accord, je vois que c'est ce que vous pensez. Au fait, quel est exactement le boulot que je devais faire ?

— Tu étais censée apporter cette saleté dans le pays et la remettre. Tu étais bien payée pour ce job. Maintenant tu vas payer pour les avoir bernés.

— Je n'ai pas été payée pour quoi que ce soit, protesta-t-elle.

Elle pouvait sentir l'attention de tous les hommes qui les encerclaient tous les deux. Mais elle savait aussi qu'elle n'osait pas rompre le contact visuel parce que le tireur parlait enfin.

— Et qu'est-ce que j'étais censée apporter exactement ?

Elle garda une voix légère, parlant sur le ton de la conversation. Mais c'était difficile car elle arrivait enfin au cœur du problème.

Il renifla.

— Ils ne m'ont pas dit exactement. Mais j'ai cru comprendre que c'était une sorte de drogue expérimentale.

Elle se retourna pour fixer Stone, puis l'intrus.

— Vous réalisez que tous mes bagages ont été saisis à l'aéroport de Londres, y compris cette drogue expérimentale, n'est-ce pas ? Il fronça les sourcils.

— Heathrow ? Elle hocha la tête.

— Oui, à Heathrow. Nous avons pris l'avion pour Londres avant de venir ici. Tous mes bagages ont été saisis, et je n'en ai jamais eu aucun avec moi.

L'intrus la dévisagea en état de choc, puis il éclata de rire.

— Oh, c'est gonflé ! Maintenant il n'y a plus rien pour sauver ta pauvre peau blanche.

Et il ricana davantage.

— Pas tant que les compagnies pharmaceutiques sont après toi.

PENDANT LE BRUNCH, le sujet fut longuement discuté. Mais la seule conclusion qu'ils tirèrent tous fut que quelqu'un avait glissé la drogue dans ses bagages, qui avaient ensuite été saisis à Heathrow. Et celui qui l'y avait glissée attendait la livraison ici aux États-Unis. Avec la drogue disparue, et quelqu'un qui l'attendait, Lissa, ainsi que l'équipe de Levi, avaient un problème.

L'intrus ne leur avait guère donné plus d'informations, mais avait confirmé qu'ils cherchaient des produits pharmaceutiques de qualité médicale. Avec cette information, Stone avait une bonne idée de ce qui se passait, mais il avait besoin de preuves. Et il fallait mettre la main sur Kevin. Il y avait plus d'une question qu'il voulait poser.

— Cela signifie également que quelqu'un du camp de

réfugiés, ou de terroristes, a mis la drogue dans mon sac, déclara Lissa.

Stone regarda son assiette. Elle mangeait à peine. La matinée avait été assez éprouvante pour les nerfs. Il lui donna un petit coup de coude.

— Mange ! Elle acquiesça et porta une autre cuillerée à sa bouche. Elle se tourna vers Levi et demanda :

— As-tu eu des nouvelles de Charles ?

— Juste quelques messages. Je dois le rappeler dès que nous aurons terminé ici. Il lui sourit : J'ai été un peu occupé ce matin.

— Tu as eu des nouvelles de Kevin ? Il secoua la tête.

— Non, mais je ne manquerai pas de demander à Charles.

Elle hocha la tête et se tut, mais elle ne mangeait plus. Elle jouait avec la nourriture dans son assiette.

Cela inquiétait Stone plus que tout. Il avait vu cette fille manger. Il finit son assiette et demanda :

— Qu'est-ce qui te tracasse ?

— J'ai peur que celui qui est derrière tout ça ait aussi tué Kevin… et Susan.

Le silence était lourd dans la pièce. Stone tourna son regard vers les autres. Pas étonnant que Lissa soit inquiète. Elle avait travaillé avec eux deux pendant des mois.

— Je n'avais pas l'intention de parler de ça, dit-elle doucement. Mais je dois aussi considérer qu'ils ont peut-être tué Marge.

— Tu penses qu'ils ont vu ou qu'ils savaient qui aurait pu mettre ça dans ton bagage ? Sinon, pourquoi les tuer ?

— Ou parce que les criminels l'ont aussi mis dans leurs bagages, dit-elle.

Des larmes remplirent ses yeux.

— Il y a juste tellement de morts en ce moment, ça semble être un lien logique pour se demander si peut-être ils n'étaient pas les deux premières victimes. Puis Marge.

Levi acquiesça, vida rapidement sa tasse de café et se leva.

— Il est temps pour moi de vérifier avec Charles.

Et il sortit.

Ice avait déjà fini de manger. Elle se leva et partit avec lui.

Lissa regarda Stone.

— C'est dur de penser que d'autres ont été tués ou blessés à cause de ça.

— Qu'ils l'aient fait ou non, ce n'est pas ta faute. Le fait est que parfois, dans ce monde les enfoirés se servent des gens comme de pions dans un jeu d'échecs pour éliminer les bons. Cela ne signifie toujours pas que tu en es responsable. Mais ça veut dire qu'on doit faire tout ce qu'on peut pour s'assurer que tu ne seras pas la prochaine.

Elle croisa les bras sur sa poitrine et hocha la tête.

— Et pour que ça soit possible, tu dois manger.

Il hocha la tête vers son assiette à moitié vide.

— Finis ça, et je t'emmène refaire une sieste.

Son ton était sec mais ses mots étaient taquins quand elle répliqua :

— Voilà le Stone que je connais. Toujours à essayer de me mettre dans son lit.

Stone jeta un coup d'œil aux gars restés dans la pièce. Lissa avait fait sauter toute couverture sur leur relation avec son discours plus tôt. Il pouvait tout aussi bien être honnête, là.

— Je suis presque sûr que c'est l'inverse, dit-il en riant. Je peux faire bien pire.

Elle termina rapidement son repas et se leva. Il adressa

un signe de tête au reste de l'équipe et la conduisit hors de la pièce. En haut, au deuxième étage, il l'emmena dans sa chambre et l'installa dans son lit.

— Tu veux que je reste ici, ou ça va aller ? Elle sourit.

— Ça va aller. Il y a une tonne de gens autour de cet endroit.

— C'est le cas. Mais ça ne veut pas dire qu'ils veilleront sur toi. On ne peut pas toujours voir quand quelqu'un a des problèmes.

— En dehors de ce cauchemar, je vais bien.

Elle se blottit plus profondément sous les couvertures et ferma les yeux.

Il attendit quelques minutes pour s'assurer qu'elle s'était bien endormie. Quand il comprit que c'était bien le cas, il se dirigea vers la porte et jeta un dernier coup d'œil. Par précaution, il sortit ses clés et verrouilla la porte. Au moins, elle serait enfermée à l'intérieur. Elle pourrait sortir si elle le voulait, mais il serait très difficile pour quelqu'un d'autre d'entrer.

Puis il se dirigea vers le bureau. Ice et Levi y étaient tous les deux. Levi était au téléphone avec Charles.

Stone regarda autour de lui et demanda :

— Qu'est-il arrivé à Sienna ? Ice ne leva pas la tête de la paperasse devant elle.

— Elle avait quelques choses à régler avant de s'installer ici à plein temps. Elle est attendue la semaine prochaine.

— Vraiment ? demanda Stone. Heureux d'entendre ça.

C'était une fille sympa. Elle aidait à améliorer la surcharge de testostérone autour du complexe. Elle pourrait aussi devenir amie avec Lissa.

— Oui. Alfred l'a conduite à l'aéroport quand nous étions en Afghanistan.

— Je dois être vraiment dans les vapes, vu que je n'ai pas remarqué qu'elle était partie jusqu'à maintenant. Je me sens un idiot.

— Charles a des nouvelles, annonça Levi en posant son téléphone sur le bureau. Kevin et Susan étaient presque sans ressources. Les factures médicales s'élèvent à des centaines de milliers de dollars, et leur maison en France a une seconde hypothèque.

— Ce qui est un motif juste là, dit Stone.

— J'ai essayé de localiser son téléphone, mais il est éteint ou mort. Ou il s'en est débarrassé, dit doucement Ice. Il y a quelque chose qui ne va pas chez lui.

— Charles avait une autre idée…

Stone se retourna pour regarder Levi.

— Quoi ?

— Le rapport initial de toxicologie sur Susan indiquait qu'un médicament expérimental avait été utilisé sur elle, et qu'ils n'avaient jamais vu auparavant.

— Intéressant. Ça correspond vraiment.

Stone réfléchit à ce qu'un tel médicament pouvait signifier.

— Je me demande quelle était la cause de la mort.

— Arrêt cardiaque, pour le moment, dit Levi. J'ai parlé à Merk plus tôt, et il n'a rien trouvé parmi ses tuyaux. Rhodes non plus pour l'instant.

— Je ne suis pas surpris, dit Ice. Une fois que nous serons sur le marché pharmaceutique, le monde s'ouvrira aux suspects.

— Charles a mentionné une société appelée Narque Ltd. Elle est connue pour être du côté obscur de la loi.

— Harold Jorgenson dirige cette entreprise.

Ice sourit en voyant la surprise sur leurs visages.

— J'ai entendu mon père dire du mal de lui et de sa so-ciété dans le passé. La réputation de Jorgenson est plutôt mauvaise.

— Bien. Donc nous devons envoyer un message. Leur faire savoir que Susan est morte et que Kevin a disparu. Il n'y a ni drogue ni argent, dit Stone en hochant la tête. Facile, non ?

— En fait, ça pourrait l'être.

Ice se tourna vers Levi :

— Appelle Bullard !

Levi haussa les sourcils.

— Bonne idée.

Il était déjà en train de passer l'appel.

Stone s'approcha et s'assit sur une chaise libre.

— Je connais à peine Sienna.

À ce moment-là, Ice releva la tête et sourit.

— Je pense que tu as une autre fille en tête, Stone. Sienna n'a pas vraiment fait l'affaire.

— C'est une fille sympa, mais je pense qu'elle est beau-coup plus dans le style de Rhodes.

Ice inclina la tête sur le côté et le regarda.

— Intéressant. Pourquoi lui ?

Il haussa les épaules.

— Il y a une alchimie entre eux deux.

Ice hocha la tête.

— Tu as vu ça, n'est-ce pas ?

— Oh, oui, je l'ai vu. Je pense que tout le monde l'a vu.

— Ce n'est pas parce qu'il y a une alchimie que c'est bien.

Stone s'arrêta et l'étudia pendant un moment.

— Est-ce que ça s'adresse à moi ou à Rhodes ?

Elle leva un regard neutre vers lui et ajouta :

— Celui qui convient.

Il l'étudia pendant un long moment.

— Tu as un problème avec Lissa ?

Il préférait vraiment le savoir d'emblée, car s'il commençait une relation – d'accord, il avait largement dépassé le point de départ, mais si leur histoire se concrétisait ici, ils vivaient tous à proximité.

Elle secoua la tête.

— Non, en fait je l'aime vraiment bien. Elle a de la jugeote. Et ça vaut beaucoup. Mais c'est aussi une femme fragile. Et tu as le pouvoir de lui briser le cœur.

Il grimaça.

— N'as-tu jamais envisagé qu'elle a peut-être le pouvoir de briser le lien ?

À ce moment-là, Ice sourit. Et quand elle le fit, il était facile de voir la déesse en elle. D'une voix douce, elle continua :

— C'est comme ça que ça doit être.

Levi termina son appel et se retourna pour les rejoindre.

— Bullard connaît Jorgenson. Il va passer un coup de fil mais ne peut rien promettre.

— C'est suffisant. Nous avons fait ce que nous pouvions pour le moment. Ça pourrait nous débarrasser de lui. Stone haussa les épaules : Et ça pourrait ne pas suffire. Si Kevin est toujours en vie, il a intérêt à avoir la marchandise, tout leur argent, ou une sacrée bonne cachette pour vivre le reste de sa vie.

Stone acquiesça d'un bref hochement de tête, puis étudia Levi un moment et dit :

— Je sais qu'il est encore trop tôt pour parler de ma relation avec Lissa, mais est-ce que quelques chambres ne sont pas en train d'être réhabilitées en appartements ?

Levi hocha la tête.

— Et l'une d'entre elles sera prévue pour vous, sans aucun doute. Je ne sais pas ce qu'elle fait, ni même si elle a besoin de faire quoi que ce soit comme travail, mais il faudra prendre cela en compte également.

Il étudia Stone.

— Tu es sûr que tu es prêt pour ça ? Tu la connais à peine.

— Je sais. Et peut-être pas, mais soyons prêts au cas où ça marcherait. Et puis elle a besoin d'un endroit où rester en attendant. Une fois que ce sera fini, qui sait ?

Stone regarda au loin. C'*était* rapide. Mais c'était aussi une histoire pour laquelle il ne voulait pas *ne pas* être prêt. Il hocha la tête.

— Je ne connais pas non plus les détails de sa situation financière. Mais elle devra prendre elle-même certaines décisions à ce sujet.

Il s'installa dans le fauteuil entre eux deux.

— En fait, je me trouve dans une position à laquelle je ne m'attendais pas.

— Elle est jeune, mais pas tant que ça, dit doucement Ice. N'oublie pas que seule une jeunette serait bouleversée par l'amputation. Une femme ne cillerait même pas.

Peut-être que, pour la première fois, Stone le crut.

Il repensa à la plupart des femmes avec lesquelles il avait passé du temps, pas seulement au cours de l'année dernière, mais des dix dernières. Toutes étaient des relations à court terme. Plutôt un bon moment, pas une relation à long terme. Bien qu'elles puissent considérer comme amusant de faire l'amour avec un unijambiste, il ne voyait vraiment aucune d'entre elles le supporter durablement.

Cela ne parlait pas en faveur de son jugement quand il

s'agissait de femmes. Et pourtant… cette situation était très différente. Il était presque sûr que Lissa avait remarqué sa jambe dès le début. Pourtant, au lit, elle ne semblait pas s'en soucier.

Chapitre 21

QUAND LISSA SE réveilla la fois suivante, c'était comme un retour à la maison. Elle était dans le lit de Stone depuis assez longtemps pour se sentir bien. Elle n'était pas non plus pressée de partir. En fait, elle souhaitait avoir ce qu'elle avait appelé une « journée pyjama », où elle n'avait pas à s'habiller mais pouvait simplement paresser au lit toute la journée. Cela faisait longtemps que sa vie n'avait pas été assez calme pour permettre un tel luxe. Des souvenirs lui revenaient en mémoire à propos du sniper et de tous les problèmes de sécurité qui avaient eu lieu ici dernièrement.

Elle se déplaça pour s'asseoir et s'adosser à la tête de lit. Elle attrapa son nouveau téléphone. Elle avait dormi des heures.

Elle étudia son téléphone puis décida d'essayer quelques personnes qu'elle connaissait du camp de réfugiés. Elle sortit la serviette sur laquelle elle avait écrit tous ses contacts et vit le nom de Kevin.

Il fallait vraiment qu'elle les enregistre dans son téléphone. Elle composa rapidement son numéro. Il y avait peu de chances que ça fonctionne. La moitié des personnes impliquées dans ce cauchemar s'attendait à ce que Kevin soit mort. Mais elle avait toujours de l'espoir. Peut-être que c'était juste devenu trop, et qu'il était parti.

Bon sang, elle pouvait voir ça arriver n'importe quand.

Si elle venait de perdre son mari, qu'elle était coincée dans un pays étranger et qu'elle n'avait aucun moyen de gérer la logistique liée à l'enquête de police ou à l'enterrement de son conjoint, elle serait tellement stressée qu'elle pourrait tout simplement s'en aller. Et ils pourraient tous être à la recherche d'un croque-mitaine.

Le téléphone continuait à sonner et, au moment où elle allait l'éteindre, un homme décrocha et dit :

— Allô ?

Elle sourit.

— Kevin ?

— Oui, qui est-ce ?

Elle rebondit dans son lit, se redressant contre la tête de lit.

— C'est Lissa, s'écria-t-elle. Oh, mon Dieu ! J'ai enfin réussi à te joindre.

Mais un étrange silence s'installa à l'autre bout du fil. Puis l'homme dit d'un ton dur :

— Je suis désolé. Mauvais numéro. N'appelez plus ici !

Et il raccrocha.

Elle regarda fixement, choquée.

— Je pourrais jurer que c'était sa voix. Et il a dit oui à son nom, se dit-elle à haute voix.

Elle fixa le téléphone mais ne savait pas quoi faire. Et puis elle réalisa qu'elle devait le dire à quelqu'un. Elle se glissa hors du lit, téléphone en main, et se dirigea vers la salle de contrôle. Elle ne savait pas si Stone serait là, mais elle était sûre que quelqu'un serait devant les écrans.

Elle l'espérait. Elle frappa un coup rapide à la porte. Elle ne se souvenait pas du numéro spécifique que Stone avait utilisé plus tôt, mais s'ils regardaient les moniteurs, quelqu'un la verrait ici.

Stone ouvrit la porte avec un grand sourire et dit :

— C'était une courte sieste. Je ne m'attendais pas à ce que tu te lèves si tôt.

— Mais elle était merveilleuse.

Elle lui sourit.

— Écoute, un truc étrange vient d'arriver. Je ne sais pas si ça veut dire quelque chose, mais j'ai pensé que je devais en parler à quelqu'un.

Il ouvrit la porte.

— Entre !

Ice était là, ainsi que Levi.

Elle tendit son téléphone et expliqua rapidement. Levi se redressa lentement sur sa chaise et dit doucement :

— As-tu reconnu sa voix ?

Instantanément, elle acquiesça.

— Je lui ai parlé plusieurs fois au téléphone au cours des derniers mois, dit-elle. Même si c'est un téléphone différent avec plus de bruit de fond, j'ai reconnu sa voix.

— Intéressant.

Stone fit apparaître le dernier numéro qu'elle avait composé et le montra à Ice. Elle le nota et fit rapidement quelque chose sur le clavier.

Lissa regarda et demanda :

— Qu'est-ce que tu fais avec, Ice ?

— Une recherche pour voir si je peux trouver qui en est le propriétaire.

— Tu crois que c'était lui et qu'il ne voulait pas te reconnaître ? demanda Stone à ses côtés.

C'était une question rhétorique car elle savait déjà que c'était exactement ce qu'il avait fait.

— Je ne comprends pas pourquoi.

Le silence s'installa.

Son regard passa d'un visage à l'autre.

— Vous pensez qu'il est impliqué ?

— Nous ne pensons rien pour l'instant, déclara Stone de manière rassurante. Mais ce serait bien de lui poser quelques questions et d'éclaircir certains points.

Elle réfléchit et réalisa qu'elle aimerait poser certaines de ces questions à Kevin elle-même.

— O.K., c'est logique. J'imagine qu'il fera tout son possible pour obtenir un autre téléphone dès que possible s'il est impliqué.

— Bien sûr. Nous allons faire ce que nous pouvons pour le moment. Voir si on peut trouver dans quel pays il était quand il a répondu. Ice va s'en charger. Ça nous en dira un peu plus.

— Tu peux faire ça ?

— Je vais passer quelques appels. Je vais voir ce que je peux faire.

Elle attrapa un téléphone et, quelques secondes plus tard, elle parlait à celui qui avait répondu à l'autre bout.

Stone leur fit signe de sortir de la petite pièce. Difficile pour Ice d'avoir une conversation au téléphone avec d'autres personnes qui parlaient en même temps. Il ferma la porte et dit :

— Ne t'inquiète pas, Lissa ! Nous allons trouver une solution. Et si tu allais à la cuisine voir s'il y a du café ?

— Bien sûr, ça pourrait me faire du bien. Si tu as quelques minutes, tu peux te joindre à moi ? demanda-t-elle à Stone.

— Je les ai certainement. La compagnie d'assurances t'a-t-elle contactée ? Tu as besoin d'aller en ville pour autre chose ?

— Honnêtement, je laisse mon téléphone éteint la plupart du temps. Je n'ai vraiment pas envie de m'occuper de beaucoup plus en ce moment.

— Tu l'as juste allumé pour appeler K vin ?

Ils traversèrent le couloir en direction de la cuisine.

— J'avais l'intention de contacter d'autres personnes du camp de réfugiés. Je me suis fait beaucoup d'amis là-bas. Elle le regarda et ajouta : Je me suis souvenue que j'avais copié tous les numéros de mon ancien téléphone pendant que nous étions dans l'avion pour Londres. J'ai vu le numéro de Kevin et je l'ai composé, termina-t-elle quand ils arrivèrent dans la cuisine.

— Joli, dit-il d'une voix admirative.

Elle secoua la tête.

— J'aurais dû y penser plus tôt.

Il rit.

— Bon travail quand même.

Dans la cuisine, il remplit deux tasses de café. Avec elle à ses côtés, il marcha jusqu'à la petite table devant les fenêtres et ils s'assirent.

Ils n'étaient pas là depuis plus de quelques minutes quand le téléphone de Stone sonna. Il le sortit et dit :

— C'est Ice. Elle a besoin de me voir quelques minutes.

Lissa lui fit signe de partir.

— Vas-y ! Je serai bien ici.

Il se leva et la regarda. Elle lui sourit.

— Vas-y !

— O.K., je ne serai pas long.

Laissant sa tasse de café derrière lui, il quitta la pièce d'un pas rapide.

Elle sortit son portable et y jeta un coup d'œil, puis prit la serviette avec le reste des numéros dessus. C'était presque le même que le dernier, juste mis à jour. Elle entra les numéros. Elle enregistra ceux de son père, de sa mère, et ensuite celui de son avocat. C'était toujours un bon numéro à mettre là-dedans. Avec un sourire en coin, elle continua à entrer les autres. Quand celui de Marge apparut, elle se figea, le chagrin la submergeant une fois de plus.

Kevin ne pouvait sûrement pas être impliqué dans quelque chose d'aussi horrible. Il était médecin. Il s'occupait de soigner, pas de tuer des gens. Et même s'il avait eu besoin d'un médicament ou d'ingrédients pour faire quelque chose de sa propre création, pourquoi n'aurait-il pas fait d'autres plans avant d'en arriver là ?

Peut-être que Susan avait quelque chose à voir avec ça. Lissa réfléchit à son déclin rapide. Comme les bagages du couple n'étaient pas avec eux, Susan avait posé beaucoup de questions insistantes à ce sujet. On leur avait dit qu'ils allaient arriver, mais ils n'étaient jamais arrivés.

Et l'esprit de Lissa s'illumina. Peut-être que c'était un bon type de médicament. Peut-être que Susan avait une maladie particulière et que le médicament la maintenait en vie. Mais à la minute où elle n'avait plus pu avoir la dose suivante, elle avait vite dégringolé, en quelques jours. Dès qu'ils n'avaient plus eu accès à leurs bagages. Lorsqu'ils eurent atteint l'Angleterre, toujours sans bagages, en moins de vingt-quatre heures elle avait été emmenée à l'hôpital. Cela expliquerait aussi pourquoi Kevin avait disparu. Parce que si quelqu'un savait pour les médicaments, ils l'auraient interrogé.

Et cela signifiait que Lissa devait parler aux autres à nouveau. Elle se leva, prit son café, et se retourna, pour voir Stone entrer à nouveau.

— Te voilà ! s'écria-t-elle.

Il leva les sourcils.

— Je ne suis parti que quelques minutes.

Elle acquiesça.

— J'ai pensé à autre chose. Quelle est la probabilité que Susan ait utilisé la drogue que les douanes ont trouvée dans mes bagages ? Et que sans, elle soit morte.

Il se figea, examinant l'hypothèse sous toutes les coutures. Puis, avec un signe de tête rapide, il dit :

— Je reviens dans une minute.

Sur le seuil de la porte, il se retourna, s'arrêta, et lança :

— Reste ici !

En riant, elle s'assit et prit une autre gorgée. Mais à l'intérieur, elle se sentait beaucoup mieux. Ils étaient sur la bonne voie. S'ils pouvaient juste obtenir quelques réponses, ils pourraient mettre un terme à tout ça. Il n'y avait aucune raison pour qu'on continue à la traquer.

Elle regarda le téléphone, elle avait quelque chose à dire à Kevin. Il ne savait probablement pas que ses bagages ne lui étaient jamais parvenus. Si Charles avait envoyé quelqu'un le prévenir, alors il aurait su que les bagages étaient retenus à la douane. Mais maintenant que Susan était morte, quel était l'intérêt ?

À moins que le médicament n'ait réussi à faire ce pour quoi il avait été conçu, c'est-à-dire prolonger la vie et retarder l'apparition de la maladie.

Elle ouvrit son téléphone et recomposa rapidement le numéro de Kevin. Cette fois, quand il sonna, elle tomba immédiatement sur la messagerie vocale. Une voix automatique qui ne laissait aucun nom. Elle dit rapide ent :

— Kevin, mes bagages ne sont pas arrivés avec moi aux États-Unis. Ils ont été saisis par les autorités britanniques. Si tu cherches quelque chose, je ne l'ai pas.

Elle raccrocha, et elle réalisa que ses mains tremblaient.

— C'est un message intéressant, dit Stone, debout à côté d'elle.

Il s'appuya contre le mur, les bras croisés sur sa poitrine.

— Pourquoi fais-tu ça ?

Elle se retourna sur son siège pour lui faire face.

— Je ne veux pas qu'il pense que, s'il a caché quelque chose dans mes bagages, il y a une chance que je l'aie encore.

— Parce que ça sonnait aussi comme si tu lui disais que tu avais perdu le paquet.

Elle en resta bouche bée.

— Quoi ?!

Puis elle comprit et se leva d'un bond.

— Oh, mon Dieu ! Tu ne peux pas croire que je savais que je transportais cette drogue.

— Non. Ça ne m'a jamais traversé l'esprit jusqu'à ce que j'entende le message que tu as laissé.

Elle secoua la tête avec insistance.

— J'essayais seulement de lui dire de laisser tomber. Que s'il avait caché quelque chose avec moi, je ne l'ai pas.

— À moins qu'il ne te l'ait envoyé d'une autre manière. En plus grande quantité, peut-être.

Le regard intense de Stone l'étudiait.

Elle fronça les sourcils.

— Comment ça, à moins qu'il me l'ait envoyé ?

Il haussa les épaules.

Elle le fixa.

— Il aurait pu, mais ça serait toujours à la poste parce que je ne suis pas allée chercher mon courrier ces huit derniers mois.

— Je croyais que Marge avait récupéré ton courrier ?

Lissa fronça les sourcils et dit :

— Oui, ce qu'il y avait dans la maison, mais les colis

seraient toujours à la poste, n'est-ce pas ?

— À moins qu'elle n'ait pris l'avis et ne soit allée chercher les paquets pour toi.

— Mais il faudrait qu'elle ait ma carte d'identité, protesta-t-elle.

— Ou *quelqu'un d'autre* devait le faire.

Elle s'assit en arrière, choquée.

— Attends une minute ! Tu dis qu'il est possible que Marge ait ramassé le courrier qui aurait contenu un avis de passage ? Et que le tueur l'ait intercepté et ait pris le paquet ? Ou que l'avis soit toujours dans la maison de Marge ?

Le silence s'installa d'abord, puis il fit un petit signe de tête.

— J'ai besoin de mon courrier de toute façon. On peut y retourner et voir ? demanda-t-elle.

— Allons-y maintenant.

Stone regarda sa montre et dit :

— Il nous reste encore quelques heures. Je vais le dire aux autres.

Elle s'assit tranquillement. Ses pensées étaient confuses. Stone lui faisait-il confiance ? Ou était-elle vraiment suspecte ? Et si oui, avaient-ils vraiment une relation quelconque, ou était-elle en train de se leurrer ? Était-ce une sorte de stratagème pour qu'elle soit surveillée de près au cas où elle déraperait ?

— Alors, dans leur esprit, j'ai juste dérapé, marmonna-t-elle.

Le cœur lourd, elle retourna dans la chambre où elle s'était réveillée et prit son sac à main. Elle aperçut son seul sac d'affaires de la veille. Elle y ajouta quelques trucs et réalisa à quel point il serait facile de l'emporter maintenant. Elle pourrait passer la nuit à l'hôtel. Elle n'avait pas besoin de rester ici. En fait, c'était probablement mieux si elle partait maintenant.

Dans ce cas, elle devrait conduire son propre véhicule pour être autonome.

Stone entra dans la pièce derrière elle.

— Tu es prête ?

Elle se retourna et prit le sac de ses affaires avec un « oui » défiant.

Au ton qu'elle avait employé, son regard se porta sur le sac, puis sur elle.

— Tu déménages ?

— C'est probablement mieux, vu que tu ne me fais pas confiance.

Elle fit plusieurs pas vers le seuil, mais il se plaça devant elle, croisant les bras, lui bloquant le passage.

— Et… ajouta-t-elle, peut-être que tu ne l'as *jamais* fait.

D'un geste du bras, elle engloba la pièce derrière elle.

— Peut-être que tout cela n'était qu'une comédie, pour s'assurer que tu restais proche de la *suspecte*.

Son regard passa de l'étonnement à l'incrédulité, puis il éclata d'un fou rire. Il s'avança, lui prit le sac des mains et le jeta sur le lit. Puis il l'entoura de ses bras et la serra contre sa poitrine.

— Je pourrais faire beaucoup de choses au nom du travail à accomplir pour sauver la vie de quelqu'un d'autre, dit-il, mais je n'ai jamais couché avec quiconque pour cela. Et je ne le ferai jamais. Oui, tu m'as troublé avec ce message, mais ton explication est également raisonnable. Ce sont des moments difficiles ces temps-ci, et nous devons envisager toutes les possibilités. Non, je n'ai jamais pensé que tu étais coupable. Et, non, je ne pense pas que tu le sois maintenant.

Elle mit les mains dans son dos.

— Tu me rends folle, cria-t-elle. J'avais l'habitude d'avoir une vie normale.

Il fit un pas en arrière, puis utilisa un doigt pour relever son menton et dit :

— Tu n'as jamais eu une vie normale. Mais avec un peu de chance, quand tout ça se calmera, tu découvriras ce que ça veut dire.

IL N'AURAIT PAS dû se moquer d'elle. Ce n'était pas juste. Mais elle était sur la défensive, et il réalisa qu'elle avait dû mal prendre ses questions plus tôt. Bien sûr, elles l'avaient blessée. Mais rien de ce qu'elle avait dit par la suite ne l'avait inquiété. Il avait toujours su qu'elle était innocente. Il avait juste été étonné en entendant le message.

Il devait maintenant faire de son mieux pour qu'elle le croie, car il avait confiance en elle. Lorsqu'il l'avait rencontrée pour la première fois, il s'était inquiété de son manque de considération pour les actes de son père. Comme s'il n'y aurait pas de représailles. Mais Stone avait fini par comprendre et s'était aperçu qu'il avait eu tort. Elle était beaucoup de choses, mais insouciante et sans cœur n'en faisaient pas partie.

Il tendit la main, la prit et dit :

— Allons-y ! Nous n'avons pas beaucoup de temps pour aller à la poste avant qu'elle ne ferme. As-tu pensé à appeler le camp de réfugiés pour voir si des colis t'ont été envoyés là-bas ?

Il haussa les épaules.

— Mais quelqu'un l'aurait-il fait sans que tu le saches ?

— Peut-être, mais je ne sais pas pourquoi.

Elle lui tourna le dos.

— Mais cela signifierait aussi que quelqu'un avait compris que tu rentrais chez toi, ou que quelqu'un récupérait ton courrier pour toi.

— Ou ils ont seulement envisagé la seconde option, et puis quand nous avons été enlevés et que nous sommes finalement rentrés à la maison, ils ont réalisé qu'il y avait un changement de plans puisque j'étais maintenant ici.

Il étudia son visage alors qu'ils marchaient vers la porte d'entrée.

— C'est possible.

Il désigna le gros camion.

— Nous allons le prendre. Tu peux les appeler pendant qu'on roule ?

— Bien sûr.

Alors qu'il les emmenait hors du complexe et se dirigeait vers la ville, elle demanda :

— Doit-on demander la permission d'entrer dans la maison de Marge ?

— Levi s'en occupe.

Il sourit à l'expression de son visage.

Mais bien sûr que Levi était sur le coup. Ils devaient prendre en compte tous les aspects de l'affaire. Ils travaillaient avec la loi, pas contre elle. Sauf s'ils y étaient contraints.

Son téléphone sonna alors qu'il tournait sur l'autoroute principale. Il le sortit de sa poche et l'accrocha au tableau de bord. Après avoir appuyé sur le bouton, il lança :

— Hé, Levi ! Quoi de neuf ?

— La police dit que vous pouvez aller chez Marge. Ils sont d'accord pour que Lissa prenne le courrier qui s'y trouve tant que son nom est dessus. Un officier va vous rejoindre là-bas. N'entrez pas avant son arrivée !

— Bien, d'accord. On va l'attendre.

— Garde aussi l'œil ouvert ! Nous attendons que les officiers transfèrent notre prisonnier. Vous devriez les croiser bientôt. Peux-tu m'appeler quand tu les verras ?

— Entendu.

Stone continua à rouler. Juste avant d'entrer en ville, il dépassa un gros SUV noir avec un pare-brise en verre fumé. Il salua le conducteur, puis se pencha pour composer le numéro de Levi sur son téléphone. Quand il répondit, Stone dit :

— Je viens de dépasser un véhicule, Levi.

— Merci. Où es-tu ?

— À la limite de la ville.

— O.K., donc il est à dix minutes.

Ils purent entendre Levi parler à quelqu'un en arrière-plan. Il reprit l'appel et ajouta :

— Soyez prudents en ville !

Puis il raccrocha.

Stone fixa le pare-brise. Il savait exactement ce que les derniers mots de Levi signifiaient, mais espérait que Lissa ne le savait pas.

Il aurait dû s'en douter.

Chapitre 22

ELLE N'AVAIT PAS envie de demander quel danger particulier les attendait en ville. Son imagination était déjà en marche depuis des jours. Elle n'avait pas besoin d'un autre carburant comme cette nouvelle alarme. Mais avec Stone à ses côtés, elle se sentait assez confiante dans leur capacité à gérer tout ça.

Détestant ce sentiment de malheur imminent, et étant incapable d'y faire quoi que ce soit, elle sortit son téléphone et appela le bureau principal du camp de réfugiés. Elle espérait que Cindy y travaillait toujours. Elles avaient été de bonnes amies, passant souvent beaucoup de temps ensemble.

— Allô ?

Lissa sourit.

— Cindy ? C'est toi ? C'est Lissa.

Le choc de la surprise fut suivi d'une exclamation enthousiaste.

— Oh, mon Dieu ! Lissa, tu vas bien ? Nous étions si inquiets pour toi après l'enlèvement ! Nous avons appris que tu avais été sauvée, mais ça a dû être terrible, s'écria-t-elle.

— C'est une des raisons pour lesquelles j'appelle, dit Lissa. Je voulais te faire savoir que je vais bien. On a été sauvés des terroristes, on s'est envolés pour l'Angleterre, et maintenant je suis de retour aux États-Unis. Saine et sauve.

— Oh, Dieu merci ! C'était si terrible. Nous sommes

restés sous le choc pendant des jours.

— Avez-vous augmenté la sécurité après notre enlèvement ?

— Oh, oui, très bien. Est-ce que Kevin et Susan vont bien ? demanda-t-elle.

— Malheureusement, Susan ne s'en est pas sortie.

La voix de Lissa se brisa de douleur.

— Nous sommes allés jusqu'en Angleterre, mais elle est morte à l'hôpital. On aurait dit qu'elle était très malade. Elle n'était peut-être même pas au courant.

— Oh, non ! C'est tellement triste. Elle était vraiment malade. Kevin a dit qu'elle suivait un traitement constant pour une sorte de maladie du sang.

— Oh, malheureuse ! Je suis vraiment désolée d'entendre ça. Comment se fait-il que je ne l'aie pas su ?

—Je le savais parce que je devais parfois aller chercher des médicaments pour Kevin. Ils étaient vraiment chers.

— Ça a dû être amusant de sortir d'Afghanistan.

Cindy rit.

— La plupart du temps, il envoyait des trucs à leurs adresses dans une de ses maisons. Et puis les médicaments étaient là à les attendre quand ils arrivaient.

Et ça amena tout un tas de nouvelles questions.

— Je ne savais même pas qu'ils avaient des maisons.

Elle se tourna pour étudier Stone, qui prêtait attention à la route et à sa conversation.

— D'habitude, je les envoyais en France et en Angleterre. Ils ont une maison dans les deux pays, d'après ce que j'ai compris.

— En as-tu envoyé récemment pour lui, avant notre enlèvement ?

— Juste un pour les États-Unis.

Cindy s'arrêta. Puis elle dit :

— Je me souviens maintenant. Le dernier colis que j'ai envoyé était pour toi.

— Oh, j'ai complètement oublié le colis posté pour moi !

Mais elle se retourna pour regarder Stone et secoua la tête comme pour s'assurer qu'il la croyait.

— Tu as dû oublier, car Kevin m'a demandé de te l'envoyer pour que tu le gardes en lieu sûr. Ils venaient pour la conférence à Houston cette semaine. Tu t'en souviens ?

—Ah oui, c'est vrai. Avec tout ce qui se passe, ça m'a échappé.

— Maintenant que Susan est partie, il ne viendra peut-être pas.

— Bien, je peux lui demander. S'il veut que j'envoie le colis ailleurs, je peux aussi.

— Quand tu parleras à Kevin, présente-lui mes condoléances. Susan était un tel amour !

— Elle l'était.

Lissa raccrocha après ça. Puis elle fit part à Stone de ce qui se passait.

— Intéressant. Je me demande si ce paquet est déjà arrivé. C'est une bonne nouvelle pour nous si ce n'est pas le cas.

Il conduisit le camion jusqu'à un feu rouge. Il jeta un coup d'œil des deux côtés, puis tourna à gauche. Ils s'arrêtèrent devant la maison de Marge si vite qu'elle n'avait même pas réalisé qu'ils en étaient si proches.

Un des officiers locaux se tenait dehors et les attendait. Ils se dirigèrent lentement vers lui. Lissa passa son bras sous celui de Stone, reconnaissante qu'il soit là avec elle dans cette maison. Elle ne voulait pas y entrer seule, ni voir le chaos à nouveau. Elle savait que le corps de Marge avait été emmené à la morgue, mais elle doutait qu'on ait fait le ménage.

Elle n'était pas sûre de savoir qui était responsable d'une telle horreur.

Espérons que la compagnie d'assurances interviendrait. Elle s'arrêta devant la porte d'entrée et prit une profonde inspiration. Il fallut un moment pour que son regard dépasse le saccage causé par l'intrus et qu'elle pense logiquement à l'endroit où Marge aurait mis son courrier.

— Elle a dit que c'était dans un panier, lança Lissa à Stone.

Ils entrèrent dans le salon et en cherchèrent un sur le sol ou sur les étagères, mais ils ne trouvèrent rien. Ils se dirigèrent vers la cuisine et y jetèrent un coup d'œil.

Sur le comptoir, contre la porte de l'arrière-cuisine, se trouvait un petit panier contenant du courrier. Stone le souleva pour qu'elle y jette un coup d'œil.

— On dirait que le sien et le mien sont mélangés.

Elle détourna les yeux des taches de sang sur le sol de la cuisine ; la chaise semblait être encore dans la même position que quand Marge y avait été attachée. Lissa parcourut le courrier et en sortit quatorze enveloppes portant son nom. Rien ne mentionnait les colis qui l'attendaient quelque part.

Ils continuèrent à chercher dans les armoires pour trouver autre chose, mais il était logique que le panier soit l'endroit où elle gardait tout. Ils le remirent à sa place, puis se tournèrent vers l'adjoint et lui montrèrent le courrier qu'elle avait sorti. Elle montra sa carte d'identité pour prouver qui elle était, et il les laissa partir avec. Quand ils remontèrent dans le camion, elle baissa la vitre et prit plusieurs grandes inspirations.

— Tu vas bien ?

— Je ne suis pas sûre d'aller bien un jour, chuchota-t-elle. Rien que d'être dans cette maison, j'avais presque tout refoulé, mais la revoir…

Elle sentit sa main s'enrouler autour de la sienne. Il caressa ses doigts pendant un long moment avant de poser sa main sur sa cuisse. Il démarra le moteur.

— Que penses-tu de passer devant chez toi ? Nous pouvons vérifier si du courrier est arrivé aujourd'hui ou depuis la dernière visite de Marge.

— Pourquoi pas. C'est sur le chemin de la poste de toute façon.

— C'est suffisant.

Lorsqu'ils s'arrêtèrent devant chez elle cinq minutes plus tard, et son cœur se brisa. C'était le dernier endroit où elle voulait être. D'autre part, s'ils entraient et sortaient vite, ils pourraient avoir la chance de trouver ce qu'ils cherchaient.

Seulement, elle se tenait dans le salon quinze minutes plus tard et réalisait que rien n'était si simple. Ils n'avaient rien trouvé ici. Courrier ou autre.

— On peut partir maintenant ? demanda-t-elle.

Elle se dirigea vers la porte d'entrée et l'ouvrit. Elle avait hâte de s'en aller d'ici. En ce qui la concernait, elle ne reviendrait jamais.

Il la rejoignit et ils quittèrent la maison ensemble, fermant derrière eux. Quand elle eut entendu la porte se verrouiller, elle descendit les marches jusqu'au camion.

— Tu penses que quelqu'un nous regarde ?

— Je ne le pense pas pour l'instant. Mais continuons à procéder toujours avec prudence, en partant du principe que c'est possible.

Ils descendirent la rue jusqu'au bureau de poste et se garèrent. Elle resta assise dans le camion pendant quelques minutes, fixant simplement la porte d'entrée du bâtiment.

— Alors je dois juste demander s'il y a un colis pour moi ?

— Ça te dérange ?

Elle haussa les épaules.

— Ça semble bizarre. Je ne suis pas censée avoir un avis de passage ou quelque chose comme ça ?

Il rit.

— C'est moi qui parlerai.

— Bien.

Elle rit à son tour.

— J'aime cette idée.

Elle sauta du camion et se mit à marcher à côté de lui. À l'intérieur, il se dirigea directement vers le premier comptoir.

Sans préambule, il annonça :

— Bonjour. Lissa, ici présente, dit-il en se tournant et en la tirant vers l'avant, passant son bras autour de son épaule, vient de rentrer de huit mois de voyage. Elle attendait un colis, mais nous n'en avons pas encore vu la trace. Son amie récuperait son courrier, mais elle a été… vous l'avez peut-être entendu, mais elle a été assassinée. Sa maison a été saccagée. Nous n'avons donc aucun moyen de savoir si un avis a été laissé pour que Lissa le récupère ou non.

Il fit son fichu sourire de bourreau des cœurs à l'employée.

La femme, assez âgée, fondit. Elle se tourna vers Lissa.

— Oh, ma pauvre chérie ! Quel est le nom de famille ? Je vais aller vérifier.

— Brampton, dit-elle doucement. Et merci.

— Pas de problème. Le courrier est arrivé en retard aujourd'hui, donc nous avons pas mal de colis à trier.

Elle disparut dans une pièce à l'arrière.

Stone et Lissa se tenaient silencieusement et attendaient

dans la poste vide. C'était presque l'heure de la fermeture.

Comme la dame ne revenait pas tout de suite, Lissa fit les cent pas avec impatience.

— Eh bien, nous avons trouvé votre colis.

La femme sortit, portant une petite boîte.

— Si vous avez votre carte d'identité, je peux vérifier que c'est le vôtre.

Lissa l'avait déjà sortie. La femme la contrôla, puis lui remit la boîte.

— Voilà !

— Pendant qu'on est là, on peut peut-être faire un formulaire de changement d'adresse pour faire suivre son courrier.

— Bien sûr.

La postière déposa un formulaire devant Stone.

— Remplissez ce formulaire et rendez-le-moi pour six mois de réexpédition !

Après quoi ils eurent terminé.

Alors qu'ils marchaient vers le camion, la dame les suivit et ferma la porte du bureau de poste.

— Bon timing, dit Stone alors qu'ils montaient dans le camion.

Lissa ne dit rien. Elle était encore en train d'étudier sa demande de formulaire de changement d'adresse – et celle qu'il avait écrite. C'était logique, vu qu'elle ne retournait pas chez elle et qu'elle n'avait plus Marge pour ramasser le courrier manqué. C'était quand même étrange. Comme un sceau validant ses arrangements de vie avec l'équipe, avec Stone.

— Tu reconnais le paquet ?

Elle regarda fixement la simple boîte en carton marron. Son nom était inscrit sur le devant, mais aucune marque d'identification n'y figurait. Elle vérifia tous les autres côtés, mais rien n'indiquait sa provenance, à part le timbre spécifiant qu'il venait d'Afghanistan.

— C'est ce que Cindy a dit. Mais je n'ai aucune idée de ce que c'est, répondit-elle en se retournant pour le regarder. Tu veux l'ouvrir ici ou le ramener à la maison ?

— Pourquoi ne pas aller au café, on y jettera un coup d'œil et on rentrera.

IL SAVAIT QU'IL avait pris la bonne décision en proposant de prendre un café au bout du pâté de maisons. Ce n'était pas vraiment un rendez-vous, mais c'étaient quelques minutes sans rapport avec le travail, loin des autres. Il s'était précipité et l'avait devancée en lui proposant de faire suivre son courrier au complexe, annulant ainsi leur décision précédente. Mais elle n'avait pas protesté, bien qu'elle soit restée silencieuse pendant qu'ils étaient dans le camion.

Il s'arrêta et se gara, puis la conduisit à une petite alcôve au fond du restaurant. Il commanda du café pour eux.

— Vous voulez manger ?

Elle secoua la tête.

— Alfred prépare un grand dîner. Nous avons le temps de prendre un café, mais c'est à peu près tout.

Évidemment. Ils se pliaient à l'emploi du temps d'Alfred ici aussi. Stone regarda sa montre et dit :

— Nous avons une demi-heure.

Il sortit son couteau de poche et le lui offrit.

Elle secoua la tête et rapprocha la boîte de lui.

— Pour autant que je sache, ce truc va exploser.

Il répondit du tac au tac et elle éclata d'un rire joyeux.

Il sourit et défit délicatement le colis. Il ouvrit le carton, en sortit un autre plus petit, frappé du logo d'un parfum de marque très populaire et très cher. Fronçant les sourcils tout en se demandant si ce Kevin était sérieusement brillant ou stupide, Stone l'ouvrit à son tour et trouva le parfum.

Il souleva avec précaution la bouteille de la boîte et remarqua le sceau autour du goulot, mais en l'examinant de plus près, il constata qu'il s'agissait en fait de ruban adhésif, bien fait.

Remettant la bouteille à l'intérieur, il la remballa ensuite dans le carton de la poste. Il le garda près de lui tandis qu'il levait sa tasse de café et en prenait une gorgée, regardant Lissa par-dessus le bord.

Il posa les questions qui brûlaient au fond de son esprit.

— Où te vois-tu dans six mois ? Qu'est-ce que tu te vois faire ?

Surprise, elle posa sa tasse et leva la tête pour le fixer.

— Tu es sérieux ?

— Oui, tout à fait.

Et il attendit.

— Tu sais, je ne m'attendais pas à ce que tu poses cette question.

Elle désigna la boîte du menton.

— C'est ça, la question que j'attendais.

Il haussa les épaules.

— C'est assez évident ce que c'est, d'où ça vient, et comment c'est arrivé ici. Les bonnes réponses viendront avec le temps.

Il baissa sa tasse et ajouta :

— Ce que je ne sais pas, c'est ce que tu veux. Veux-tu aller chez une amie ? Être avec ta famille ? Ou ailleurs ? Que veux-tu pour toi-même ?

— Et si je n'ai pas de réponse à te donner ? demanda-t-elle avec curiosité.

Il attendit un moment puis demanda :

— Tu n'en as pas la moindre idée ?

Ça ne se passait pas exactement comme il le souhaitait. Mais ils s'étaient engagés dans une relation, et il voulait savoir si elle s'investissait dedans. Quand il l'avait vue prendre son sac, prête à partir aujourd'hui, ça lui avait presque brisé le cœur. Il avait alors réalisé qu'il devait faire quelque chose pour au moins savoir où il allait avec elle.

Il ne voulait pas s'engager sans but dans une relation qui n'était fondée sur rien d'autre que les circonstances. Il voulait savoir où ils en étaient.

La porte du café s'ouvrit avec fracas. Il jeta un coup d'œil, notant que la plupart des tables étaient vides, puis aperçut le visage de l'homme et se raidit.

Lissa se retourna sur son siège et sursauta.

— Kevin ?

Chapitre 23

L ISSA REGARDA, CHOQUÉE, Kevin entrer dans le restaurant et s'asseoir à côté d'elle. Puis elle sentit le métal froid du canon d'une arme contre ses côtes, mais il ne la regarda même pas. Il gardait le regard fixé sur Stone. Un homme intelligent. Stone l'aurait déchiré membre par membre pour ça.

— Je dirais bien que c'est bon de te voir, Kevin, mais apparemment ce n'est pas le cas, commença-t-elle d'un ton caustique. As-tu tué ta femme ?

Pour la première fois, elle vit un regard douloureux sur son visage.

Le canon du pistolet se pressa plus fort dans ses côtes.

— Non, c'est toi.

Elle haleta.

— Je n'ai rien à voir avec ça. Tu ne peux pas m'en rendre responsable.

Elle colla son visage au sien, ignorant la pression du canon de l'arme contre ses côtes.

— En plus, c'est grâce à moi que toi et ta femme avez été sauvés.

Il lui lança un regard noir.

— J'avais besoin du sac de Susan. Celui que les kidnappeurs ont pris. Si nous avions pu le garder avec nous, elle serait en vie en ce moment.

Elle réfléchit un peu.

— Tu savais que la drogue était là-dedans.

— Bien sûr. Il nous accompagnait partout. Jusqu'à l'enlèvement, dit-il avec amertume.

— Mais alors pourquoi le veux-tu maintenant ? Et pourquoi me l'envoyer ?

Elle fit un geste vers la boîte :

— Quelle différence cela fait-il maintenant ? Elle est morte.

— Mais pas moi, cracha-t-il. Et j'ai la même fichue maladie.

— Oh, non ! s'exclama-t-elle en le regardant avec horreur. Pourquoi ne demandes-tu pas de l'aide alors ?

— As-tu la moindre idée de ce que cela coûte ? Ce ne sont pas des dizaines, mais des centaines de milliers de dollars pour le traitement. Et nous n'avons pas d'assurance maladie. On a passé les dix dernières années à voyager dans le monde entier pour soigner les gens. Pour garder les autres en vie. Quand il s'est agi de nous faire aider, personne n'a voulu nous couvrir. Susan était déjà malade, et je montrais des symptômes. Aucune compagnie d'assurances n'a voulu nous couvrir aux conditions préexistantes pour les médicaments dont nous avions besoin pour nous maintenir en vie afin de pouvoir continuer à aider les autres. En fin de compte, tout le monde s'en fichait, dit-il avec amertume. Il n'y a qu'un seul traitement, et il a été fabriqué en Europe. Il était très cher et difficile à obtenir, mais j'ai continué à creuser et à creuser. J'ai fini par comprendre comment le fabriquer. J'ai un diplôme en chimie et suffisamment de connaissances en physiologie et en immunité pour créer le mien. Il a fallu plusieurs essais, mais nous n'avions rien à perdre. Nous étions en train de mourir de toute façon. Finalement, j'ai trouvé celui qui fonctionnait. Nous savions que ce n'était pas un remède, mais ça ralentissait la progression.

Il haussa les épaules.

— C'était tout ce que nous pouvions espérer. Nous nous attendions à vivre encore plus de trente ans de cette façon.

— Mais c'est merveilleux ! Tu peux fabriquer le médicament, te sauver, et le donner au monde pour que d'autres puissent être soignés.

— Quiconque le veut devra payer pour. Il lui lança un regard noir. Sais-tu ce que c'est que de mendier pour un programme basique de soins de santé ? C'est révoltant. Nous avons passé des années à aider les autres, et pourtant personne ne veut faire la même chose pour nous. C'est ce que je retiens de tout ça. Si quelqu'un d'autre veut ce foutu médicament, alors il devra payer pour le traitement.

N'appréciant pas ce qu'elle entendait, elle s'assit. Devant elle, ce n'était plus le même homme que celui avec lequel elle avait travaillé pendant des mois. À la place, elle voyait le résultat amer et dur d'un homme qui avait combattu et perdu une lutte, et sa femme en conséquence.

— Je suis vraiment désolée pour Susan, dit-elle. Je ne savais pas qu'elle était malade.

Elle fit un signe de tête vers la boîte avec le parfum à l'intérieur.

— Prends-la ! Prends-la et va-t'en !

— Ce n'est plus aussi simple.

Il tourna sa fureur vers Stone.

— Tu as impliqué ces types-là.

— *Je* n'ai impliqué personne. Mon père les a engagés pour nous sauver. Nous sommes allés à l'aéroport pour récupérer nos sacs, et on nous a dit qu'ils étaient bloqués à la douane parce qu'ils avaient trouvé quelque chose de bizarre.

Ta concoction de médicament, dit-elle de manière accusatrice.

— Oui, et si ces sacs avaient été autorisés, je n'aurais pas eu besoin de ce que je t'ai envoyé.

Il haussa les épaules.

— J'ai envoyé une cargaison chez moi en France, mais elle a également été saisie. Les fonctionnaires français veulent m'en parler, dit-il avec amertume. Et pour couronner le tout, nous avons déjà été payés pour le produit. Maintenant, ils veulent la marchandise. Ils la veulent *toute*.

— Mais ils ne peuvent pas avoir celle d'Angleterre parce que tout a déjà été détruit, et vous ne pouvez pas accéder à la cargaison en France, dit Stone calmement. Donc vous avez ça, et rien d'autre.

Lissa s'écria :

— Donne-leur ce que tu as et dis-leur que tu peux en faire plus.

— Non. J'ai besoin de ce flacon pour moi, pour rester en vie, dit-il en tendant le bras pour attraper le médicament. Je suis seulement venu ici pour le prendre chez toi. Tu n'aurais même pas été là, donc je n'aurais fait aucun mal à personne. Les dealers étaient censés l'avoir, mais je ne peux pas me permettre de les laisser le récupérer maintenant. Ça va me tuer sinon. Et ils me tueront si je ne le fais pas. Je dois fuir avant qu'ils ne me trouvent. Au moins jusqu'à ce que je puisse rassembler les ingrédients pour en fabriquer davantage, et ce n'est pas si facile, finit-il, frustré. C'est illégal d'importer les ingrédients. Il vaut mieux que j'aille les chercher au Moyen-Orient.

— Ils vous ont déjà trouvé, n'est-ce pas ? demanda Stone.

Lissa fixa Stone.

— Qu'est-ce que tu veux dire ?

Son regard passa de l'un à l'autre.

— Stone ?

— Kevin n'a pas tué Marge. Il n'a pas non plus saccagé ta maison.

Stone se pencha en avant, le visage dur.

— Donc quelqu'un d'autre savait qu'il allait venir ici, et il a devancé Kevin, il était là depuis le début.

Il attendit un long moment, puis continua :

— C'est ça ?

Kevin fronça les sourcils.

— Oui, bon sang ! J'avais parlé au patron, Harold Jorgenson, du stock que j'avais envoyé ici parce que je pensais avoir les autres livraisons. Ça aurait été tellement différent si je ne l'avais pas fait ! Il était censé garder un œil sur la maison. Quand Marge s'est présentée pour récupérer le courrier, je lui ai dit de la suivre et de trouver où elle vivait pour pouvoir fouiller sa maison, mais il n'était pas censé faire de mal à qui que ce soit.

— Un peu tard pour ça, vu que Marge est morte, dit Stone d'une voix dure. Bien sûr, Narque Ltd a une longue histoire qui intéresse beaucoup les autorités. Nous avons attrapé plusieurs hommes de main de moindre importance, mais rien ne garantit que quelqu'un de plus haut placé dans la hiérarchie ne veuille pas encore votre peau.

Kevin eut l'air légèrement soulagé, mais il ne relâcha pas la pression de l'arme sur les côtes de Lissa.

Elle étudia son visage.

— C'est un scénario pourri depuis des jours, Kevin. Que dois-tu faire pour te sortir du pétrin ?

Il se tourna vers elle, une lueur dans les yeux.

— J'ai besoin d'argent, de beaucoup d'argent. Je dois les

rembourser.

— Fais-en plus et donne-leur ! Dis-leur que tu as besoin d'une semaine de plus.

Stone ajouta :

— Ou du temps qu'il faudra. Si vous leur donnez un peu de cette livraison pour qu'ils le testent, alors cela les retiendra un peu plus longtemps.

— Et s'il te reste de l'argent, donne-lui-en jusqu'à ce que tu aies le reste des médicaments.

Il fronça les lèvres en la regardant.

— L'argent n'est pas si facile à trouver ou à remettre, ricana-t-il.

— Quel choix as-tu ? demanda-t-elle calmement. Tu as déjà perdu Susan.

— Et Susan est partie terriblement vite ! ajouta Stone. Peut-être qu'elle ne réagissait pas comme vous le pensiez, ou peut-être que le médicament ne fonctionne pas comme vous le pensiez.

— C'est parce qu'elle n'a pas eu la dose suivante, dit-il, frustré. Si on avait eu juste ça, elle aurait été bien.

— Tu es sûr de ça ?

Parce que plus elle y pensait, plus Lissa se demandait si le médicament fonctionnait. Peut-être que Susan serait morte de toute façon, avec ou sans le médicament qu'il lui avait donné. Bien que Lissa n'ait aucune preuve, elle demanda :

— Est-ce que ça marche vraiment ?

Il se figea.

Elle se pencha en avant, choquée.

— Oh, mon Dieu ! Tu as pris de l'argent et promis une livraison pour un médicament qui ne fonctionne pas.

— En effet, confirma-t-il. C'est juste que Susan commençait à s'y habituer. Nous devions changer le dosage et la fréquence, mais nous n'avions plus de médicament pour.

Il regarda par la fenêtre, la douleur dans son regard.

— Le médicament l'a maintenue en vie pendant cette dernière année. Mais comme à tout médicament, le corps s'adapte. J'avais juste besoin de plus de temps. Son état s'était tellement amélioré…

— Ou il fallait plus de tests et vous avez manqué d'argent et de temps. Stone se pencha vers lui : N'est-ce pas exact ?

Kevin se pencha lui aussi, et les deux hommes se regardèrent fixement.

Puis soudain, Kevin s'affaissa sur son siège. Il retira le pistolet des côtes de Lissa et le rangea dans sa poche.

— Qu'est-ce que je vais faire ?

STONE ÉTUDIA L'HOMME en face de lui. Il n'appréciait pas que Kevin soit assis à côté de Lissa. C'était la dernière fois que Stone la laissait s'asseoir en face de lui à la table. Cela créait des situations comme celle-ci. Il bouillait de colère que Kevin ait pointé une arme sur Lissa.

Mais pour l'instant, ils devaient décider comment se sortir de ce pétrin.

— Comment nous avez-vous trouvés ?

Avec un regard vide, Kevin haussa les épaules.

— Ils t'ont surveillée. Ils m'ont dit de venir chercher la drogue.

Mince ! Stone craignait quelque chose de ce genre.

— Allons au complexe ! Levi peut trouver une solution.

Pendant un moment, Kevin eut l'air plein d'espoir, puis son visage se décomposa.

— Non, je ne peux pas faire ça.

Stone se leva. Il fit signe vers la porte.

— Alors je ramène Lissa chez elle.

Heureusement, toute volonté de combattre semblait avoir quitté Kevin. Il se leva docilement, empocha la bouteille, et marcha devant eux jusqu'à la porte d'entrée du restaurant. Stone la tint ouverte d'une main pour Lissa. Il jeta la boîte vide dans une poubelle derrière la porte.

En sortant, il entendit deux détonations fortes. Le corps de Kevin fut secoué avant de s'effondrer sur ses genoux.

Un homme s'éloignait de Kevin en courant. La bouteille dans la main. Il plongea dans une berline qui passait en trombe devant le café. Comme pour faire bonne mesure, ils tirèrent une fois de plus. Mais Stone s'était déjà élancé, projetant Lissa au sol et couvrant son corps du sien tout en poussant Kevin par terre.

Stone sentit son épaule trembler, puis entendit les pneus du véhicule crisser au loin.

Il roula sur Lissa, jurant comme un charretier. Lissa s'assit et cria.

— Tu es gravement blessé ? cria-t-elle. Oh, mon Dieu, ils ne peuvent pas continuer à s'en tirer comme ça.

— Je vais bien, c'est juste mon épaule.

Il s'assit et regarda le trou net dans sa chemise maintenant trempée de sang.

— Zut ! J'aimais bien cette chemise.

Elle se figea, se rapprocha et dit :

— Tu vas vraiment bien ?

Puis elle sourit.

— Eh bien, c'était une façon de mettre fin à tout ça.

— Content que tu t'amuses.

Stone sortit son téléphone de sa poche et le lui lança.

— Appelle Levi ! Fais-lui une mise à jour. Kevin est

mort, et le tireur a les médicaments. Dis à Levi d'informer Bullard aussi ! Ils en avaient après Kevin depuis le début. Espérons que ça s'arrête là. Nous allons laisser les autorités s'occuper de Narque Ltd.

Au loin, ils pouvaient entendre des sirènes. Quelqu'un avait appelé les flics, donc ils n'avaient plus à s'en occuper. Il s'allongea sur l'herbe et gémit doucement.

— Ce n'est pas comme ça que j'avais prévu notre soirée.

Elle s'agenouilla à côté de lui, mettant fin à son appel.

— Levi et l'équipe sont en chemin.

Elle prit sa main.

— Comment voulais-tu que ça se passe ?

Il émit un rire étranglé.

— J'avais prévu de discuter de notre avenir autour d'un café et peut-être de continuer un peu plus tard au lit.

Elle se pencha vers lui et le fixa dans les yeux.

— C'est ce que tu voulais savoir en me demandant *où je me vois dans six mois ?*

— Oui, chuchota-t-il. Mais tu n'étais pas prête à t'ouvrir.

— Je n'étais pas vraiment sûre de ce dont tu parlais.

Elle l'embrassa doucement sur les lèvres.

— Mais maintenant, je sais…

— Qu'est-ce que tu sais ?

— Que je veux passer les six prochains mois – selon la notification de ma nouvelle adresse – avec toi. Apprendre à te connaître, passer mes jours et mes nuits avec toi…

Il se leva et attrapa sa main.

— Tu dois réaliser que parfois mon travail est dangereux.

— Je sais.

Elle posa un doigt sur ses lèvres.

— Apparemment, le mien l'est aussi parfois.

— Es-tu prête pour ça ?

— Bien sûr que non, dit-elle doucement. Qui l'est, jusqu'à ce que ça arrive ? Mais ce que je peux te dire, c'est que je veux essayer.

— Tu en es sûre ?

— Absolument.

Elle sourit et baissa la tête.

— Avec une aile en mauvais état, tu vas sûrement passer les deux prochains jours au lit, non ? Nous avons beaucoup de choses à nous dire.

Ce fut ce qu'ils firent, et il réalisa qu'il avait enfin trouvé quelqu'un avec qui il pouvait être lui-même. Pas seulement dans les bons jours, mais aussi dans les jours plus mauvais, quand la vie semblait sombre et solitaire. Il lui faudrait beaucoup de temps pour s'ouvrir, mais pour la première fois, il se voyait le faire. S'abandonner et profiter de ce qu'il avait avec Lissa, dans tous les sens du terme.

Quelques jours au lit ? Bon sang, oui !

— Et beaucoup d'autres choses à faire ?

Il lui fit un sourire.

— En fonction de ce que tu désires, bien sûr.

— Je désire une chose et une seule.

Elle se pencha plus près. Elle murmura contre son oreille, son souffle chaud caressant son cou, faisant frissonner sa grande carcasse.

— Aime-moi, juste aime-moi !

Ses yeux s'agrandirent, il se tordit pour pouvoir lire son regard, et vit la sincérité.

— Cette partie-là, murmura-t-il, le cœur dans la gorge, je peux la faire facilement. En fait, je le fais déjà.

Elle posa doucement son front sur le sien, des larmes

brillant dans ses yeux.

— Merci, mon Dieu ! Je détestais penser que j'étais seule dans cette situation.

— J'étais perdu depuis le début, murmura-t-il.

Au diable son épaule. Tout ce qu'il voulait, c'était la serrer contre lui, toute la nuit.

Il savait qu'il n'en avait pas besoin, mais il ferait tout son possible pour prolonger sa guérison de plusieurs jours, juste pour pouvoir rester avec elle. Les gars comprendraient. Ils le charrieraient, mais ils feraient ce qu'ils pourraient pour lui donner du temps. La vie n'avait jamais été aussi belle.

Épilogue

M ERK DÉMÉNAGERAIT. C'ÉTAIT tout ce qu'il y avait à faire. Ou il insisterait pour que tous les emplois confiés par Levi soient en dehors de ce fichu État, ou mieux, du pays.

Le complexe était devenu *La croisière s'amuse* sur terre. Dégoûtant !

Il y avait beaucoup trop de regards amoureux et de moments d'étreinte pour que Merk puisse les gérer en tant que célibataire. Et il savait que Sienna avait été séduite aussi, tout comme Rhodes. D'accord, Merk n'était pas aussi mal en point qu'il le pensait, mais Legendary Security commençait à se faire un nom, et il n'était pas sûr que cet angle soit celui que Levi avait prévu.

Il passa devant Lissa et Stone assis à la table de la cuisine, les têtes penchées l'une vers l'autre alors qu'ils élaboraient des plans. Merk poussa un soupir de joie. D'accord, il était content pour le grand gars. Stone avait eu beaucoup plus de mal, peut-être plus que n'importe lequel d'entre eux, à trouver une relation stable. Mais là encore, Lissa était spéciale. Et depuis le premier jour, elle n'avait d'yeux que pour Stone.

Ils avaient l'air si bien ensemble !

Tout comme Levi et Ice. Difficile d'imaginer deux personnes mieux faites l'une pour l'autre. Il savait que l'unité de

Mason avait reçu le surnom de « Keepers », au grand dam des hommes, mais c'était sérieusement vrai. Maintenant, que faisait Levi ici ? Au lieu de leur surnom, « héros à louer », il semblait que « héros à aimer » était beaucoup plus approprié.

Merk secoua la tête et se dirigea vers le salon. Seul, encore. Il soupira. Parfois, il souhaitait avoir ce que les deux couples du complexe avaient, mais il n'avait aucune idée de la personne qui lui conviendrait parfaitement. Il avait eu de nombreuses relations, mais aucune n'avait fonctionné.

Mais là encore, il ne se faisait aucune illusion sur ce qu'elles étaient. Il avait été marié une fois. Non pas que ça ait compté. Combien de temps un mariage doit-il durer pour compter ? Cela n'avait pas d'importance non plus, le sien était terminé depuis longtemps. Mais il avait retenu la leçon et il n'avait pas l'intention de refaire cette erreur.

Pas dans cette vie.

Voilà qui conclut le tome 2 de *Héros à louer :
L'Abandon de Stone.*
Découvrez la suite avec *L'Erreur de Merk : Héros à louer,*
tome 3

Héros à louer,
L'Erreur de Merk,
tome 3

L'amour ne s'efface jamais…

Les blessures qui ont nécessité des mois d'arrêt appartiennent enfin au passé, et Merk navigue de mission en mission avec Legendary Security, ravi d'être à nouveau actif. Mais lorsque son ex-femme le contacte, paniquée et l'appelant à l'aide, il se précipite pour la rejoindre à temps… et se la faire enlever sous ses yeux.

Lorsque les problèmes lui tombent dessus, la première et seule pensée de Katina est pour son ex-mari Merk. Bien qu'ils ne se soient pas parlé depuis dix ans, rien de leur attirance mutuelle n'a changé. Au contraire, sa réaction envers lui est plus profonde et plus forte que jamais. Mais, alors qu'elle se remet de tout ce qu'ils avaient perdu, sa vie est en jeu et son seul objectif est de rester en vie.

Katina possède quelque chose que les autres veulent suffisamment pour tout risquer afin de l'obtenir, même si leur plan est diabolique, même s'ils doivent tuer quelqu'un pour l'obtenir…

Chapitre 1

— ÇA Y est, ma fille, se dit-elle.

Avec un dernier regard autour d'elle, Katina Marshal prit une profonde inspiration et se glissa dans sa voiture. Elle enfonça les clés dans le contact et démarra le moteur. Voulant que ses actions aient l'air aussi normales que possible, elle s'inséra dans la circulation à un rythme tranquille et resta sur sa voie. Elle ne put pas s'empêcher de regarder dans le rétroviseur pour voir si elle était suivie.

Après avoir appris l'information accablante, elle avait monté son plan pendant des jours, inconsciemment pendant des semaines, si ce n'était plus. Maintenant qu'elle était sur le point de le réaliser, ses mains transpiraient abondamment et son cœur cognait contre sa poitrine.

Tout dépendait de cette évasion.

Son regard se dirigea vers le rétroviseur du côté passager, un froncement de sourcils se dessina sur son front lorsqu'elle vit une voiture noire changer de voie pour se ranger derrière elle. Bon sang ! Elle scruta les traits du conducteur, mais ne pouvait pas le voir assez clairement. Elle expira, puis, d'un geste brusque, elle se mit sur la voie de gauche et ralentit. Une voiture klaxonna derrière elle, mais elle l'ignora.

La voiture noire la dépassa. Avec un soupir de soulagement, elle accéléra et se fondit dans le trafic. Elle n'avait pas de destination finale en tête, elle allait simplement vers l'ouest. Loin de sa meilleure amie. Quitter Anna était la chose la plus difficile à faire. Katina n'était pas attachée à son ancienne maison ni à la ville, mais Anna… Eh bien, Katina n'osait même pas s'arrêter pour lui dire au revoir, cela risquait de la mettre en danger.

Si seulement elle avait pu communiquer avec Merk ! Elle l'avait appelé plusieurs fois mais n'avait pas eu de réponse. Elle rit amèrement. « Comme s'il allait m'aider ! »

Katina savait qu'il était stupide de penser à lui sous cet angle, mais il était difficile de ne pas le faire. Il occupait une place particulière dans son cœur, et en plus, il avait suivi un entraînement militaire spécial après l'avoir quittée. Peut-être, juste peut-être, qu'il saurait comment gérer les problèmes. De *gros* problèmes.

Et peut-être qu'elle était seulement idiote.

Mieux valait prendre l'autoroute et continuer à fuir. Les gens après elle abandonneraient bien assez tôt.

N'est-ce pas ?

Incapable de se retenir, elle prit son téléphone et appela Merk une fois de plus.

S'il vous plaît, faites-le répondre !

DEUX JOURS DE voyage pour livrer en toute sécurité un prisonnier à Washington, puis un voyage de retour plus court, Merk Armand en avait assez des aéroports pour le moment. Le dernier voyage n'avait pas été mauvais, mais pas assez court. Il était prêt à rentrer à la maison depuis des jours. Il repéra son camion dans le parking longue durée, déverrouilla la porte et monta dedans, cherchant instinctivement son téléphone portable, toujours dans la boîte à gants où il l'avait laissé. Il trouva quatre messages, mais ne reconnut pas le numéro.

Tous de la même personne. De quelqu'un dont il pensait ne plus jamais entendre parler.

De son ex-femme, Katina. Il fut surpris d'entendre sa voix. Il rappela le numéro mais n'eut pas de réponse.

— Mince !

Il était trop fatigué pour ça, mais l'inquiétude le tenaillait. Il réessaya une heure plus tard quand il arriva à sa chambre. Encore une fois, pas de réponse.

Le lendemain, à la première heure, il appela une fois de plus. Toujours rien. Inquiet, il chercha son numéro dans son téléphone portable et essaya celui-là. Hors service. Tant pis pour cette idée. Déterminé à ne plus penser à ses appels, il se dirigea vers la porte du garage, pour aller en ville s'approvisionner. Une journée entière à faire des courses. Ô joie ! Mais c'était nécessaire. Les hommes faisaient des améliorations dans le complexe, et comme il venait de rentrer, Merk était celui qui avait le plus de temps pour s'en occuper.

Au moment où il entrait dans le garage, son portable sonna. Il le sortit. Encore Katina. Il répondit rapidement.

— Allô ? Katina ?

Seul un étrange bruit statique lui répondit. « Ce n'est pas vrai ! » pensa-t-il. Il coupa la communication, puis appuya rapidement sur « Rappeler ». Pas de réponse. Fronçant les sourcils, il se retourna vers le groupe qui travaillait dans le garage, leur salle de recherche et développement, et annonça :

— J'ai la liste, mais n'espérez pas que je revienne de sitôt maintenant que vous et Ice avez ajouté une demi-douzaine de choses à ma journée.

Merk se dirigea vers le camion, l'un des nombreux véhicules de société que Levi avait récupérés. La boîte que Levi avait créée avec Ice marchait très bien. Mais cela signifiait aussi qu'ils avaient des équipes qui allaient et venaient dans tout le pays, en fonction de leurs projets en cours. Parfois, il s'agissait d'un simple travail de sécurité, comme celui de Logan en Californie, qui dirigeait une équipe de gardes du corps pour un chanteur renommé.

Merk eut un frisson à cette pensée. Non pas qu'il ne puisse pas effectuer ce type de travail, mais ce ne serait pas son premier choix. Il était quelqu'un qui préférait les petits groupes, pas les grandes foules comme celle-ci. Et quand il dirigeait une équipe de sécurité, il voulait avoir carte blanche pour faire ce qui était nécessaire. Pas le haut commandement, mais une certaine autonomie. Et Logan aurait les mains plus ou moins liées.

Bien qu'être en Californie en ce moment ne soit pas une bonne idée. Merk avait besoin de comprendre ces appels bizarres de son ex-femme. Non pas que le terme « femme » s'applique vraiment ici. Ils ne se connaissaient que depuis quelques heures quand ils avaient décidé que se marier était une bonne idée. Au début, ils étaient sortis ensemble en partie parce qu'ils étaient tous les deux de Houston, et ça avait explosé à partir de là. Mais alors qu'attendait-il d'un week-end de fête sauvage à Vegas ? Il n'en avait pas honte, mais il n'en était pas fier non plus. Un de ces chapitres de sa vie qu'il aimerait appeler « clos ».

Il était jeune et stupide. Son dernier flirt avant de suivre l'entraînement BUD/S. Un groupe d'entre eux était descendu à Vegas pour la semaine, et il était tombé amoureux et avait fêté ça en se saoulant complètement. La dure réalité les avait frappés tous les deux le matin, en même temps que leur gueule de bois.

Ce ne fut que des années plus tard qu'il réalisa qu'il était sorti avec d'autres femmes qui lui ressemblaient exactement. Katina était petite et avait de longs cheveux blonds. Elle n'était ni ordinaire, ni superbe, mais quand elle souriait, son visage s'illuminait. Et il avait été instantanément fasciné. Assez pour acheter une licence de mariage sur-le-champ.

Bien sûr, les margaritas avaient peut-être eu quelque chose à voir avec ça, du moins avec le fait qu'ils soient allés jusqu'au bout. La tequila avait toujours été une boisson dangereuse pour lui, lui permettant de se faire plaisir sans montrer de signes, puis l'assommant quand il touchait le fond du verre. Ils avaient passé une nuit d'enfer et s'étaient tous deux réveillés le lendemain matin en état de choc et horrifiés.

C'était presque drôle, ridicule en fait, de voir à quelle vitesse ils s'étaient habillés, assis autour d'un café, et avaient trouvé comment réparer leur bêtise. Une fois qu'ils eurent terminé leurs recherches, pris les papiers et les eurent remplis, ils durent encore attendre un an avant de demander le divorce sans contestation. Mais ils firent ce qu'ils pouvaient à ce moment-là. Il partit pour sa formation le jour même.

D'une certaine manière, ça l'avait aussi aidé à traverser l'horrible cauchemar de l'entraînement. Rien de tel que de se voir comme l'imbécile que l'on était vraiment et d'être conscient que l'on devait changer. Cela l'avait aidé à se surpasser, à traverser les moments les plus pénibles et les plus sombres pour se trouver. Il était devenu un homme différent depuis. Et il n'avait jamais entendu parler de Katina après le divorce.

Jusqu'à maintenant. Il n'avait aucune idée de la raison de son appel. Quitter l'enceinte pour la journée serait parfait.

Il attendit que Stone déplace son camion, mais il resta dans l'embrasure de la porte à parler à Ice et Levi. Stone emmenait sa nouvelle petite amie, Lissa, dans le complexe. Lissa était un amour. Et elle avait vécu l'enfer et en était revenue. Merk avait participé à son sauvetage en Afghanistan, mais comme cela arrivait parfois, la guerre les avait suivis chez eux. La maison de Lissa avait été complètement saccagée, mais tout allait bien maintenant. Entre les estimations de l'assurance et les travaux à faire, ils avaient passé beaucoup de jours à faire des allers-retours à sa maison en ville.

Mais aujourd'hui, c'était le jour de leur emménagement dans un nouvel appartement du complexe. Tout en regardant Stone monter dans le camion et partir, Merk murmura :

— Bon sang, ça ne fait que six semaines qu'on l'a rencontrée ? On dirait qu'on la connaît depuis toujours.

Il sortit de l'enceinte, appuya sur l'accélérateur dès qu'il atteignit la route principale, et se dirigea vers Houston. Il rit en passant devant la petite ville située à quelques minutes de chez lui – et qui avait été le théâtre d'un incident assez dramatique ces derniers temps. Tout compte fait, Levi et la nouvelle compagnie avaient eu leur baptême du feu. Merk se pencha et appuya sur le bouton de la radio pour voir quelle musique il pouvait choisir. C'était de la country, et il n'aimait pas cette musique triste.

Après le divorce, il s'en était tenu à des relations très simples. Une seule grosse erreur dans sa vie était suffisante. Voir Ice et Levi se tirer de leurs embrouilles et devenir ce couple parfait lui aurait donné la nausée si tout le monde n'avait pas voulu la même chose pour eux aussi. Ice et Levi étaient dévoués l'un à l'autre.

Et maintenant, il y avait Stone, qui abandonnait enfin sa position de ne pas s'engager à long terme, amplifiée par la perte de sa jambe. Il était tombé amoureux de Lissa.

Merk avait l'impression que les deux femmes avaient tourné leurs regards d'entremetteuses vers tous les autres habitants du complexe. Et Merk secouait la tête, les mains levées en signe de protestation, en disant : « Ne me regardez pas ! Ne me regardez pas ! »

Merk emprunta la bretelle d'accès et s'engagea sur

l'autoroute. C'était une belle autoroute, et il aimait y conduire. À vingt minutes de la ville, son téléphone sonna. Il avait oublié de le brancher sur le tableau de bord. Il le plaça rapidement sur le support pour pouvoir parler en ayant les mains libres et dit :

— Bonjour !

En arrière-plan, il y avait un grésillement bizarre. Et encore plus de parasites. Il répéta :

— Allô, qui est à l'appareil ?

Puis vint une voix qui, bien qu'il ne l'ait pas entendue depuis dix ans, était impossible à confondre.

— Merk, c'est moi. Katina.

— Hé, je t'ai appelée !

Il sourit.

— Pourquoi est-ce que tu me contactes après tout ce temps ? Les papiers du divorce sont faux ou quoi ?

Il aurait souhaité pouvoir retirer ces mots-là. Ce mariage avait été une blague. Ne serait-il pas stupide que le divorce le soit aussi ?

— Non, rien de ce type, dit-elle précipitamment. Je suis dans le pétrin.

Il fronça les sourcils.

— Quel genre ?

D'après ce qu'il savait ou se souvenait de Katina, elle était juste une étudiante à Vegas, partante pour un week-end amusant. Elle l'avait ensorcelé dès le début. Mais elle n'était pas le genre de fille à s'attirer des ennuis.

— J'ai besoin de ton aide, s'il te plaît.

— Si je peux, dit-il prudemment. C'est quoi cette histoire ?

— Je suis à Houston en ce moment. J'ai besoin de parler avec toi.

— Je suis à presque quinze minutes du centre-ville. Je peux te retrouver pour déjeuner si tu veux.

Intérieurement, il se demandait ce qu'il était en train de faire. Elle était certes une partie de son passé, mais une porte qu'il devrait probablement laisser fermée.

— Joe's Bar and Grill sur Main Street. Tu connais ? dit-elle en haussant la voix de façon paniquée, précipitée, comme si elle craignait de manquer de temps avant qu'il n'accepte.

— Non, mais je trouverai.

Il entra dans la ville, détestant la circulation qui stagnait de tous côtés. Il savait vaguement où se trouvait Main Street, et il avait encore une heure avant le déjeuner.

— Retrouve-moi à midi !

Et elle raccrocha.

Inquiet, curieux, et frustré. Oui, c'était à peu près l'état des choses dans sa tête. Cela lui laissait moins d'une heure pour faire quelques arrêts et se rendre sur place pour déjeuner. Il n'avait même pas prévu de s'arrêter pour manger, mais de toute évidence, sa journée était déjà bien entamée, alors tant pis.

Le temps de s'arrêter au Joe's Bar and Grill et de se garer à l'arrière, il avait dix minutes de retard. Il avait appelé Katina pour la prévenir qu'il serait en retard mais n'avait pas eu de réponse. Et pas de messagerie vocale. Il entra dans le bar enfumé d'un quartier louche de la ville, se demandant ce qu'elle pouvait bien faire ici.

L'étudiante propre et en bonne santé qui espérait fêter son vingt et unième anniversaire d'une manière mémorable n'aurait jamais été surprise dans un endroit comme celui-ci.

Puis il s'interrompit. Bon sang, ils avaient été ensemble dans une chapelle de mariage d'Elvis Presley. Alors peut-être que ce n'était pas aussi loin qu'il le pensait. Il s'assit près d'une fenêtre et commanda une bière. Il fallait que cette journée ait aussi du bon, alors il le prenait maintenant sous forme liquide.

Il ne se permettait pas de boire beaucoup. Ils devaient être prêts à partir pour la mission suivante n'importe quand. Ils devaient garder le regard vif, l'esprit alerte et toutes leurs facultés physiques et mentales intactes pour ne pas se laisser surprendre. De plus, Vegas était toujours dans un coin de sa tête.

Merk attendit dix minutes, sirotant lentement son verre, se demandant ce qui se passait. Mais aucune trace de Katina. Il pouvait voir la circulation sur Main Street, mais pas l'arrière du bâtiment, et son instinct lui disait qu'il devait changer de côté. Et si elle attendait à l'arrière, ne voulant pas entrer ? Si elle avait des problèmes, ça compliquait toutes sortes de choses.

Il commanda un café et demanda au barman de le lui apporter de l'autre côté du bar. Avec désinvolture, essayant de ne pas attirer l'attention sur lui, il s'assit de façon à pouvoir regarder le parking. Il n'y avait personne. Pensant qu'elle lui avait posé un lapin, il finit son café et se leva. Si elle avait besoin d'aide, soit il était trop tard, soit elle avait changé d'avis.

L'hypothèse « trop tard » était inquiétante, car cela pouvait signifier que ses ennuis l'avaient trouvée bien plus vite qu'elle ne l'avait prévu. Il retourna dehors et se tint près de la porte.

— Je n'ai pas le temps pour ces embrouilles. Ma journée est déjà bien remplie.

Il se dirigeait vers le parking quand il crut la voir près d'une petite voiture rouge.

Ses pas ralentirent tandis qu'il l'étudiait. La taille et la silhouette correspondaient à peu près, mais il ne l'avait pas vue depuis onze ans et elle lui tournait le dos. Elle était aussi trop loin pour avoir un bon aperçu. Déterminé à faire toute la lumière sur cette affaire, s'il y en avait une, il se dirigea vers elle. Elle regarda autour d'elle avec crainte, et il réalisa qu'elle ne s'attendait peut-être pas à ce qu'il entrât dans le bâtiment et l'avait attendu dans le parking. Elle le vit et s'enfuit.

— Katina ?

Elle s'arrêta en bégayant, se retourna et s'écria :

— Merk !

D'après son ton, elle ne l'avait pas reconnu plus facilement qu'il ne l'avait reconnue. Il hocha la tête. Le soulagement envahit son visage, et elle courut vers lui.

Un van fonça dans le parking entre eux et s'arrêta. Deux hommes en sortirent, attrapèrent Katina et la jetèrent à l'intérieur. Il eut à peine le temps de comprendre ce qui se passait que la camionnette passa juste devant lui. Il essaya de sauter dessus, mais le véhicule roulait trop vite. Alors qu'il se rétablissait avec une roulade, essayant d'apercevoir la plaque d'immatriculation, il constata qu'il n'y en avait pas.

Il bondit dans son camion, fit rugir le moteur et quitta le parking en trombe. Il ne savait que trop bien combien il était facile de kidnapper des femmes et qu'il était absolument impossible de les retrouver la plupart du temps.

Le tome 3 est disponible dès aujourd'hui !
Pour en savoir plus, visitez le site web de Dale Mayer.
https://geni.us/FRDMSMerk

Note de l'auteure

Merci d'avoir lu *L'Abandon de Stone, Héros à louer, tome 2* ! Si vous avez apprécié le livre, merci de prendre un moment pour laisser votre avis.

Chers lecteurs,

J'aime avoir de vos nouvelles, alors n'hésitez pas à me contacter sur mon site web : www.dalemayer.com ou sur ma page d'auteure Facebook. Pour être informés des nouvelles parutions et des offres spéciales, inscrivez-vous à ma newsletter ou suivez-moi sur BookBub. Si vous souhaitez rejoindre mon groupe de lecteurs, voici la page d'inscription sur Facebook.
http://geni.us/DaleMayerFBGroup

À bientôt,
Dale Mayer

À propos de l'auteure

Dale Mayer est une auteure de best-sellers au classement de *USA Today*, connue pour ses romances militaires sur les forces spéciales, sa série *Psychic Visions* et sa série *Jolis Jardins Maudits*, dans le genre cozy mystery. Ses romances contemporaines sont vibrantes d'émotion et de passion (série *Broken But… Mending, Hathaway House*). Ses thrillers vous laisseront à bout de souffle (séries *By Death* et *Kate Morgan*) et ses comédies romantiques vous feront rire aux éclats (*It's a Dog's Life*, une novella hors-série, et la série *Broken Protocols* avec Charming Marvin, le chat).

Elle laisse libre cours aux séries qui lui viennent… dont certaines sont carrément folles, enfreignant toutes les règles et croisant différents genres !

En plus de ses romans de fiction, elle écrit également des textes documentaires dans de nombreux domaines, dont la rédaction de CV, le jardinage de loisir et le système de crédit immobilier américain. Elle a récemment publié la série professionnelle *Career Essentials*. Tous ses livres sont disponibles aux formats papier et ebook.

Contactez Dale Mayer en ligne

Site web de Dale – www.dalemayer.com
Twitter – @DaleMayer
Facebook Page – geni.us/DaleMayerFBFanPage
Facebook Group – geni.us/DaleMayerFBGroup
BookBub – geni.us/DaleMayerBookbub
Instagram – geni.us/DaleMayerInstagram
Goodreads – geni.us/DaleMayerGoodreads
Newsletter – geni.us/DaleNews